KB143560

벤저민 프랭클린 자서전

현대지성 클래식 43

벤저민 프랭클린 자서전

THE AUTOBIOGRAPHY OF BENJAMIN FRANKLIN

벤저민 프랭클린 지음 | 강주헌 옮김

현대
지성

일러두기

1. 『벤저민 프랭클린 자서전』은 벤저민 프랭클린(1706~1790) 사후에야 출간되었다. 흥미롭게도 첫 판본은 파리에서 프랑스어로 『벤저민 프랭클린의 개인적인 삶에 대한 회고』라는 제목으로 1791년에 발간되었으나 일부 내용만 들어 있었다. 법률가이자 역사학자였던 존 비글로(John Bigelow)는 프랑스에서 프랭클린이 직접 쓴 필사본을 우여곡절 끝에 입수해 최초로 내용 전체가 포함된 자서전을 1868년에 출간했다.
2. 이 책은 번역 대본으로 다음 원서에 사용된 본문을 기준으로 삼았으며, 원문에 없는 장 구분 등은 독자의 이해를 돕기 위해 편집자가 붙인 것이다.
   Autobiography of Benjamin Franklin, Edited from his manuscript, with notes and an introduction, by John Bigelow (Philadelphia: J. B. Lippincott & Co.; London: Trübner & Co., 1868).
3. 본문에 나온 인물 생몰연대는 모두 옮긴이가 붙인 것이다.

벤저민 프랭클린(Benjamin Franklin)
(1706-1790)

차례

Autobiography of
Benjamin Franklin

윌리엄 프랭클린에게

1771년 트와이퍼드, 세인트애서프 감독관에서

돌이켜 보면 크나큰 행복을 누렸기 때문이겠지만, 삶을 다시 살 기회가 내게 주어진다면 처음부터 같은 삶을 살겠노라고 말해왔다. … 하지만 똑같은 삶을 다시 사는 일은 허락되지 않기에 지금까지 살아온 삶을 회고하는 것도 그 삶을 다시 사는 것에 버금가는 일이라고 여겼다. 그리고 그 회고를 될 수 있으면 오랫동안 유지하고자 기록으로 남겨두려 한다.

1장

보스턴의 조상과 청소년기

사랑하는 아들에게,

나는 예전부터 조상들의 소소한 일화를 수집하는 걸 좋아했다. 너와 함께 영국에 갔을 때 내가 그곳 친척들에게 이런저런 질문을 했던 걸 기억할지 모르겠구나. 그때 영국 여행도 조상 관련 일화를 수집하려던 게 목적이었다. 내가 그랬듯, 너도 내가 어떻게 살아왔는지 알고 싶으리라 생각한다. 너는 내가 어떤 삶을 살아왔는지 거의 알지 못할 테니까 말이다. 마침 시골에서 일주일간 누구에게도 방해받지 않고 여유롭게 시간을 보낼 수 있게 되어 너에게 그 이야기를 해보려고 자리에 앉았다. 물론 다른 이유도 있다. 나는 가난하고 보잘것없는 집안에서 태어나고 자랐지만, 이제는 상당히 풍족하고 세계적으로 어느 정도 명성을 얻어 더할 나위 없이 행복한 삶을 살고 있다. 하나님의 축복으로 크게 성공했지만, 후손들은 내가 성공하는 데 어떤 방법들을 사용했는지 알고 싶어 하지 않을까 생각했다. 후손들이 내 이야기를 읽고 각자 처지에 맞추어 적합한 방법을 찾아 따르면 되지 않을까 싶다.

돌이켜 보면 크나큰 행복을 누렸기 때문이겠지만, 삶을 다시 살 기회가 내게 주어진다면 처음부터 같은 삶을 살겠노라고 말해 왔다. 물론 저자들이 개정판에서 초판 오류를 수정하듯 오류를 고칠 기회만큼은 요구하고 싶다. 오류를 바로잡을 뿐만 아니라 불운했던 사고와 사건을 더 바람직한 방향으로 바꿀 수 있다면 기꺼이 그렇게 하겠다. 그렇게 될 가능성이 없더라도 여전히 똑같은 삶을 살겠느냐고 제안해오더라도 기꺼이 받아들일 것이다. 하지만 똑같은 삶을 다시 사는 일은 허락되지 않기에 지금까지 살아온 삶을 회고하는 것도 그 삶을 다시 사는 것에 버금가는 일이라고 여겼다. 그리고 그 회고를 될 수 있으면 오랫동안 유지하고자 기록으로 남겨두려 한다.

여느 노인네들이 흔히 그러듯 나도 과거에 내가 어떠했고 어떻게 행동했는지 말하고 싶지만, 순전히 노인을 존중한다는 마음으로 내 말을 의무적으로 듣게 하려는 식의 부담은 주고 싶지 않기에, 읽든 말든 너희 마음대로 할 수 있는 글로 남김으로써 그 욕심을 채우려 한다. 끝으로 내가 부인한다 해도 믿지 않을 테니까 차라리 솔직히 고백하는 편이 나을 듯해 덧붙이자면, 회고록을 작성하면서 내 허영심도 꽤 채워지지 않을까 싶다. 지금까지 내가 듣고 읽은 바에 따르면 "절대 자랑하는 것은 아니지만"이란 말 뒤에 곧바로 자랑이 뒤따르지 않는 경우를 거의 본 적이 없기 때문이다. 사람들은 대부분 자기 자랑은 실컷 늘어놓으면서 남의 자랑은 듣기 싫어한다. 그러나 주변 사람들에게 자기를 자랑하는 일이 꽤 생산적이라고 생각하므로 나는 언제 어디서든 자기 자랑하는 사람을 만나면 공정하게 대하고자 노력해왔다. 삶의 많은 위안거리 중에서 허영심을 주신 것에 하나님께 감사하더라도 그것이 큰 잘못은 아니지 않은가.

내친김에 하나님께 감사드린다는 말을 해야겠다. 과거에 누렸던 내 모든 행복이 하나님의 자상한 섭리에서 비롯된 것이고, 그분의 섭리로 성공에 필요한 모든 수단을 얻었음을 겸허한 마음으로 인정한다. 이런 믿음이 있기에, 선하신 하나님은 앞으로도 내가 계속 행복을 누리도록 하실 것이고, 주제넘게 그분의 뜻을 넘겨짚어선 안 되겠지만, 다른 사람처럼 운명적으로 역경을 만나더라도 나를 지켜주시리라 소망한다. 내 미래가 어떠할지 누가 알겠는가? 미래는 오직 하나님만 아실 뿐, 그분의 권능 아래서는 고통마저도 축복이다.

가족 일화를 수집하는 데 나만큼 관심이 많았던 삼촌이 있었다. 그가 언젠가 나에게 공책을 하나 건넸고, 거기 적힌 기록을 통해 우리 조상과 관련된 몇몇 사항을 자세히 알게 되었다. 무엇보다 우리 가문이 노샘프턴셔 지방의 엑턴이란 마을에서 3백 년간 살았다는 걸 알았다. 훨씬 더 오래전부터 살았을 수도 있지만, 삼촌도 확실하게는 몰랐다. 어쩌면 그때 왕국 전역에서 모두가 성(姓)을 갖게 되면서 전에는 계급을 지칭하던 '프랭클린'(Franklin, 귀족은 아니지만 자유인 지주)이 바로 성이 되었을 수도 있다.

우리 가문은 약 3~4만 평 땅을 보유하고 있었고(프랭클린은 여기에 주를 붙일 계획이었지만 실제로는 그렇게 하지 않았다—옮긴이), 대장간 일을 부업으로 삼고 있었다. 대장간 사업은 삼촌 때까지 계속되었고, 항상 장남이 가업을 이어받았다. 삼촌과 나의 아버지도 장남에게 가업을 잇게 해 풍습을 따랐다. 엑턴에서 호적부를 조사했는데 그 교구에서 있었던 출생과 결혼, 사망과 관련된 기록이 1555년 이후 것만 남아 있고 이전 것은 없었다. 호적부 조사 결과, 나는 5대째 막내아들의 막내아들임을 알게 되었다.

나의 할아버지인 토머스는 1598년에 태어나 나이를 먹어 더는 일을 할 수 없을 때까지 엑턴에서 살았고, 그 후 옥스퍼드셔 밴버리에서 염색업자로 일하던 아들 존의 집으로 옮겨가 살았다. 나의 아버지는 그곳에서 도제로 일하며 염색 일을 배웠다. 할아버지는 그곳에서 세상을 떠나고 묻혔다. 우리가 1758년에 할아버지 묘비를 보러 갔던 거 기억하니? 할아버지의 장남 토머스는 엑턴에 있는 집에서 살았고, 그 집과 땅을 외동딸에게 물려주었는데 웰링버러의 피셔 가문으로 시집간 외동딸은 그 유산을 지금 그곳 영주인 이스테드 씨에게 팔았다. 할아버지는 네 명의 아들, 즉 토머스와 존, 벤저민과 조사이아를 두었고, 그들 모두 건강하게 자랐다.

지금 내게는 그 공책이 없어서, 내가 기억하는 것만 얘기해줄 수 있구나. 내가 없는 동안 그 공책이 없어지지 않는다면 네가 나중에 좀 더 자세히 찾도록 해라.

토머스 백부(伯父)는 할아버지에게 대장장이 훈련을 받았지만, 워낙 영리해서 당시 교구 유지였던 파머 씨의 후원을 받아 공부한 덕에(그의 동생들도 마찬가지였다) 공증인 자격을 얻었고, 나중에는 지역에서 상당히 영향력 있는 인물이 되어 자치주, 즉 노샘프턴과 그의 고향에서 공공사업에 앞장섰다. 그래서 우리가 엑턴에 갔을 때 토머스 백부와 관련된 많은 일화를 들을 수 있었지. 토머스 백부는 당시 핼리팩스 경의 눈에 들어 상당한 지원을 받았다. 그분은 구력(舊曆)으로 1702년 1월 6일, 그러니까 내가 태어난 날보다 정확히 4년 전에 세상을 떠났단다. 우리가 엑턴에서 몇몇 노인들에게 그분의 삶과 성격에 관한 이야기를 듣고는 나와 너무도 닮았다며 깜짝 놀라던 네 모습이 기억나는구나. 그때 네가 "아버지가 태어나신 날 큰아버지가 돌아가셨다면 그분이 환생하신 거라고 했겠는데요"라고 말하지 않았더냐.

존 중부(仲父)는 염색 기술을 배웠는데, 내 생각에는 모직물 염색이었을 것 같다.

벤저민 삼촌은 런던에서 도제로 일하며 견직물 염색을 배웠단다. 벤저민 삼촌은 무척 재주가 많은 사람이었다. 그는 내 기억 속에 뚜렷하게 남아 있다. 어렸을 때 벤저민 삼촌이 보스턴으로 아버지를 만나러 와서 몇 년간 우리와 함께 살았기 때문이지. 삼촌은 장수했고, 그분 손자인 새뮤얼 프랭클린은 지금 보스턴에 살고 있다. 벤저민 삼촌은 간혹 친구들과 친척들에게 보낸 시들을 모아놓은 4절판 공책 두 권을 유산으로 남겼더구나. 나에게 보낸 시를 예로 들면('여기에 그 시를 옮겨놓을 것'이라고 해놓고, 프랭클린은 원고에 시를 덧붙이지 않았다—옮긴이) 벤저민 삼촌은 속기법을 직접 고안해 나에게 가르쳐주었단다. 하지만 나는 그 이후 전혀 연습을 하지 않아 지금은 완전히 잊고 말았다. 그의 이름을 따서 내 이름을 지었을 만큼 벤저민 삼촌과 아버지와의 형제애는 특별했단다. 벤저민 삼촌은 신앙심이 무척 깊어 훌륭한 목사들의 설교를 듣고 속기법으로 기록한 공책을 상당히 많이 남겼다. 벤저민 삼촌은 자신의 신분과는 어울리지 않게 정치에도 관심이 많았지. 나는 얼마 전 런던에서 삼촌이 1641년부터 1717년까지 공공 문제와 관련된 내용을 소책자로 만들어놓은 문집을 구할 수 있었다. 매겨진 번호를 보면 문집 중 상당수가 빠진 걸 알 수 있지만, 아직 2절판 8권, 4절판과 8절판이 24권이 남아 있다. 내가 가끔 들리곤 하던 헌책방 주인이 우연히 그 책들을 발견하고는 나에게 보내주었던 게지. 벤저민 삼촌이 미국으로 떠날 때 그 문집을 두고 간 게 분명한데, 그렇다면 50년도 더 된 것이다. 여백에 삼촌이 짤막하게 남긴 글도 눈에 띈다.

우리 가문은 특별히 내세울 건 없지만 초창기부터 종교개혁에 참여했고, 메리 여왕 시대에도 프로테스탄트적인 믿음을 고수하며 가톨릭에 격렬히 저항했던 탓에 때로는 큰 곤경과 위험에 처하기도 했다. 조상들은 영어로 쓰인 성경을 안전하게 감추려고 조립식 의자 틀 안쪽 아래에 책을 펴서 끈으로 묶어 두었다고 한다. 그래서 내 증조부의 아버지, 그러니까 고조부가 가족에게 성경을 읽어줄 때는 조립식 의자를 뒤집어 무릎 위에 올려놓고 끈 아래로 책장을 넘기며 읽어야 했다. 그때마다 아이 중 한 명이 문가에 서서 종교 재판소의 명령을 집행하는 관리가 오는지 망을 보았다. 집행관이 코앞까지 오면 조립식 의자를 다시 원래대로 뒤집었고 성경책은 감쪽같이 의자 밑에 감추어졌다. 이런 일화는 벤저민 삼촌에게서 들은 것이다. 우리 가문은 줄곧 영국 국교회 소속이었다. 찰스 2세 시대가 끝날 때쯤 국교회 교리를 따르지 않아 파문된 목사 중 일부가 노샘프턴셔에서 비밀리에 종교 집회를 열었을 때도 가족들의 믿음은 흔들리지 않았지만, 벤저민 삼촌과 나의 아버지는 그 모임에 참석하기도 했고 그 후로도 비국교도로 살았다. 하지만 나머지 가족들은 영국 국교회를 떠나지 않았다.

나의 아버지 조사이아는 젊어서 결혼했고 1682년경 아내와 세 자녀를 데리고 뉴잉글랜드로 이주했다. 비국교도의 비밀 집회는 법으로 금지된 데다 뻔질나게 방해를 받았기 때문에 아버지를 비롯해 많은 지인이 뉴잉글랜드로 이민 가자고 유혹했다. 그곳에서는 종교의 자유를 마음껏 누릴 수 있으리란 기대감에 아버지는 지인들과 함께 뉴잉글랜드로 이주했다. 아버지는 뉴잉글랜드로 이주한 뒤 같은 부인에게서 자녀를 네 명 더 두었고, 둘째 부인에게서 10명의 아이를 낳아 모두 17명의 자녀를 두었다. 언젠가 아버지가 모두가 어엿한 성인으로 성장해 결혼한 13명의 자녀와 함께 한 식탁에 앉아 있던 모습이 아직도 생생하게 기억난다.

나는 뉴잉글랜드 보스턴에서 막내아들로 태어났지만, 여동생이 둘 있었다. 나의 어머니 어바니아 폴저는 둘째 부인이었고, 초기에 뉴잉글랜드로 이민을 와 정착한 이민자 피터 폴저의 딸이었다. 내 기억이 맞는다면 역사학자 코튼 매더(Cotton Mather, 1663~1728)는 뉴잉글랜드 교회사를 다룬 책 『그리스도가 미국에서 이룬 위업*Magnalia Christi Americana*』에서 피터 폴저를 "독실하고 학식이 깊은 영국인"으로 높이 평가했다. 그분이 이따금 잡다한 주제로 짤막한 글을 썼다는 말은 들었지만, 그런 글 중 하나만 출간되었고 나도 오래전에 그 글을 보았다. 그 글은 1675년 당시 시대상과 사람들에 관해 쓴 소박한 시로 정부 관계자들에게 보낸 것이었다. 양심의 자유를 옹호하고 침례교나 퀘이커교도 등 박해받던 교파에 도움을 주려고 쓴 시였다. 또 뉴잉글랜드에서 일어난 인디언과의 전쟁이나 그 밖의 재앙들은 이런 박해 때문이고, 극악한 범죄를 벌하려는 하나님의 심판이라며, 박해와 관련된 무자비한 법을 폐지하라고 촉구한 시였다. 마지막 여섯 행은 아직도 뚜렷하게 기억하지만 처음 두 행은 전혀 생각나지 않는구나. 여하튼 그 연의 요지는 그의 질책이 순전히 선의에서 비롯된 것이므로 그가 시를 지은 저자라는 걸 밝히겠다는 것이었다.

글로 남을 비방하는 게

나는 정말 싫으니
지금 내가 사는 셔번 마을에서
내 이름을 밝히려 한다.
어떤 적의도 없는 그대의 진실한 친구,
그 이름은 피터 폴저.

내 형들은 각자 다른 직종에서 도제 수업을 받았다. 아버지가 교회에 십일조 하는 마음으로 아들 중 한 명을 성직자로 키우고 싶었던지, 나를 여덟 살에 문법 학교에 보냈다. 글을 읽지 못했던 때를 기억하지 못하는 것으로 보면 나는 무척 어린 나이에 글을 깨우친 듯하다. 내가 틀림없이 훌륭한 학자가 될 거라는 아버지 친구들의 한결같은 칭찬도 아버지의 뜻에 힘을 실어주었다. 벤저민 삼촌도 아버지의 결정에 찬성하며 자기가 속기로 기록한 설교집을 나에게 모두 주겠다고 약속했다. 아마도 내가 삼촌의 속기법을 배우려면 그 설교집을 기초로 삼아야 한다고 생각한 듯하다.

하지만 나는 문법 학교를 채 1년도 다니지 못했다. 처음에는 그해 입학한 학급의 중간쯤이었지만 점차 일등으로 올라섰고, 게다가 위 학년으로 월반까지 했다. 또 그해 말에는 학습 수준을 맞추기 위해 3학년으로 월반할 예정이었다. 그러나 그사이에 아버지는 생각이 바뀌었던지 나를 문법 학교에서 데리고 나와 쓰기와 산수를 가르치는 학교에 보냈다. 대가족을 부양해야 했던 까닭에 학비를 부담할 만한 여유가 없기도 했지만, 아버지가 보기에 교육을 많이 받는다고 해서 반드시 넉넉하게 사는 건 아니라는 이유였다. 아무튼, 내가 듣는 데서 아버지는 친구들에게 생각을 바꾼 이유에 대해 그렇게 설명했다. 그 학교 운영자인 조지 브라우넬 씨는 직업적으로 크게 성공한 사람이었고, 온유하면서도 용기를 북돋워 주는 교수법으로 널리 알려진 유명 인사였다. 그의 지도 덕분에 나는 글쓰기 솜씨가 빠르게 늘었지만, 이상하게도 산수 실력은 좀처럼 늘지 않았다.

열 살이 되었을 때 나는 학교를 그만두고 집으로 돌아와 수지 양초와 비누를 제조하던 아버지 일을 돕기 시작했다. 아버지가 처음부터 그 일을 했던 것은 아니다. 뉴잉글랜드로 이주했을 때 본래 하던 염색 일 주문이 없어 가족을 부양하기 어려워지자 어쩔 수 없이 시작한 일이었다. 나는 양초 심지를 잘라내고, 양초 만드는 틀에 촛농을 붓고, 가게를 지키거나 자질구레한 심부름을 했다.

나는 그 일이 싫었다. 내 마음은 늘 바다를 향해 있었지만, 아버지는 내가 바다를 가까이하는 걸 한사코 반대했다. 하지만 바다 가까이에 살았던 까닭에 바다를 접할 기회는 많았다. 따라서 일찌감치 수영을 배웠고, 배 조종법도 익혔다. 그래서 친구들과 함께 보트나 카누를 타고 놀 때면 주로 내가 대장 노릇을 했고, 특히 곤란한 상황을 만나면 더더욱 그랬다. 다른 때도 거의 늘 내가 대장이었고 때때로 친구들을 곤란한 지경에 빠뜨릴 때도 있었다.

구체적으로 예를 들면, 내가 어렸을 때부터 공적인 일에 관심이 많았음을 보여주는 사례이긴 하지만, 사실 당시 제대로 한 일은 아니었다. 물레방아가 돌아가는 연못 한쪽 끝에는 바닷물이 드나드는 소택지(沼澤地)가 있었다. 바닷물이 들어오면 우리는 그 끝에서 피라미를 잡곤 했다. 우리가 마구 첨벙거리고 다니는 바람에 소택지는 온통 진창이 되어버렸다. 그래서 나는 거기에 서서 낚시할 수 있는 둑을 만들자고 친구들에게 제안하며 소택지 옆에 새로 집을 지으려고 갖다놓은 돌무더기를 가리켰다. 둑을 쌓기에는 완벽하게 맞아떨어지는 돌무더기였다. 해가 지고 인부들이 하루 일을 끝내고 돌아간 뒤 나는 친구들을 불러모았고, 그들과 함께 개미처럼 부지런히 돌을 날랐다. 때로는 돌 하나에 두세 명이 달라붙어 옮기기도 하면서 마침내 모든 돌을 지고 날라 우리만의 작은 둑을 쌓았다. 이튿날 아침, 인부들은 돌이 몽땅 사라진 것을 알고는 깜짝 놀랐지만, 곧 그 돌들이 우리 둑에 사용됐다는 것을 알아냈다. 그러고는 돌을 옮긴 범인을 찾기 시작했고, 결국 우리가 범인임이 밝혀졌다. 우리는 인부들에게 호된 꾸지람을 들었고, 몇몇 아이들은 아버지에게 벌을 받기도 했다. 나는 아버지에게 그 일의 유용성을 역설했지만, 정직하게 행해지지 않는다면 어떤 경우에도 유용하지 않다는 가르침을 받고 큰 깨달음을 얻었다.

이쯤에서 너도 할아버지가 어떤 사람이었고, 어떤 성품의 소유자였는지 알고 싶지 않을까 싶구나. 할아버지는 체질적으로 매우 건강했고, 키는 중간 정도였지만 균형 잡힌 몸매에 무척 강인한 분이었다. 재주가 많아 그림을 잘 그렸고, 음악적 재능도 상당한 데다 목소리도 맑아 듣기 좋았다. 그래서인지 하루 일을 끝내고 저녁이 되면 때때로 바이올린을 켜며 찬송가를 부르곤 했다. 듣기에 정말 좋았다. 할아버지는 기계에도 해박한 지식을 갖고 있어서 다른 사람의 공구도 능숙하게 다뤘다.

무엇보다 할아버지의 가장 탁월한 점은 사적인 일에서나 공적인 일에서 신중한 판단이 필요한 문제에 부닥치면 냉정하게 파악하고 옹골지게 판단하는 것이었다. 할아버지는 공적인 일에 한 번도 종사한 적이 없었다. 가르쳐야 할 자식이 많고 경제적으로 형편이 넉넉하지 않아 잠시도 생업에서 손을 뗄 수 없었기 때문이다. 그러나 마을 공동체나 교회에 문제가 생길 때마다 마을 유지들이 할아버지의 의견을 묻기 위해 뻔질나게 방문했고, 할아버지의 판단과 조언에 깊은 존경심을 보였던 게 아직도 생생하게 기억난다. 일반 사람들도 어려운 일이 닥치면 할아버지를 찾아와 조언을 구했고, 그 때문에 할아버지는 사적인 분쟁이 일어날 때면 자주 중재자 역할을 했다.

할아버지는 기회가 닿을 때마다 합리적이고 분별력 있는 친구나 이웃을 식사에 초대해 대화를 나누곤 했다. 그때마다 독창적이고 유용한 주제를 신중하게 꺼냈는데 함께 식사하는 자식들의 지적 능력 향상에 조금이라도 도움을 주려는 의도가 아니었나 싶다. 이런 식으로 할아버지는 인생을 살아가면서 늘 선하고 정의로우며 합리적인 것에 관심을 기울이도록 유도했다. 식탁에 올려진 음식에 관해서는 거의, 아니 전혀 언급하지 않았다. 잘 조리되었는지 그렇지 않은지, 제철 음식인지 아닌지, 맛이 좋은지 안 좋은지,

같은 종류의 이런저런 음식보다 나은지 못한지는 화젯거리가 아니었다. 이렇게 음식에 관해 철저히 무관심한 집안에서 자란 탓인지 지금도 나는 내 앞에 차려진 음식에 상당히 무관심한 편이다. 게다가 눈앞에 차려진 음식을 제대로 보지 않는 까닭에 요즘에도 식사를 끝내고 몇 시간 지난 후에 무엇을 먹었느냐는 질문을 받으면 거의 대답하지 못한다. 이런 습관은 여행을 다닐 때에는 꽤 쓸모가 있다. 친구들은 예민하게 키워진 입맛과 식성 때문에 간혹 제대로 먹지 못해 불만을 터뜨리곤 하지만 나는 그런 일이 절대 없기 때문이다.

내 어머니, 그러니까 네 할머니도 체질적으로 무척 건강해서 자식 열 명 모두 젖을 먹여 키웠다. 할아버지와 할머니는 각각 89세와 85세에 돌아가셨지만 나는 두 분의 병치레를 한 번도 본 적이 없다. 두 분은 보스턴에 함께 묻혔고, 나는 수년 전 두 분 무덤에 대리석 묘비를 세우며 이렇게 썼다.

조사이아 프랭클린 그리고 그의 부인 어바이아
여기에 함께 묻히다.
그들은 55년 동안 부부로
서로 사랑하며 살았고,
많은 돈을 벌진 못했지만
근면하고 부지런히 일하며
하나님의 축복으로

별문제 없이 대가족을 꾸려나갔다.

또 열세 자녀 그리고 일곱 손자 손녀를

훌륭하게 키워냈다.

이 묘비를 읽는 이여,

이 예로부터 용기를 얻어

그대의 소명에 충실하고

신의 섭리를 의심하지 마라.

남자는 독실하고 신중했고,

여자는 예의 바르고 도덕적이었다.

그들의 막내아들이

자식의 도리로 부모를 추모하며

이 묘석을 세운다.

조사이아 프랭클린, 1655년 출생, 1744년 사망, 향년 89세

어바이아 프랭클린, 1667년 출생, 1752년 사망, 향년 85세

말을 두서없이 장황하게 하는 걸 보니 나도 이제 나이가 들었다는 걸 부인할 수 없겠구나. 전에는 좀 더 체계적으로 글을 썼는데 말이다. 하지만 사사로운 모임에 참석하면서 공적인 무도회에 참석하는 것처럼 반듯하게 옷을 갖춰 입을 필요가 있겠느냐. 하긴 이것도 핑계에 불과하고 순전히 내가 부주의한 까닭이다.

다시 본론으로 돌아가자. 그래서 나는 열두 살이 될 때까지 2년 동안 아버지 일을 도와야 했다. 그 일을 배우던 존 형이 결혼

하면서 아버지 곁을 떠나 로드아일랜드에 살림을 차렸기 때문이었다. 그래서 내가 형의 빈자리를 채우며 수지 양초 제조업자가 되어야 할 운명에 처했다. 하지만 나는 그 일이 여전히 싫었다. 그 때문에 아버지는 내가 좋아할 만한 일이 없으면, 나도 형 조사이아처럼 독립한다며 바다로 나갈까 봐 걱정이 이만저만 아니었다. 실제로 조사이아 형의 그런 선택에 아버지는 크게 화를 내며 실망했다. 그래서 아버지는 때때로 나를 데리고 다니며 소목수, 벽돌공, 선반공, 놋갓장이 등이 일하는 현장을 보여주곤 했다. 그러고는 내가 어떤 일에 관심을 보이는지 살피며 육지에서 할 만한 일을 구해주려고 애썼다.

그 이후 숙련된 일꾼이 연장을 다루는 모습을 지켜보는 게 나의 큰 즐거움이 되었다. 그렇게 지켜보다 보면 많은 것을 배울 수 있어 매우 유익했다. 일꾼을 바로 구할 수 없으면 자질구레한 일은 내가 직접 할 수도 있었지만, 무언가를 실험하고 싶은 욕구가 마음속에서 뜨겁게 달아오르면 그 실험을 위한 조그마한 기계도 직접 만들 수 있었기 때문이다. 마침내 아버지는 날붙이류 만드는 일을 내 장래 직업으로 정했다. 때마침 벤저민 삼촌의 아들 새뮤얼이 런던에서 관련 기술을 배워 와 보스턴에서 사업을 시작한 터라 나를 그곳으로 보냈다. 나는 한동안 새뮤얼과 함께 지내며 그 일이 내 적성에 맞는지 알아보려 했지만, 새뮤얼이 나를 가르치며 은근히 교습료를 바라자 아버지는 몹시 불쾌해하며 나를 다시 집으로 불러들였다.

어렸을 때부터 나는 책 읽는 걸 좋아해서 적은 돈이라도 내 손에 들어오면 책부터 샀다. 『천로역정』을 무척 재미있게 읽은 나는 존 버니언John Bunyan의 작품들을 한 권씩 사서 모았다. 나중에는 그렇게 모은 책을 팔아, R. 버튼Burton의 『역사 전집*Historical Collections*』을 샀다. 전집은 행상인들이 길에서 판매하는 문고판이어서 저렴했고 모두 40~50권쯤 되었다. 아버지의 작은 서재에 있는 장서는 주로 신학적 논쟁을 다룬 책이었고, 나는 그것들을 거의 다 읽었다. 그 무렵 나는 내가 성직자가 되지 않을 것이 확실해졌고, 지식에 목말라 하던 시기였기에 더 좋은 책을 많이 읽지 못하는 게 못내 아쉬웠다. 플루타르코스의 『영웅전』은 몇 번이고 읽었고, 지금 생각해도 그 책을 읽으며 보낸 시간은 무척 유익했던 것 같다. 대니얼 디포의 『경제 · 사회 개혁론*An Essay Upon Projects*』과 코튼 매더 박사의 『선행론*Essays to do Good*』도 몇 번이나 읽었다. 두 책은 훗날 내 삶의 주된 사건에 영향을 미칠 정도로 내 사고방식을 바꿔놓았다.

2장

인쇄소 도제 시절

책을 좋아하는 내 성향을 알아보고 아버지는 이미 다른 아들 제임스가 인쇄업에 종사하고 있었지만 내게도 그 일을 시키기로 결정하셨다. 제임스 형은 1717년 영국에서 인쇄기와 활자를 들여와 보스턴에서 인쇄업을 하고 있었다. 나는 아버지가 하는 일보다 그 일이 훨씬 더 좋았지만, 바다를 향한 열망을 여전히 버리지 못하고 있었다. 그런 열망이 잘못된 방향으로 발전할 가능성을 미리 차단하고자 아버지는 나를 제임스 형에게 묶어두려 했다. 나는 한동안 반발했지만 결국 아버지에게 설득당해 겨우 열두 살에 불과할 때 고용 계약서에 서명하고 말았다. 그 계약에 따르면 나는 스물한 살이 될 때까지 도제로 일해야 하고, 마지막 해에야 비로소 숙련공 임금을 받을 수 있었다. 오랜 시간이 지나지 않았지만 나는 인쇄 관련 일을 능숙하게 해내며 형에게 인정받을 만큼 쓸 만한 일꾼이 되었다. 그리고 좋은 책들을 접할 기회도 많아졌다. 서적상의 도제들과 친해진 덕분에 책을 싸게 빌릴 수는 있었지만, 깨끗하게 읽고 빨리 돌려주어야 했다. 책이 없어진 게 발각되지 않도록, 또 손님이 책을 찾을 때 없으면 안 되기 때문에 저녁에 책을 빌리면 이튿날 아침 일찍 돌려줘야 할 때가 많았다. 그래서 책을 빌리면 내 방에 꼼짝도 하지 않고 거의 밤을 지새우며 읽곤 했다.

그렇게 지내는데 우리 인쇄소에 자주 들르던 재주가 비상한 상인, 매슈 애덤스 씨가 나를 좋게 보았는지 자신의 서재로 초대했다. 그의 서재에는 책이 상당히 많았다. 그는 친절하게도 내가 읽고 싶어 하는 책을 빌려주었다. 그즈음 나는 시를 좋아했고, 몇 편의 짤막한 시를 짓기도 했다. 제임스 형은 시를 인쇄해 팔면 돈벌이가 된다고 생각했는지 나에게 사랑을 주제로 감상적인 시를 써보라고 독려했다. 그래서 두 편의 시를 썼다. 하나는 「등대의 비극」이란 제목으로 워딜레이크 선장이 두 딸과 함께 바다에 빠져 죽은 이야기를 노래한 것이고, 다른 하나는 검은 수염이란 별명으로 불리던 해적 에드워드 티치(Edward Teach, 1680~1718)를 사로잡으려는 뱃사람에 대해 노래한 「티치」였다. 둘 다 감상적이고 형편없는 삼류 작품이었다. 제임스 형은 두 작품 모두 인쇄해 나에게 시내를 돌아다니며 팔아보라고 했다. 첫 작품은 놀라울 정도로 잘 팔렸다. 그 작품에서 다룬 사건이 당시 상당히 시끌벅적한 소동을 일으킨 사건이었기 때문일 것이다. 그로 인해 나는 우쭐했지만, 아버지는 내 시를 비웃는 데서 그치지 않고 시인은 대개 비렁뱅이라고 말하면서 내 기를 꺾어놓았다. 그래서 나는 시인이 되는 걸 포기했다. 설령 시인이 되었다 하더라도 십중팔구 형편없는 시인이 되었을 것이다. 그러나 산문은 내가 살아가는 데 있어 무척 유익했고, 성공하는 데도 큰 역할을 했다. 그래서 그런 환경에서 내가 어떻게 그런 능력을 습득할 수 있었는지 알려주고자 한다.

우리 마을에는 나 말고도 존 콜린스라고 책 읽는 걸 좋아하는 친구가 또 한 명 있었다. 나는 그와 무척 친하게 지냈다. 때때로 우리는 말싸움을 벌였고, 논쟁하는 걸 좋아해 서로 상대가 틀렸다는 걸 입증하려 애썼다. 그런데 논쟁을 좋아하는 성향은 나쁜 습관으로 발전하기 십상이다. 논쟁을 끌어가려면 필연적으로 상대방을 반박해야 하므로 무례를 범하게 되고, 그러다가 대화가 틀어지면 좋은 친구가 되었을 사람에게 혐오감, 심지어 적대감을 안길 수 있다. 나는 특히 종교에 대한 논쟁을 다룬 아버지의 책을 읽으며 그런 느낌을 받았다. 그 후로 내가 관찰한 바에 따르면 양식 있는 사람은 그런 덫에 거의 빠지지 않았지만, 변호사나 학자 등 에든버러에서 자란 사람은 직업을 불문하고 그렇지도 않았다.

어떤 이유에서였는지는 몰라도 한번은 콜린스와 내가 여성 교육의 적절성과 여성의 학습 능력 문제에 관해 논쟁을 벌이게 되었다. 콜린스는 여자들은 천성적으로 교육을 감당할 능력이 없으므로 여성을 교육하는 건 부적절하다는 의견을 피력했다. 나는 반대 의견을 내세웠지만 약간은 논쟁을 위한 반대이기도 했다. 콜린스는 천성적으로 나보다 말솜씨가 뛰어난 데다 어휘력도 풍부해 치밀한 논리보다는 유창한 말솜씨로 나를 압박하는 경우가 많았다. 그날 우리는 합의점을 찾지 못한 채 헤어졌고, 한동안 다시 만나지 못할 상황이었다. 그래서 나는 책상 앞에 앉아 내 논점을 글로 옮긴 후에 깔끔하게 정서해 그에게 보냈다. 그가 답장을 보내왔고 나도 다시 답장을 보냈다. 그렇게 서너 번 편지를 쓰게 되었고, 그러던 중에 아버지가 우연히 내 편지를 읽게 되었다. 아버지는 논쟁 자체에는 끼어들지 않았지만, 내 글쓰기 방식에 대해 지적할 기회로 삼았다. 내가 인쇄소에서 일한 덕분에 철자와 구두법 부분은 상대방보다 낫지만, 몇 가지 예를 들어가며 표현의 간결함, 글을 끌어가는 방법과 명료함 면에서는 한참 부족하다고 지적했다. 나는 아버지의 지적에 수긍하지 않을 수 없었고, 그 이후로 글을 쓸 때는 글을 전개하는 방식에 한층 주의하며 더 나은 글을 쓰기 위해 노력했다.

『스펙테이터*The Spectator*』라는 이상한 잡지를 만나게 된 것도 그즈음이었다. 제3호였다. 그전까지는 그런 잡지를 본 적이 없었다. 나는 그 잡지를 사서 읽고 또 읽었다. 그 잡지가 무척 마음에 들었고, 내 생각에는 문장도 훌륭해서 가능하면 흉내 내고 싶었다. 그런 목적으로 나는 몇몇 기사를 취해 각 문장의 느낌을 짤막하게 정리해두었다. 며칠 지난 후 기사는 전혀 보지 않고 느낌을 요약한 문장만 보면서 머릿속에 떠오르는 적절한 단어를 사용해 길고 자세하게 다시 기사를 완성해보려 했다. 그렇게 완성된 나의 글을 『스펙테이터』 원 기사와 비교하며 내가 실수한 부분을 찾아내 바로잡았다. 그리고 나는 어휘력이 부족하며 적절한 단어를 순간적으로 기억해내고 사용하는 능력이 없다는 걸 알게 되었다. 내가 계속 시를 썼더라면 일찌감치 그런 능력을 얻었으리란 생각이 들었다. 계속 시를 지었더라면 운율을 맞추려고 의미는 같지만 길이가 다르고, 선율을 살리려고 소리가 다른 단어들을 찾으려 끊임없이 노력했을 것이기 때문이다. 또한, 다양한 표현 방식을 추구해야 한다는 압박도 계속 받지 않았을까 싶다. 내가 그런 다양성을 품는 언어 습관에 길들여져 있었다면 어휘의 대가가 되지 않았을까 싶었던 것이다. 그래서 나는 몇몇 이야기를 골라 시로 바꿔 써보았고, 시간이 어느 정도 지나 이야기의 내용을 거의 잊을 때쯤 돼서 시를 다시 산문으로 바꿔 쓰는 훈련을 했다. 때로는 느낌을 요약한 문장들을 뒤죽박죽 섞어두고 몇 주가 지난 뒤 그것들을 최적의 순서대로 재정리하고 완전한 문장으로 만들어 그럴듯한 기사를 완성해보려 했다.

이런 훈련을 통해 나는 생각을 정리하는 방법을 배워나갔고, 그렇게 지어낸 글과 원문을 비교하면서 내 결함을 발견하고 고쳐나갔다. 아주 조금씩이지만 다행히도 글솜씨와 어휘력이 향상되었다는 생각에 때로 기쁘기도 했고, 그런 작은 개선을 통해 내가 간절히 꿈꾸는 괜찮은 작가가 될 수 있으리라는 용기도 얻었다. 이런 글쓰기 훈련과 독서는 주로 밤이나 일과가 끝난 뒤, 아침 일 시작 전, 혹은 일요일밖에 할 수 없었다. 특히 일요일에는 어떻게든 교회 예배에 빠지고 인쇄소에 혼자 있을 방법을 생각해내야 했다. 아버지 집에 살 때는 아버지의 성화에 일요일이면 반드시 교회 예배에 참석해야 했기 때문이다. 물론 나도 예배에 참석하는 건 의무라고 생각했지만, 당시에는 시간적 여유가 없어 어쩔 수 없었다.

열여섯 살 때쯤, 나는 우연히 토머스 트라이언(Thomas Tryon, 1634~1703)이 쓴 책을 읽게 되었다. 채식을 권장하는 책이었는데 그 책을 읽고 나서 채식을 실천해보기로 했다. 당시 제임스 형은 결혼하기 전이라 돌볼 가정이 없어 도제들과 함께 지냈다. 내가 육식을 거부하자 다른 도제들이 불편해했고, 나에게 유별나게 행동한다며 핀잔을 주었다. 결국, 트라이언이 책에서 가르쳐준 방법, 예컨대 감자나 쌀을 익히고 속성으로 푸딩을 만드는 등 이런저런 먹거리를 직접 조리하는 것에 익숙해질 수밖에 없었다. 그래서 제임스 형에게 매주 내 식비의 절반을 주면 내가 알아서 식사를 해결하겠다고 제안했다. 제임스 형은 즉석에서 내 제안을 받아들였고, 머지않아 나는 형이 준 돈의 절반가량을 절약할 수 있었다. 그리고 그렇게 절약한 돈으로 더 많은 책을 사서 읽었다. 채식에는 다른 이점이 있었다. 제임스 형과 도제들이 식사하러 나가면 나는 혼자 인쇄소에 남아 비스킷 하나와 빵 한 조각, 한 줌의 건포도, 빵집에서 산 파이 하나와 물 한 잔으로 식사를 재빨리 끝내고 남는 시간을 활용해 그들이 돌아오기 전까지 공부할 수 있었다. 또, 먹고 마시는 걸 절제한 덕분에 머리가 맑아지고 이해력도 빨라져 학습에 더 많은 진전이 있었다.

학교 다닐 때 나는 계산 시험에서 두 번이나 낙제했다. 계산에 대한 무지함 때문에 부끄러웠던 적이 한두 번이 아니었다. 에드워드 코커Edward Cocker의 수리 책을 집어 든 것도 그즈음이었고, 의외로 쉽게 그 책을 혼자서 끝까지 읽었다. 셀러와 셔미가 항해술에 관해 쓴 책들도 읽었다. 덕분에 기하학에 대해 약간 알게 되었지만, 그 분야를 깊이 파고들지는 않았다. 존 로크(John Locke, 1632~1704)의 『인간 지성론*On Human Understanding*』과 포르루아얄 학자들이 쓴 『논리: 생각의 기술*Art of Thinking*』을 읽은 것도 그즈음이었다.

언어 능력을 키우려고 열중하는 과정에서 우연히 영어 문법책을 접하게 되었다. 제임스 그린우드(James Greenwood, 1683~1737)가 쓴 것으로 기억하는 그 문법책 끝부분에는 글을 미학적으로 표현하는 수사법과 글을 논리적으로 전개하는 방법이 간략하게 설명되어 있었다. 특히 논리학 부분에서는 소크라테스(Socrates, BC 470년경~BC 399) 논쟁법을 일례로 보여주며 끝을 맺었다. 그래서 나는 곧바로 크세노폰(Xenophon, BC 430년경~BC 354년경)의 『소크라테스 회상록*Memorable Things of Socrates*』을 구해 읽었다. 그 책에는 소크라테스식 논쟁법을 다룬 예가 많았다.

나는 소크라테스식 논쟁법에 완전히 매료되어 그 방법을 내 것으로 만들려 애썼다. 상대 의견에 반박하지만 내 주장을 일방적으로 전개하지 않고 상대에게 겸손하게 묻고 의문을 제기하는 방법이었다. 당시 나는 앤서니 섀프츠베리(Anthony Shaftesbury,

1671~1713)와 앤서니 콜린스(Anthony Collins, 1676~1729)를 읽고 우리 종교에 대해 많은 의문을 품게 된 터라, 이 방법이 나에게는 안전하지만 상대방을 난처한 지경에 몰아넣을 수도 있다는 걸 알게 되었다. 따라서 나는 이 방법을 즐겨 꾸준히 연습한 끝에 나보다 지적으로 우월한 사람도 굴복시킬 수 있을 정도로 능수능란해졌다. 하지만 그들은 그런 방법을 예측하지 못한 까닭에 곤란한 지경에서 벗어나지 못한 채 허우적거렸다. 따라서 나는 내 지적 수준이나 명분을 넘어서는 승리까지 쟁취할 수 있었다.

그 후에도 한동안 이 논쟁법을 사용했지만 조금씩 사용을 자제했다. 하지만 겸손하게 내 의견을 피력하는 습관만은 계속 유지했다. 이를테면 반박해야 할 일이 있을 때나 주제에 대해 언급할 때는 '분명히', '의심할 여지없이' 등 의견에 독단적인 느낌을 주는 단어는 절대 사용하지 않았고, "그것은 이러하다고 생각합니다", "이러이러한 것으로 이해합니다", "이런 이유로 제게는 이러저러하게 보입니다", "이런 이유로 저는 여차여차하게 생각할 수밖에 없습니다", "저는 그게 이러할 것으로 생각합니다", "제가 잘못 알고 있는 게 아니라면 그것은 이렇습니다"라는 식으로 에둘러 말하는 습관을 들였다. 이런 습관은 내 의견을 상대에게 관철하려 하거나, 내가 추진하려는 계획으로 사람들을 설득할 때 큰 도움이 되었다. 대화의 주목적이 정보를 주고받는 것이고, 상대를 즐겁게 하거나 설득해야 할 때, 선하고 합리적인 사람이라면 독선적이고 거만하게 행동하여 자신이 행하려는 선행의 힘을 약화시키지 않을 것이다. 그런 행동은 늘 혐오감을 유발하고 반발을 일으키기 때문이다. 또한, 우리가 하는 말의 목적, 구체적으로는 정보와 즐거움을 주고받는 일의 목적마저 허물어뜨린다. 네가 정보를 제공할 때 감정을 독단적이고 독선적으로 드러내면 상대방의 반발을 불러일으키며, 상대는 여지없이 마음의 문을 닫아버리기 때문이다. 상대로부터 정보를 얻어 지적 향상을 꾀하면서도 현재 의견을 고집하며 조금도 물러서지 않으려 한다면, 얌전하고 분별 있는 사람은 말싸움을 별로 좋아하지 않으므로 상대에게 어떤 오류가 있는지 굳이 짚어주지 않는다. 따라서 독선적으로 말하고 행동하면서 상대가 즐겁기를 기대하거나 상대를 설득해 네가 바라는 동의를 끌어내기는 어렵다. 알렉산더 포프(Alexander Pope, 1688~1744)의 지적은 이런 상황과 딱 맞아떨어진다.

> 사람을 가르칠 때는 가르치지 않는 것처럼 하고,
> 모르는 것은 그들이 깜빡 잊은 것처럼 여기게 하라.

또 포프는 이렇게도 조언했다.

> 확실하더라도 얌전하고 조심스레 말하라.

포프는 이 행을 내 생각에 적절하지 않은 다른 행과 짝지어놓았지만, 다음과 같은 구절과 짝지었더라면 더 좋았을 것이다.

겸양의 부족은 양식의 부족 때문이다.

포프의 선택을 적절하지 않다고 생각하는 이유를 묻는다면 나는 그 구절을 좀 더 구체적으로 표현하는 것으로 대신해보마.

무례한 말에는 어떠한 변명도 허용되지 않는다.
겸양의 부족은 양식의 부족이기 때문이다.

그런데 어떤 사람이 안타깝게도 양식이 부족하다면, '양식의 부족'이 그에게는 겸양이 부족한 이유이지 않을까? 그렇다면 위의 두 행을 다음과 같이 고치는 편이 더 낫지 않을까?

무례한 말에는 이런 변명만 허용된다.
겸양의 부족이 곧 양식의 부족이다.

하지만 이 문제는 더 현명한 사람들의 판단에 맡기는 게 나을 듯싶다.

제임스 형은 1720년인가 1721년부터 신문을 발행하기 시작했다. 미국에서 두 번째로 발행된 신문이었고, 신문 제목은 『뉴잉글랜드 커런트*New England Courant*』였다. 그전에는 『보스턴 뉴스레터*Boston News-Letter*』가 유일한 신문이었다. 형이 신문을 발행하겠다고 했을 때 친구들은 자신들이 판단하건대 미국에서는 신문 하나만으로도 충분하므로 성공 가능성이 낮다고 만류하던 기억이 아직도 생생하다. 물론 1771년 현재, 미국에서는 최소한 25개의 신문이 발행되고 있다. 하지만 제임스 형은 신문 사업을 추진했고, 조판해서 종이에 인쇄하면 나는 신문을 들고 길거리로 나가 행인들에게 팔았다.

제임스 형에게는 재주 많은 똑똑한 친구들이 몇 명 있었고, 그들은 이 신문에 짤막한 글을 싣는 걸 즐겼다. 덕분에 우리 신문은 신뢰를 얻어 점점 구독자가 늘어났다. 글을 기고하던 형 친구들은 우리 인쇄소를 자주 방문했다. 그들의 대화를 엿듣고, 자기 글로 받은 찬사에 관해 이야기하는 걸 들을 때마다 나도 그 틈에 끼고 싶다는 생각이 간절했다. 그러나 나는 아직 어렸고, 내가 쓴 글이라는 걸 형이 알면 신문에 싣는 걸 반대할 게 뻔해서 필체를 바꾸고 익명으로 글을 써서 밤에 인쇄소 문틈으로 몰래 넣어 두었다. 그 글은 이튿날 아침 발견되었고, 글 쓰는 친구들이 평소처럼 인쇄소에 들렀을 때 그들에게 보여주었다. 그들은 내가 듣는 데서 그 글을 읽고 평가했다. 그들의 칭찬에 나는 짜릿한 쾌감을 느꼈다. 게다가 그들은 글쓴이를 저마다 다르게 추측했다. 널리 알려진 유명인은 거론되지 않았지만, 우리 사이에 학식과 창의력을 겸비했다고 알려진 몇몇 인물의 이름이 오르내렸다. 지금 생각하면 내가 심사위원을 잘 만났거나 아니면 형 친구들이 내가 생각했던 만큼 훌륭한 심사위원은 아니었던 것 같다.

하지만 그들의 좋은 평가에 용기를 얻은 나는 서너 편의 글을 더 써서 똑같은 방식으로 인쇄소에 전달했고, 그것들 역시 인정받았다. 나는 이 일을 비밀에 부치고 굳게 지키려 했지만, 내 지식 창고는 그런 글을 써내기에는 너무 얕아 결국 바닥나고 말았다. 그래서 결국 이실직고하자 형 친구들은 나를 조금이나마 인정했지만, 형은 내가 교만해진다고 생각했는지 그다지 탐탁지 않아 했다. 형의 걱정이 터무니없는 건 아니었지만, 어쩌면 이 사건도 그즈음 우리 형제 사이에 드러나기 시작한 많은 다툼의 계기 중 하나이지 않았을까 싶다. 제임스는 친형이었지만 우리 관계를 장인과 도제 사이로 생각했다. 따라서 형은 내가 다른 도제와 똑같이 일해주길 바랐지만, 나는 형이 내게 너무 지나치게 굴면서 내 위신을 떨어뜨린다고 생각했다. 그래도 형인데 나에게는 좀 더 관대하게 대해주었으면 하는 마음이 있었다. 우리는 아버지 앞에서도 걸핏하면 말싸움을 벌였다. 아버지가 거의 언제나 내 편을 들어주었던 것을 보면 내가 옳았거나 말솜씨가 더 나았던 모양이다. 그러나 제임스 형은 성격이 불같아서 나를 때리기 일쑤였고, 나는 그런 폭력이 너무 싫었다. (제임스 형이 나를 가혹하고 폭압적으로 대해선지 전횡적으로 휘두르는 권력을 평생 혐오하지 않았나 싶다.) 더구나 나는 도제 생활을 무척 따분하게 생각해 끊임없이 그 생활을 단축할 기회만 엿보고 있었다. 그런데 뜻하지 않게 그런 기회가 찾아왔다.

어떤 기사였는지 기억나지 않지만 우리 신문에서 정치 문제를 다룬 기사 하나가 의회의 심기를 건드렸다. 의장 지시에 따라 제임스 형이 잡혀가 심한 질책을 받았고, 글쓴이를 밝히지 않았기 때문에 한 달 동안이나 투옥되었다. 나도 불려가 평의회에서 조사를 받았다. 나 역시 그들에게 만족할 만한 대답은 하지 않았지만, 그들은 나에게는 충고만 하고 바로 풀어주었다. 내가 주인의 비밀을 지켜야 할 의무가 있는 도제라고 생각했기 때문인 듯했다.

나는 제임스 형을 구속한 의회의 조치에 무척 분개했다. 따라서 우리의 개인적인 불화에도 불구하고 형이 구속된 동안 내가 신문사를 꾸려나갔다. 나는 대담하게도 신문에 정치인들을 비난하는 글을 실었다. 제임스 형은 내 행동을 너그럽게 받아들였지만, 어린 녀석이 재주는 많지만 남을 비방하고 풍자하는 못된 성향을 지녔다며 못마땅하게 생각하는 사람도 많았다. 제임스 형은 결국 석방되었지만 "제임스 프랭클린은 『뉴잉글랜드 커런트』를 더는 발행할 수 없다"라는 너무도 이상한 의회의 명령이 꼬리표처럼 달렸다.

제임스 형은 이 사건을 해결할 방법을 모색하려고 친구들과 인쇄소에서 회의를 했다. 몇몇 친구는 신문사 이름을 바꿔서라도 의회의 명령을 피해가자고 제안했다. 그러나 제임스 형은 그렇게 하면 귀찮은 문제가 생길 수 있다고 생각했고, 벤저민 프랭클린 이름으로 신문을 계속 발행하는 게 더 나은 방법이라고 결론 내렸다. 그러나 도제 이름으로 신문을 발행할 경우 도제에게 닥칠지도 모를 의회의 견책을 예방할 목적으로 옛 고용 계약서 뒷면에 해고한다는 구절을 더한 뒤 나에게 주며 필요한 경우 써먹자는 묘안을 마련해두었다. 한편 제임스 형은 나를 계속 도제로 두기 위해 나에게 남은 계약 기간에 적용될 새로운 고용 계약서에 서명하라고 요구했고, 그 계약은 비밀에 부쳐졌다. 무척 얄팍한 수법이었지만 그 모든 일이 바로 실행되었다. 따라서 우리 신문은 수개월 동안 내 이름으로 발행되었다.

결국, 제임스 형과 나는 새 문제로 다시 충돌했다. 나는 형이 새 계약을 맺자고 나서지 못하리라 생각하고 독립하겠다고 주장했다. 형의 곤란한 상황을 이용했던 까닭에 그 일은 내가 어린 시절 범한 잘못 중 하나라고 생각한다. 그러나 형이 격정적인 감정에 사로잡혀 나에게 행사한 폭력을 생각하면 그런 부당한 잘못 정도는 내게 별로 중요하지 않았다. 그렇다고 제임스 형이 심성이 못됐던 것은 아니다. 어쩌면 내가 지나치게 건방지고 짜증 나게 행동했는지도 모른다.

내가 그만둘 것을 알게 되자 제임스 형은 시내의 다른 인쇄소들을 돌아다니며 그곳 주인들에게 나를 채용하지 말라고 부탁했다. 형의 은밀한 방해로 나는 어떤 인쇄소에서도 일자리를 구할 수 없었다. 그래서 나는 인쇄소에서 가장 가까운 도시인 뉴욕으로 가야겠다고 마음먹었다. 이미 내가 지배 집단에 밉보인 데다가 제임스 형 사건 때 의회가 독단적으로 행동하는 것을 보았기 때문에 계속 보스턴에 머물면 나도 조만간 곤란한 지경에 빠질 가능성이 크다는 생각에 어떻게든 보스턴을 떠나고 싶었다. 게다가 내가 연이어 종교에 관한 논쟁을 벌이자 선한 사람들까지도 나를 불신자요

무신론자라고 손가락질하며 증오하기 시작했다. 그래서 나는 보스턴을 떠나기로 마음을 굳혔지만 이번에는 아버지가 형 편을 들었다. 공공연하게 일을 벌였다가는 온갖 수단이 동원되어 내가 떠나는 걸 막을 것이 뻔했다. 그래서 내 친구 콜린스가 나를 대신해 몇 가지 일을 처리해주었다. 콜린스는 내가 성적으로 문란한 여자를 임신시켰는데 그 여자의 친구들이 나에게 그 여자와 결혼하라고 강요하는 바람에 공개적으로 모습을 드러내거나 떠날 수 없는 처지라고 거짓말했고, 뉴욕행 범선 선장에게서 나를 태워주겠다는 허락을 얻어냈다. 나는 책을 팔아 도주 비용을 마련한 후 아무도 모르게 배에 올랐다. 다행히 순풍을 만나 사흘 만에 고향에서 5백 킬로미터 떨어진 뉴욕에 도착했다. 겨우 열일곱 살에 불과한 소년이 추천서 한 장 없이 주머니에 쥐꼬리만 한 돈 몇 푼 챙겨, 아는 사람이라고는 아무도 없는 뉴욕에 덩그러니 떨어진 것이었다.

3장

필라델피아에 도착하다

그즈음 바다를 향한 열망은 사라지고 없었다. 그렇지 않았다면 그때 그 열망을 좇아 바다로 떠났을 것이다. 그러나 인쇄와 관련된 기술도 있는 데다 나 스스로 꽤 괜찮은 일꾼이라 생각한 까닭에 뉴욕에서 인쇄소를 운영하던 윌리엄 브래드포드 씨에게 일자리를 부탁했다. 브래드포드 씨는 펜실베이니아에서 가장 먼저 인쇄소를 시작했지만 조지 키스와 다툰 뒤 그곳에서 밀려 나온 사람이었다. 그는 일거리가 많지 않은 데다 도와줄 사람도 충분해 나에게 일자리를 제공해줄 수 없다며 이렇게 덧붙였다. "필라델피아에서 인쇄소를 운영하는 내 아들이 얼마 전에 중요한 역할을 하던 직공을 잃었네. 아킬라 로즈라는 직공이 죽었거든. 거기에 가면 일자리를 구할 수 있을 거네." 필라델피아는 160킬로미터나 떨어진 곳에 있었지만 나는 궤짝과 물건을 다음 선편에 맡기고 앰보이행 배에 올랐다.

만(灣)을 지날 때 돌풍이 불어닥치는 바람에 그러잖아도 낡은 돛들이 갈기갈기 찢어졌고, 우리는 항구로 향하는 해협으로 들어서지 못한 채 롱아일랜드 쪽으로 밀려 나갔다. 그러는 와중에 술에 취한 네덜란드 승객 한 명이 바다로 떨어졌다. 나는 재빨리 손을 뻗어 물속으로 가라앉던 그의 덥수룩한 머리채를 잡아 물 밖으로 끌어냈다. 물에 흠뻑 젖어 정신이 약간 돌아왔는지 그는 잠자러 간다고 하며 주머니에서 책 한 권을 꺼내더니 나에게 말려달라고 부탁했다. 그 책은 내가 좋아하던 작가 존 버니언의 『천로역정』 네덜란드어판이었다. 양질의 종이에 깔끔하게 인쇄되었을 뿐만 아니라 동판화로 제작한 삽화들도 들어 있었다. 장정도 내가 그때까지 보았던 어떤 판보다 훌륭했다. 그 후 나는 그 책이 유럽에서 대부분 언어로 번역되었다는 걸 알게 되었다. 내 생각에는 성경을 제외하고 세상에서 가장 많이 읽힌 듯했다. 내가 알기로 존 버니언은 책에 서술과 대화를 섞어 쓴 최초의 작가였다. 이런 매력적인 글쓰기 방법으로 이야기가 흥미진진하게 전개될 때면 독자도 등장인물이 되어 대화에 참여하는 듯한 느낌을 받는다. 디포는 『로빈슨 크루소』와 『몰 플랜더스*Moll Flanders*』, 『신성한 구혼*Religious Courtship*』과 『가정교사*Family Instructor*』 등에서 이 기법을 흉내 내 성공을 거두었고, 새뮤얼 리처드슨(Samuel Richardson, 1689~1761)은 그런 글쓰기 기법으로 『파멜라*Pamela*』를 썼다.

롱아일랜드섬 가까이 접근했지만 우리는 그 섬에서 상륙할 만한 곳을 찾을 수 없었다. 해안은 바위투성이였고 파도는 너무 높았다. 그래서 우리는 닻을 내리고 뱃머리를 해안 쪽으로 돌렸다. 몇몇 사람이 물가로 나와 우리에게 소리쳤다. 우리도 화답했지만 바람이 너무 세게 불고 파도가 너무 요란스럽게 쳐대서 서로 무슨 말을 하는지 알아들을 수 없었다. 해안에 노 젓는 작은 통나무배가 있어 그들에게 우리를 데려가 달라고 손짓하며 소리쳤지만, 그들은 우리 뜻을 알아채지 못했거나 혹은 불가능하다고 생각했는지 하나둘 해안을 떠났다.

어느덧 어둠이 내리기 시작했다. 우리는 달리 뾰족한 수가 없어 바람이 약해지기만을 기다렸다. 뱃사공과 나는 그때까지 가능한 한 잠을 자두기로 했다. 우리는 여전히 흠뻑 젖은 네덜란드인을 데리고 몸을 웅크린 채 승강구로 향했다. 그때 물보라가 뱃머리를 때린 뒤 우리에게로 쏟아졌다. 그래서 우리도 네덜란드인만큼 흠뻑 젖어버렸다. 눈도 거의 붙이지 못하고 밤을 꼬박 지새워야만 했다. 이튿날 바람이 약해졌고, 다시 어둠이 내리기 전에 우리는 겨우 앰보이에 도착할 수 있었다. 아무것도 먹지 못하고, 독한 럼주와 짜디짠 바닷물 외에는 아무것도 마시지 못한 채 바다에서 서른 시간을 보낸 뒤였다.

저녁이 되자 온몸에 열이 나고 아파 침대에 누웠다. 그런데 찬물을 많이 마시면 열을 가라앉히는 데 효과가 있다는 걸 어디선가 읽은 기억이 나서 그 처방을 따랐다. 밤새 땀을 잔뜩 흘려서인지 아침이 되자 열이 떨어져 나루터를 가로질러 80킬로미터쯤 떨어진 벌링턴까지 걸어가기로 마음먹었다. 그곳에 가면 필라델피아까지 가는 배를 탈 수 있다고 했다.

온종일 비가 억수같이 내렸다. 나는 뼛속까지 흠뻑 젖었고, 정오쯤에는 완전히 지쳐 발을 떼기도 힘들 지경이었다. 그래서 허름한 여인숙에서 여장을 풀고 밤을 보내기로 했다. 집을 떠나지 말았어야 했다는 후회가 밀려들기 시작했다. 내가 너무도 초라해 보였는지 사람들이 내게 건넨 질문으로 짐작하건대 나를 도망친 하인쯤으로 생각하는 것 같았고, 그런 의심을 받아 붙잡힐 위험도 있어 보였다. 하지만 이튿날이 되자 나는 다시 걷기 시작했고, 저녁쯤에는 벌링턴에서 13~16킬로미터쯤 떨어진 여인숙에 묵을 수 있었다. 브라운 박사라는 사람이 운영하는 여인숙이었다.

내가 배를 채우는 동안 그가 나에게 말을 걸어왔다. 내가 책을 좀 읽었다는 것을 눈치챘는지 무척 사근사근하고 다정하게 굴었다. 그때부터 그가 세상을 떠날 때까지 우리는 친분을 이어갔다. 내 생각에 그는 순회 의사였던 게 분명하다. 영국의 도시, 유럽 여러 나라에 대해 모르는 게 없었다. 그는 문학에 관해 많이 알았고 지적 소양도 풍부했지만 지독한 불신자여서 찰스 코튼(Charles Cotton, 1630~1687)이 베르길리우스의 시를 개작해 희화화했듯 시간이 지난 후 성경을 엉터리 시로 희화화하는 고약한 짓을 시도하기도 했다. 이런 식으로 그는 엄연한 사실을 터무니없는 관점에서 바라보았기 때문에 그의 글이 출간되었더라면 판단력이 흐린 사람에게 큰 피해를 주었을 것이다. 다행히 그의 글은 한 편도 출간되지 않았다.

그의 집에서 그날 밤을 보낸 후 이튿날 아침에 벌링턴에 도착했지만 당혹스럽게도 정기선은 내가 도착하기 직전에 떠나고 없었다. 그날이 토요일이었는데 화요일까지는 예정된 배편이 없었다. 그래서 나는 시내로 돌아가 배에서 먹을 생강빵을 샀던 할머니를 찾아가 조언을 구했다. 할머니는 나에게 배편이 마련될 때까지 자기 집에 며칠 묵어도 좋다고 했고, 나는 걸어서 여행하느라 지칠 대로 지친 까닭에 할머니의 권유를 받아들였다.

할머니는 내가 인쇄공이란 걸 알고는 그곳에 정착해 인쇄업을 해보라고 내게 권했다. 인쇄소를 시작하는 데 얼마나 많은 자본이 드는지 몰랐던 것이었다. 할머니는 소고기를 곁들인 호화로운 저녁 식사까지 차려줄 정도로 친절했지만, 나는 답례로 맥주 한 항아리밖에 드리지 못했다. 애초에 화요일까지 묵을 생각이었지만, 저녁에 강변을 산책하던 중 우연히 서너 사람을 태우고 필라델피아로 가는 배를 발견했다. 그들은 나를 태워주었고 바람이 전혀 불지 않아 우리는 계속 노를 저어야 했다. 자정이 되었지만, 필라델피아는 보이지 않았다. 그러자 몇몇 사람이 우리가 필라델피아를 지나친 게 분명하다며 계속 항해해서는 안 된다고 말했다. 나머지는 우리가 어디쯤 있는지 짐작조차 못 했다. 그래서 우리는 일단 해안 쪽으로 향했고 좁은 시내를 타고 올라가 낡은 울타리 근처에 배를 댔다. 10월인 데다 밤이라 꽤 쌀쌀해서 울타리의 가로장을 뜯어 모닥불을 지폈고, 동이 틀 때까지 그곳에 머물렀다. 주변이 환해지자 일행 중 한 명이 그곳이 쿠퍼강 일대로 필라델피아 조금 위쪽이라는 걸 알아냈고 실제로 그 강을 벗어나자마자 필라델피아가 보였다. 일요일 아침 8시나 9시쯤 마침내 필라델피아에 도착해 시장 거리 부두에 내렸다.

지금까지는 보스턴을 떠나 필라델피아에 도착할 때까지의 여정을 자세히 이야기했다. 이제부터는 그곳에 도착한 직후에 대해 말하려 한다. 그럼 초라하기 그지없었던 초기 내 모습과 이후에 내가 거기서 이루어낸 결과를 비교해볼 수 있을 테니 말이다.

좋은 옷은 배편으로 따로 부쳤기 때문에 나는 작업복 차림이었다. 오랜 여행으로 온몸이 지저분했고, 주머니는 셔츠와 양말을 마구 쑤셔 넣은 바람에 불룩 튀어나와 있었다. 아는 사람도 없었고 묵을 만한 곳을 어떻게 찾아야 할지도 몰랐다. 게다가 쉬지도 못한 채 걸어 다니거나 노를 저으며 여행하느라 지칠 대로 지쳐 있었고 배도 고팠다. 수중에 돈이라고는 네덜란드화 1달러와 1실링짜리 동전 하나가 전부였다. 그나마 그 동전도 뱃사람들에게 뱃삯으로 주었다. 뱃사람들은 내가 함께 노를 저었다는 이유로 처음에는 받지 않으려 했지만 나는 기어코 그들에게 돈을 떠안겼다. 인간은 넉넉할 때보다 가진 게 별로 없을 때 더 후해진다. 아마도 돈이 없다는 걸 들키는 게 두렵기 때문이 아닐까 싶다.

나는 주변을 두리번거리며 길을 따라 올라갔다. 시장 근처에서 빵을 들고 있는 소년을 하나 만났다. 전에도 빵으로 끼니를 때운 적이 많아 소년에게 어디에서 빵을 샀는지 물었다. 그리고 소년이 알려준 2번가 빵집으로 바로 달려갔다. 나는 보스턴에서 먹었던 식빵을 머릿속에 그리며 빵을 달라고 했다. 그러나 필라델피아에서는 그런 식빵을 만들지 않는 듯했다. 그래서 나는 3페니짜리 빵을 달라고 했다. 그런데 그런 빵은 없다는 것이었다. 돈의 가치가 얼마나 다르고, 필라델피아에서는 어떤 빵을 만들고, 빵값이 얼마인지 몰랐던 까닭에 나는 빵집 주인에게 어떤 빵이라도 좋으니 3페니어치만 달라고 했다. 그러자 그는 나에게 큼직한 빵 세 덩어리를 주었다. 나는 그 양에 깜짝 놀랐지만, 군말 없이 받아들었다. 주머니에 더는 집어넣을 공간이 없었기 때문에 양팔에 빵을 하나씩 끼고 나머지 하나는 먹으면서 걸었다.

그렇게 시장 골목을 따라 프론트 스트리트까지 올라갔고 훗날 내 아내의 아버지, 즉 장인이 된 리드 씨 댁 문 앞을 지났다. 그때 문가에 서 있던 그녀가 내 모습을 보고는 정말 꼴사납고 우스꽝스러웠다고 생각했다는데 나라도 그랬을 것이다. 나는 거기서 방향을 돌려 체스넛 스트리트를 따라 내려갔고, 월넛 스트리트 쪽으로 조금 더 걸었다. 빵을 먹으며 여기저기 걷다 보니 다시 시장 골목 선창에 도착했다. 마침 조금 전 내가 내렸던 배가 근처에 있어서 강물을 한 모금 얻어 마실 수 있었다. 나는 빵 하나로 이미 배가 불렀던 까닭에 남은 빵 두 개를 함께 배를 타고 와 더 멀리까지 가려고 기다리던 모자에게 주었다.

그렇게 기운을 차린 나는 길을 따라 다시 올라갔다. 이번에 선택한 길에는 깔끔하게 차려입은 사람들이 많았고 모두 한 방향을 향해 걸어가고 있었다. 나도 그들 틈에 끼어 엉겁결에 시장 근처의 커다란 퀘이커교 예배당에 들어갔다. 그들 틈에 앉아 한참 주변을 둘러보았지만 아무런 소리도 들리지 않았다. 전날 힘들게 노를 저은 데다 제대로 쉬지도 못해 무척 졸렸다. 그러다 나도 모르게 잠이 들었고, 예배가 끝난 후 누군가가 친절하게 나를 깨울 때까지 세상모르고 잠을 잤다. 그 예배당은 내가 필라델피아에서 처음으로 들어간 집이었고, 처음으로 단잠을 잔 집이었다.

다시 강 쪽으로 내려오며 사람들을 유심히 살폈다. 그러다가 인상이 좋아 보이는 젊은 퀘이커교도를 만났고, 그에게 다가가 외지인이 묵을 만한 곳을 알려달라고 했다. 마침 우리가 서 있었던 곳은 '세 뱃사람'이란 간판이 세워진 곳이었다. "여기는 외지인을 즐겁게 해주는 곳이지만 평판이 좋지는 않습니다. 저를 따라오시면 더 좋은 곳으로 안내해드리겠습니다." 그는 이렇게 말하고는 나를 워터 스트리트에 있는 크루키드 빌리트로 데리고 갔다. 그곳에서 식사하는 동안 성가신 질문들에 대답해야 했다. 아직 어린 데다 지저분한 행색 때문에 나를 도망친 하인이라 의심했던 게 분명하다.

식사를 끝내고 나자 다시 졸음이 몰려왔다. 객실로 안내받은 뒤 나는 옷도 벗지 않은 채 누웠고 저녁 6시까지 잤다. 저녁 먹으라는 소리에 일어나 저녁을 먹고는 다시 일찌감치 잠자리에 들었고 이튿날 아침까지 푹 잤다.

다음 날 아침 나는 최대한 깔끔하게 차려입고 앤드루 브래드포드 인쇄소를 찾아갔다. 인쇄소에는 앤드루의 아버지, 즉 내가 뉴욕에서 만났던 노인이 있었다. 그는 말을 타고 와서 나보다 먼저 필라델피아에 도착한 것이었다. 노인이 나를 아들에게 소개하자 아들은 나를 예의 바르게 맞았고, 아침 식사까지 대접했다. 하지만 얼마 전에 직공을 채용해 요즘에는 일손이 부족하지 않다는 것이었다. 그렇지만 얼마 전에 카이머라는 사람이 시내에 개업한 인쇄소가 있다며, 그곳에 가면 일자리를 구할 수 있을지도 모른다고 덧붙였다. 만약 거기서도 일자리를 얻지 못하면 자기 집에 머무르면서 내가 일자리를 구할 수 있을 때까지 소일거리를 주겠다고도 했다.

노인이 새로 개업한 인쇄소까지 나를 안내해주겠다며 따라나섰다. 인쇄소에 가서 카이머를 만나자 브래드포드 노인이 말했다. "인쇄에 능한 젊은이를 자네에게 소개해주려고 데려왔네. 일손이 부족할 것 같아서." 카이머는 나에게 몇 가지 질문을 했고, 식자용 막대를 내 손에 쥐여주고는 내가 일하는 모습을 지켜보았다. 그러고는 지금 당장은 할 일이 없지만 곧 나를 채용하겠노라고 했다. 카이머는 전에 브래드포드 노인을 만난 적이 없지만, 자신에게 호의를 가진 동네 사람이라 생각하고 지금 진행하는 일과 장래 계획에 관해 이야기하기 시작했다. 한편, 브래드포드 노인은 자신이 경쟁 관계에 있는 인쇄업자의 아버지라는 사실을 밝히지 않은 채 머잖아 인쇄업계를 장악하겠다는 야심이 있던 카이머가 조금의 의심도 갖지 않게끔 교묘히 질문을 던졌다. 카이머가 어떤 분야에 관심을 두고 있으며 어떻게 사업을 끌어갈 것인지 등 전반적인 계획을 털어놓게끔 했던 것이다. 나는 옆에 서서 그들이 나누는 대화를 들으면서 브래드포드는 영악하고 노회한 궤변가인 반면, 카이머는 순진한 풋내기라는 걸 금세 알 수 있었다. 노인이 그곳에 나를 남겨두고 떠난 뒤 내가 노인의 정체를 알려주자 카이머는 깜짝 놀랐다.

카이머의 인쇄소에는 낡은 인쇄기 한 대와 닳아빠진 영어 활자 한 벌밖에 없었다. 그는 그 활자를 가지고 아킬라 로즈를 추모하는 애가(哀歌)를 직접 조판하고 있었다. 앞에서도 얘기했던 아킬라 로즈는 재주 많고 성품이 뛰어난 젊은이로 의회 서기이자 뛰어난 시인이기도 해서 필라델피아에서 상당히 인정받는 사람이었다. 카이머도 시를 썼지만 재주가 썩 좋은 편은 아니었다. 그는 머릿속에 떠오르는 시구를 곧장 활자로 조판했기 때문에 시를 쓴다고 할 수도 없었다. 원고는 아예 없었고 활자도 한 벌밖에 없었다. 그런데 애가를 조판하려면 모든 활자가 필요했기 때문에 누군가가 도우려 해도 도울 수가 없었다. 그래도 나는 카이머가 일하기 편하게 인쇄기를 손질해두었다. 카이머는 그때까지 그 인쇄기를 한 번도 사용한 적이 없었고, 인쇄기에 대해서는 아무것도 몰랐다. 그래서 애가 조판을 마무리 지으면 그 책을 인쇄해주겠다고 그에게 약속한 뒤에 브래드포드 인쇄소로 돌아왔다. 브래드포드는 나에게 자질구레한 일거리를 주었고, 나는 그의 집에서 숙식을 해결했다. 며칠 뒤 카이머로부터 애가를 인쇄해달라는 소식이 왔다. 카이머는 그간 활자를 한 벌 더 마련해두었고 소책자 찍는 작업을 나에게 맡겼다.

내 생각에는 두 인쇄업자 모두 인쇄업을 할 만한 능력이 부족했다. 브래드포드는 인쇄업을 배운 적이 없을 뿐만 아니라 거의 문맹에 가까웠다. 카이머에게는 학자다운 면모가 있었지만 인쇄 기술에 대해서는 아무것도 모르는 순전히 식자공에 불과했다. 그는 한때 '프랑스 예언자파'(French Prophets, 런던으로 망명한 프랑스 개신교의 한 종파—옮긴이) 신도였고, 그 종파에서 하는 격정적인 몸짓도 할 줄 알았다. 하지만 그 무렵 그는 특정한 종파에 얽매이지 않고 그때그때 적절히 행동하려 했다. 그런데 세상을 너무 몰랐고, 나도 나중에야 알았지만 무척 부정직해서 신뢰할 수 없는 사람이었다. 여하튼 그는 내가 자기 밑에서 일하면서 브래드포드의 집에 머무는 걸 마뜩잖게 생각했다. 그러나 그의 집에는 가구가 없어서 나에게 숙소를 제공할 형편이 못되었다. 그는 나를 리드 씨 집에 하숙할 수 있도록 주선해주었다. 앞에서 언급한 대로 리드는 자기 집을 소유한 사람이었다. 또 당시에는 내 궤짝과 옷가지가 도착한 뒤여서 리드 양에게도 처음 보았을 때의 내 모습, 즉 길에서 빵을 씹으며 걷던 모습보다는 훨씬 나은 모습을 보일 수 있었다.

나는 곧 필라델피아의 젊은이 중에서 책 읽는 걸 좋아하는 사람들을 조금씩 알아가기 시작했고, 그들과 즐거운 저녁 시간을 보내곤 했다. 근면하게 일하고 검소하게 생활한 덕분에 돈도 좀 모을 수 있었고, 무척 만족스러워서 보스턴 생활은 거의 잊고 지냈다. 친구 콜린스를 제외하고는 누구에게도 내가 어디에서 어떻게 지내는지 알리지 않았다. 콜린스는 나의 비밀을 알고 지켜주었기 때문에 그에게만은 편지로 내 소식을 전했다. 그런데 꽤 시간이 지난 뒤 뜻밖의 사고로, 내가 생각했던 것보다 훨씬 일찍 보스턴으로 돌아가야만 했다.

나에게는 로버스 홈스라는 매형이 있었는데 매형은 보스턴과 델라웨어를 오가는 상선 선장이었다. 홈스는 필라델피아에서 60킬로미터쯤 떨어진 뉴캐슬에 들렀을 때 나에 대한 소식을 듣고는 나에게 편지를 보냈다. 내가 갑자기 떠나 보스턴 친구들이 걱정하고 있으며, 그들 모두가 나를 좋게 생각하기 때문에 내가 돌아오면 모든 것이 내 뜻대로 될 것이라며 나를 진심으로 타이르는 편지였다. 나는 그 편지에 답장을 보내, 진심 어린 조언에는 감사하지만 보스턴을 떠난 이유를 설명하며 그가 아는 것처럼 내가 어떤 잘못을 저질러서 보스턴을 떠난 것이 아니라는 걸 이해시키려 했다.

홈스 매형이 내 답장을 받았을 때 마침 그 지역의 총독 윌리엄 키스 경이 뉴캐슬에 와 있었다. 그때 매형은 우연히 키스 총독과 함께 있었고, 나에 관해 얘기하며 그 편지를 총독에게 보여주었다. 총독은 내가 보낸 편지를 읽고, 더구나 내 나이를 알고는 깜짝 놀랐던 모양이었다. 총독은 내가 전도유망한 청년인 듯하므로 용기를 북돋워 주어야 한다고 했다. 또 필라델피아에는 끔찍한 인쇄소밖에 없으니 내가 이곳에 인쇄소를 차리면 성공할 것이라 확신했고, 그가 발 벗고 나서서 관공서 일을 알선해주며 힘닿는 데까지 도와주겠다고도 했다. 물론, 이런 내용은 나중에 보스턴에 갔을 때 홈스 매형에게 전해 들은 거였고 당시에는 전혀 알지 못했다. 여하튼 어느 날, 카이머와 내가 창가에서 함께 일하고 있는데 깔끔하게 차려입은 총독과 한 신사(나중에 알았지만 뉴캐슬의 프렌치 대령이었다)가 길을 건너 곧장 인쇄소로 와 문을 두드렸다.

카이머는 자신을 찾아온 것으로 생각하며 황급히 달려나갔다. 그러나 총독은 나에 관해 묻고는 나에게 다가와 내가 황송해 몸 둘 바를 모를 정도로 겸손하고도 정중하게 나를 칭찬했다. 그리고 앞으로 가깝게 지낼 수 있기를 바란다며, 내가 그곳에 도착하자마자 자기에게 오지 않은 것을 점잖게 나무랐다. 그러고는 프렌치 대령과 최상급 마데이라 포도주를 맛보려고 가는 길이라며 나를 데려가려 했다. 나는 적잖게 놀랐고, 카이머도 놀라서 아무 말도 하지 못했다.

결국, 나는 총독과 프렌치 대령을 따라나섰고, 우리는 3번가 모퉁이에 있는 술집으로 갔다. 총독은 마데이라 포도주를 앞에 두고 나에게 인쇄소를 직접 차리라고 권하며 내가 성공할 가능성이 높은 이유를 하나씩 나열했다. 또한, 그와 프렌치 대령이 관심을 쏟고 영향력을 행사해 양쪽 주 정부의 관영사업을 알선해주겠노라고 했다. 하지만 아버지가 나를 지원하리라는 확신이 없다며 망설이자 윌리엄 경은 내가 필라델피아에 인쇄소를 차렸을 때의 이점을 아버지에게 설명하는 편지를 써주겠다고 했다. 그는 아버지를 설득하는 부분에 관해서는 조금도 의심하지 않는 듯했다. 그래서 아버지에게 나를 추천하는 총독이 써준 편지를 가지고 첫 배로 보스턴에 다녀오기로 결론이 났다. 첫 배가 마련될 때까지 그 계획은 비밀에 부쳐졌고, 나는 평소처럼 카이머와 함께 일했다. 그 사이에도 총독은 간혹 나를 식사 자리에 초대했고 나로서는 그것을 다시없는 영광이라 생각했다. 총독은 더할 나위 없이 상냥하고 친절하고 우호적이었으며 나와 많은 이야기를 나누었다.

4장

첫 보스턴 방문

1724년 4월 말경 마침내 보스턴행 배편이 마련되었다. 나는 친구들을 만나러 간다는 핑계를 대고 카이머에게 휴가를 얻었다. 총독은 나에게 두툼한 편지 한 통을 써주었다. 내가 매우 유능하며 필라델피아에 인쇄소를 차리면 틀림없이 성공할 것이라며 그 계획을 아버지에게 적극적으로 추천한다는 내용이었다. 내가 탄 배는 만을 따라 내려가다가 모래톱에 부딪히면서 물이 새기 시작했다. 그래서 바다에 나가서는 모두가 번갈아가며 쉬지 않고 물을 퍼내야만 했다. 그렇게 약 보름 뒤에 우리는 보스턴에 무사히 도착할 수 있었다.

나는 거의 7개월 만에 보스턴에 돌아온 것이었고, 친구들도 나에 관한 소식을 전혀 듣지 못한 터였다. 홈스 매형이 아직 돌아오지 않은 데다 나에 대해 아무런 소식도 전하지 않았기 때문이었다. 내가 느닷없이 나타나자 식구들은 무척 놀랐지만 나를 다시 만났기에 모두 좋아했다. 제임스 형을 제외하고는 모두가 날 반겼다. 나는 인쇄소로 제임스 형을 만나러 갔다. 나는 형 밑에서 일할 때보다 훨씬 더 말쑥한 모습이었다. 머리부터 발끝까지 새 양복을 점잖게 차려입고는 시계까지 절그렁거렸으며 주머니에는 5파운드가량 은화도 있었다. 제임스 형은 나를 그다지 반기지 않았고, 나를 위아래로 쭉 훑어보더니 다시 일하러 갔다.

한편 일꾼들은 내가 어디에서 어떻게 지내고 있고 그곳은 어떤 곳인지, 또 그곳이 마음에 드는지 꼬치꼬치 캐물었다. 나는 필라델피아는 좋은 곳이라고 입에 침이 마르게 칭찬했다. 그곳에서 행복하게 살고 있으며 그곳으로 다시 돌아갈 계획이라고도 했다. 한 일꾼이 필라델피아에서는 어떤 돈을 쓰느냐고 묻기 무섭게 나는 한 줌의 은화를 주머니에서 꺼내 그들 앞에 펼쳐 보였다. 보스턴에서는 화폐로 종이돈을 사용해 그들에게는 익숙하지 않은 좋은 구경거리였을 것이다. 내친김에 회중시계까지 꺼내 그들에게 보여주었다. 제임스 형은 언짢고 시무룩해 보였다. 마지막으로 나는 일꾼들에게 술값에 보태라며 스페인 은화를 하나 주고는 인쇄소를 나왔다.

나의 갑작스러운 방문으로 제임스 형이 매우 화가 났던 모양이었다. 얼마 후에 어머니가 형과 화해하라며 우리 둘이 사이좋게 지내는 걸 보는 게 소원이고 그래야 앞으로도 우리가 형제로 살아

가지 않겠느냐고 말했을 때, 형은 내가 직원들 앞에서 결코 잊을 수 없고 용서할 수 없을 정도로 자기를 모욕했다고 소리쳤다. 하지만 그것은 제임스 형의 오해였다.

아버지는 총독의 편지를 받고는 약간 놀란 듯 보였지만 며칠 동안 나에게 아무런 말도 하지 않았다. 홈스 매형이 돌아오자 아버지는 그 편지를 매형에게 보여주며 키스 총독을 아는지, 또 그 총독이 어떤 사람인지 물어보았다. 그러고는 3년 뒤에나 겨우 성년이 되는 어린 소년에게 사업을 시작하라고 권하는 것으로 보아 신중하지 못한 사람인 게 분명하다는 개인적인 판단까지 덧붙였다. 홈스 매형이 총독의 계획에 찬성한다는 뜻을 내비쳤지만, 아버지는 그 계획이 부적절하다고 확신하고는 결국 단호히 거절했다. 그러고는 윌리엄 경이 나에게 제안한 후원에는 감사하지만, 내가 아직 너무 어리기 때문에 그처럼 중요하고 돈도 많이 드는 사업을 관리하기에는 아직 부족하다며 내가 사업을 시작하는 걸 지원할 수 없다는 편지를 정중하게 썼다.

당시 우체국 직원으로 일하던 믿음직한 친구 콜린스는 내가 새로운 땅에 대해 알려준 이야기에 반색하며 자기도 그곳으로 가겠다고 했다. 내가 아버지의 결정을 기다리는 동안 콜린스는 나보다 먼저 육로로 로드아일랜드를 향해 출발했다. 콜린스는 상당히 많은 양의 수학과 자연 철학에 관련된 책들을 남겨두고 떠나면서, 자기는 뉴욕에서 기다리고 있을 테니 내가 책들을 가지고 올 때 자기 책들도 가져와 달라고 부탁했다.

아버지는 윌리엄 경의 제안을 거절하긴 했지만 내가 거주하던 곳에서 무척 저명한 사람에게 호의적인 평가를 얻었다는 사실에, 또 내가 그처럼 짧은 기간에 그런 평가를 받을 정도로 근면하고 신중하게 처신한 것에 무척 기뻐했다. 제임스 형과 내가 화해할 가능성이 보이지 않자 아버지는 내가 필라델피아로 돌아가는 걸 승낙했다. 그러고는 그곳 사람들에게 공손히 행동하고 모두에게 존경받을 수 있도록 노력하고 남을 비웃고 모욕하는 못된 습관을 버리라는 충고를 덧붙였다. 또 꾸준히 근면하게 일하고 알뜰하게 절약하면 스물한 살쯤 되었을 때 사업을 시작하기에 충분한 돈을 모을 수 있을 테니, 그때 가서 부족하면 도와주겠다고도 했다. 내가 뉴욕행 배에 다시 오를 때 아버지와 어머니가 사랑의 징표로 건넨 작은 선물을 제외하면 그런 조언과 격려가 내게 주어진 모든 것이었지만, 이번에는 부모의 허락과 축복이 있었다.

뉴욕행 범선이 로드아일랜드 뉴포트에 닻을 내렸을 때 나는 수년 전 결혼해 그곳에 정착한 존 형을 찾아갔다. 존 형은 예전부터 나를 아꼈기 때문에 무척 따뜻하게 맞아주었다. 존 형의 친구인 버넌은 펜실베이니아에서 받을 돈이 35파운드 정도 있다며 자신을 대신해 그 돈을 받아 두었다가 그가 연락하면 송금해달라고 부탁했다. 그러고는 나에게 지급 명령서를 써주었다. 하지만 나중에 그 일로 나는 큰 곤욕을 치러야 했다.

뉴포트에서는 상당수 승객이 뉴욕행 배에 올랐다. 그들 중에는 친구 관계인 듯한 두 명의 젊은 여성과 시종을 거느린 점잖고

품위 있어 보이는 나이 지긋한 퀘이커교도 부인이 있었다. 나는 그 부인에게 작은 친절을 베풀었는데 그런 내 행동에 좋은 인상을 받았는지 부인은 내게 호의를 보였다. 그때 나와 두 젊은 여성이 가까워지는 걸 보고 부인은 나를 한쪽으로 데려가더니 이렇게 말했다. "젊은이, 내 눈에는 젊은이가 걱정스러워 보여요. 이곳에 친구도 없는 데다 젊은이가 세상 물정에 어둡고, 젊은이 앞에 어떤 유혹이 있는지도 제대로 모르는 것 같네요. 저 여자들은 무척 질 나쁜 여자들이에요. 내 눈에는 틀림없이 그렇게 보여요. 그들의 행실을 보면 분명히 그래요. 젊은이가 조심하지 않으면 저 여자들이 젊은이를 위험에 빠뜨릴 거예요. 여기에서 처음 만난 여자들이잖아요. 젊은이의 장래가 걱정돼서 충고하는 건데 저 여자들이랑 가깝게 지내지 말아요."

부인이 지적한 것만큼 두 여자가 나쁜 사람인 것 같지는 않다고 내가 대꾸하자, 부인은 자신이 직접 보고 들은 것들을 말해주었다. 나는 전혀 몰랐던 일이었지만 부인의 충고가 맞겠다는 생각이 들었다. 나는 부인의 친절한 충고에 감사해하며 그대로 따르겠다고 약속했다. 뉴욕에 도착하자 두 여자는 나에게 자신들이 사는 곳을 알려주며 만나러 오라고 유혹했다. 하지만 나는 가지 않았고, 그것은 정말이지 매우 잘한 일이었다. 이튿날 선장이 은수저와 몇몇 물건이 선장실에서 사라진 걸 알게 되었다. 선장은 두 여자가 매춘부라는 걸 알아냈고, 그들의 숙소를 수색할 수 있는 영장을 발부받아 사라진 물건들을 찾아냈다. 두 매춘부는 당연히 처벌받았다. 우리 배는 항해하는 과정에서 암초를 살짝 긁으며 아슬아슬하게 피했지만, 나에게는 두 여자를 피한 게 더 중대한 사건이었다.

나는 뉴욕에 먼저 와있던 친구 콜린스를 만났다. 우리는 어린 시절부터 친하게 지냈고, 책도 서로 바꿔가며 읽는 사이였다. 그러나 콜린스는 책을 읽고 공부할 시간적 여유가 나보다 많았고, 특히 수학에는 탁월한 천재성을 지녀 나를 훨씬 능가했다. 나는 보스턴에 살 때 시간적 여유가 생기면 대부분 그와 함께 보냈다. 그때만 해도 콜린스는 진지하고 근면한 청년이었고, 몇몇 성직자와 의원에게 남다른 학습 능력으로 높은 평가를 받아 장래에 훌륭한 인물로 성장할 게 분명해 보였다.

그러나 내가 없는 동안 콜린스는 모주꾼이 됐고 못된 습관에 빠졌다. 본인 말과 다른 사람들에게 들은 바에 따르면, 콜린스는 뉴욕에 도착한 후 매일 술에 취해 지냈고 무척 이상하게 행동했다. 도박에도 손을 대 돈을 다 탕진하는 바람에 내가 그의 숙박비를 대신 지불하고 필라델피아까지 가는 비용과 그곳에서의 생활비까지 모두 부담해야 했다. 그 모든 것이 내겐 여간 큰 부담이 아니었다.

당시 뉴욕 총독이던 윌리엄 버넷(William Burnet, 1687~1729, 버넷 솔즈베리 주교의 아들)은 선장에게 승객 중 무척 많은 책을 가진 젊은이가 있다는 말을 듣고 나를 만나고 싶어 했다. 그래서 나는 총독을 만나러 갔다. 콜린스도 데려가야 했지만, 그는 술에 취해 제정신이 아니었다. 총독은 나를 무척 정중하게 맞이하며 자신의 서재를 보여주었다. 무척 큰 서재였다. 우리는 책과 저자에 대해 많은 대화를 나누었다. 그는 나에게 따뜻한 관심을 보이며 영광을 베풀어준 두 번째 총독이었다. 나같이 보잘것없던 청년에게는 더할 나위 없이 즐거운 일이었다.

우리는 조금씩 필라델피아를 향해 나아갔다. 도중에 나는 버넌을 대신해 돈을 받았고, 그 돈이 없었다면 우리는 필라델피아까지의 여정을 끝내지 못할 뻔했다. 콜린스는 회계 사무소에서 일하고 싶어 했으나 그에게서 난 술 냄새 때문이었는지, 아니면 그의 이상한 행동 때문이었는지 추천서까지 받아 여러 곳에 지원했지만 어디에도 합격하지 못했다. 그래서 계속 나와 같은 집에서 숙식하며 내 돈을 축냈다. 게다가 내가 버넌의 돈을 갖고 있다는 걸 알자 계속해서 내게 돈을 빌리며 취직하는 즉시 갚겠다고 약속했다. 그렇게 조금씩 돈을 가져가다 보니 콜린스가 빌려 간 돈이 상당해서 버넌이 돈을 보내라고 연락하면 어떻게 해야 할지 노심초사할 수밖에 없었다.

콜린스의 음주벽은 계속되었고 그 때문에 우리는 간혹 다투기도 했다. 그가 술에 취하면 쉽게 짜증을 냈기 때문이다. 한번은 다른 친구들과 함께 노를 저어 델라웨어에 간 적이 있는데 콜린스는 자기 차례가 되었는데도 노 젓기를 거부했다. "노 젓기 싫어. 그냥 집에 데려다줘." 나도 물러서지 않았다. "우리는 너 대신 노를 젓지 않을 거야." 그러자 콜린스가 이렇게 대꾸했다. "네가 저어! 그렇지 않으면 밤새 물 위에 있어야 할 거야. 네 맘대로 해." 다른 친구들이 말했다. "그냥 우리가 젓자고. 무슨 차이가 있겠어?" 하지만 나는 콜린스의 행동이 마음에 들지 않았기 때문에 노를 젓지 않고 계속 버텼다. 그러자 콜린스는 내가 노를 젓지 않으면 배 밖으로 던져버리겠다고 욕하며 배를 가로질러 나에게 다가왔다. 그가 나에게 다가와 손찌검하려던 순간, 나는 그의 사타구니 사이로 손을 넣고는 벌떡 일어서며 그를 거꾸로 들어 강물에 내동댕이쳤다. 물론 콜린스가 수영을 잘한다는 걸 알고 있었으므로 별로 걱정하지는 않았다. 그가 배에 가까이 다가오면 우리는 노를 힘껏 저어 그의 손이 닿지 않는 곳으로 갔다. 그리고 그가 배 가까이 접근할 때마다 우리는 그에게 노를 젓겠느냐고 묻고 나서 다시 노를 저어 그에게서 멀어지길 반복했다. 그는 약이 올라 죽을 것 같으면서도 노를 젓겠다는 약속은 절대 하지 않았다. 마침내 그가 지치자 우리는 그를 배 위로 끌어 올렸고, 저녁이 되어서야 온몸이 흠뻑 젖은 그를 데리고 집으로 돌아왔다. 그 이후로 우리는 점잖은 말로 대화를 나눈 적이 거의 없었다. 그 사이에 서인도 제도의 바베이도스에 사는 한 신사로부터 아들들을 가르칠 가정교사를 구해달라는 의뢰를 받은 한 선장이 우연히 콜린스를 만났고, 그를 그곳에 데려가기로 합의를 보았다. 그때 콜린스는 떠나면서 나에게 빌린 돈을 갚겠다며 첫 월급을 받는 대로 나에게 송금하겠다고 약속했지만, 그 뒤로 그로부터 소식을 전혀 듣지 못했다.

버넌의 돈에 손댄 것은 내가 지금까지 살면서 초기에 범한 커다란 잘못 중 하나였다. 내가 중요한 사업을 관리하기에는 너무 어리다고 생각했던 아버지의 판단이 틀리지 않았음을 입증하는 사건이기도 했다. 그러나 윌리엄 경은 아버지의 편지를 읽고는 아버지가 지나치게 신중하다고 말했다. 그는 사람마다 차이가 있어, 나이를 먹는다고 분별력이 생기는 것이 아니듯 젊다고 분별력이 없는 것 또한 아니라고 말했다. "자네 아버지가 도와주지 않는다면 내가 도와주겠네. 영국에서 들여와야 할 물건 목록을 알려주게. 그럼 내가 사람을 보내 준비시키겠네. 나중에 능력이 되면 갚도록 하게. 이곳에 좋은 인쇄 기술자를 두고 싶은 게 내 욕심이고, 자네라면 틀림없이 성공할 거로 확신하니까."

총독이 너무도 진지하게 말했기 때문에 나는 그의 의도를 조금도 의심하지 않았다. 나에게 필라델피아에 인쇄소를 차리라는 총독의 제안을 그때까지 누구에게도 말하지 않았고, 그 후로도 아무에게도 발설하지 않았다. 그러나 내가 총독을 의지하고 있다는 걸 알았다면 어느 정도 총독에 대해 아는 친구들은 십중팔구 나에게 그를 믿지 말라고 조언했을 터였다. 나도 나중에야 들었지만 총독은 지키지도 못할 약속을 아무렇지도 않게 내뱉는 사람으로 유명했다. 하지만 내가 부탁하지도 않았는데 그처럼 자발적으로 내놓는 너그러운 제안이 어떻게 진실하지 못한 것이리라 생각할 수 있었겠는가? 나는 그가 세상에서 가장 좋은 사람이라 굳게 믿고 있었다.

나는 작은 인쇄소를 차리는 데 필요한 물건 목록을 작성해 윌리엄 경에게 주었다. 내 계산으로는 약 백 파운드 정도 소요될 것 같았다. 윌리엄 경은 목록을 받아들고는 매우 흡족해하며, 나에게 직접 영국에 가서 활자를 고르고 좋은 물건인지 확인하는 게 낫지 않겠느냐고 물었다. "그렇게 하면 거기에서 서적과 문구류를 판매하는 사람들과 얼굴도 익히고 관계망도 구축할 수 있을 걸세." 내 생각에도 그편이 더 나을 것 같아 그의 제안에 동의하자 윌리엄 경이 말했다. "그럼 애니스 호를 타고 갈 준비를 하게." 애니스 호는 당시 1년에 한 번 런던과 필라델피아를 오가던 유일한 정기선이었다. 애니스 호 출항까지는 아직 수개월의 시간적 여유가 있었다. 그래서 나는 카이머의 인쇄소에서 계속 일하면서 콜린스가 나에게 빌려 간 돈을 걱정하면서, 버넌이 내일이라도 돈을 부치라고 연락할까 봐 조바심 내며 하루하루를 보내고 있었다. 하지만 버넌에게는 한참 동안 아무런 연락도 오지 않았다.

보스턴을 처음 떠났을 때 있었던 사건 중에 빠뜨리고 언급하지 못한 게 있다. 그때 바람이 불지 않아 우리가 탄 배가 블록섬 근처에서 멈춘 적이 있었는데 그때 승객들이 대구를 낚기 시작했고 상당히 많은 양을 잡았다. 그때까지 나는 동물성 고기를 먹지 않겠다는 결심을 고수하고 있었고, 나에게 채식을 가르쳐준 트라이언 선생과 마찬가지로 낚시 역시 정당한 이유 없는 살상 행위라 생각했다. 어떤 물고기도 그런 학살이 정당화될 정도로 우리에게 해를 가한 적이 없고 가할 수도 없기 때문이다. 트라이언의 주장은 지극히 타당한 것 같았다. 하지만 예전에 내가 생선 요리를 무척 좋아하기도 했지만, 그날은 프라이팬에서 구워지는 생선 냄새가 코끝을 자극했다. 한동안 원칙과 욕망 사이에서 저울질하던 중 대구의 배를 갈랐을 때 더 작은 물고기가 배 속에서 나오는 걸 보았다. “너희끼리도 서로 먹는데 우리가 너희를 먹지 않을 이유가 없지 않은가!” 이런 생각이 들자 나는 대구를 실컷 먹었다. 그 후로도 계속 생선을 먹었고, 아주 가끔만 채식을 했다. 이렇게 ‘합리적인 피조물’이 되면 편리한 점이 한둘이 아니다. 무엇이든 할 수 있는 이유를 찾아내거나 지어낼 수 있기 때문이다.

5장

필라델피아의 친구들

카이머와 나는 상당히 친근하고 스스럼없이 지냈으며 마음도 어지간히 잘 맞았다. 무엇보다 카이머는 내가 인쇄소를 차리려 한다는 계획을 전혀 몰랐다. 카이머는 젊은 시절의 열정을 거의 그대로 유지하고 있었고 논쟁하는 걸 좋아했다. 따라서 우리는 말싸움을 벌이는 경우가 많았다. 나는 소크라테스식 논쟁법으로 그를 손쉽게 이겼다. 예컨대 우리가 다투는 논점과는 거의 상관없어 보이는 문제로 시작해 조금씩 논점에 접근함으로써 그를 곤란하고 모순된 지경에 몰아넣었다. 그런 상황에 내몰리면 그는 극도로 조심스럽게 변해 지극히 평범한 질문에도 제대로 대답조차 하지 못하고 "무슨 의도로 그렇게 묻는 건가?"라고 물었다. 하지만 상대방을 꼼짝하지 못하게 만드는 내 말솜씨와 논리력을 높이 평가하면서,

새 종파를 세우려는 그의 계획에 동참하지 않겠느냐고 진지하게 제안하기도 했다. 자신은 교리를 설교하고 나는 모든 반대파를 물리치는 역할을 맡자는 것이었다. 하지만 그가 나에게 교리에 관해 설명했을 때 몇몇 부분이 마음에 들지 않았다. 그래서 내 뜻을 조금이라도 받아들이고, 내 의견을 조금이라도 반영하지 않으면 도와줄 수 없다고 말했다.

카이머는 수염을 덥수룩하게 길렀다. 모세의 율법 어딘가에 "수염 끝을 손상하지 말라"라는 구절이 있다는 게 그 이유였다. 또 카이머는 제칠일 안식일만은 철저히 지켰다. 그 둘은 그에게 매우 중요한 것이었다. 나는 둘 다 마음에 들지 않았지만, 그가 육식을 금지하는 교리를 채택하겠다는 조건으로 그 둘을 인정하기로 했다. "내 몸이 채식을 견뎌낼 수 있을까 모르겠네." 그는 그렇게 말하며 걱정했지만 나는 채식을 하면 몸이 더 좋아진다고 설득했다. 그는 평소 엄청나게 많이 먹는 대식가여서 배가 고파 허덕이는 걸 보면 그런대로 재밌을 것 같았다. 내가 채식을 하면 그도 시도해 보겠다고 약속했다. 나는 그 조건을 받아들였고, 우리는 석 달 동안 채식을 했다. 우리는 이웃에 사는 한 여인에게 시간에 맞춰 먹을 것을 준비해 갖다 달라고 부탁했다. 또 나는 그 여인에게 마흔 가지 요리 목록을 주며 매번 다르게 만들어달라고 했다. 어떤 요리에도 생선과 네발 달린 짐승 고기는 물론 심지어 가금류도 들어 있지 않았다. 게다가 돈도 많이 들지 않아, 정확히 말하면 일주일에 18페니를 넘지 않았기에 나는 더욱 만족스러웠다. 그 이후로도 몇 년간 사순절에는 일반식을 포기하고 채식을 엄격하게 지켰고, 사순절이 지나면 조금의 불편함 없이 곧바로 일반식으로 돌아갔다. 변화는 점진적으로 시도해야 쉽다는 조언은 맞지 않는 듯하다. 나는 즐겁게 채식을 계속했지만 카이머는 가엾을 정도로 힘들어했다. 결국, 그는 새 종파를 만들겠다는 계획에 진절머리를 내고 기름진 진수성찬을 꿈꾸며 구운 돼지고기를 주문했다. 그 식사 자리에 나와 두 명의 여자 친구를 초대했다. 하지만 주문한 돼지고기가 너무 일찍 도착하자 유혹을 견디지 못하고 우리가 도착하기도 전에 그 많은 돼지고기를 혼자 모조리 먹어 치웠다.

이 무렵 나는 리드 양과 교제하며 그녀의 관심을 끌려고 무척나 애썼다. 나는 그녀를 무척 존중하면서도 애정을 느꼈고, 이러저러한 이유로 그녀 역시 나와 똑같은 마음이겠거니 생각했다. 그러나 내가 긴 여행을 앞둔 데다 둘 다 이제 갓 열여덟을 넘긴 어린 나이여서 그녀의 어머니는 신중하게 생각하라며 우리 관계가 지나치게 깊어지는 걸 막았다. 설령 결혼하더라도 내가 돌아온 뒤에, 요컨대 내가 사업을 시작하고 확고히 자리 잡은 뒤에 고려하는 편이 낫다고 판단했다. 결국, 그녀의 어머니는 내 장래가 내가 생각하는 만큼 굳건하다고 생각하지 않은 듯했다.

당시 내가 주로 만났던 친구들은 찰스 오즈번, 조지프 왓슨, 제임스 랠프였다. 그들 모두 책 읽는 걸 매우 좋아했다. 오즈번과 왓슨은 필라델피아에서 부동산과 관련된 공증인으로 유명하던 찰스 브록던의 사무실에서 일하는 직원이었고, 랠프는 상점 직원이었다. 왓슨은 믿음이 깊고 분별력 있으며 무척 성실한 청년이었다. 나머지 둘은 종교적 규범에 그리 신경 쓰지 않는 편이긴 했지만, 특히 랠프는 예전에 콜린스가 그랬듯이 나와 실랑이하며 힘들게 했다. 오즈번은 합리적이고 솔직하며 숨기는 게 없었고, 모든 친구에게 살갑게 대했지만 문학적인 문제에 있어서만큼은 유난히 비판적이었다. 랠프는 독창적이었고 예바르게 처신했으며 감정 표현에 있어 탁월한 능력자였다. 나는 그보다 말솜씨가 뛰어난 사람을 여태껏 보지 못했다. 또 오즈번과 랠프는 시를 무척 좋아했고, 직접 짤막한 시를 쓰기도 했다. 우리 넷은 일요일이면 스쿨킬 근처 숲을 산책하며 서로에게 글을 읽어주었고 그 글에 대해 의견을 주고받기도 했다.

랠프는 계속해서 시를 공부하고 싶어 했다. 그는 언젠가 시인으로 명성을 얻고 돈도 벌 수 있으리란 걸 조금도 의심하지 않았고, 최고의 시인들도 처음 시를 쓰기 시작했을 때는 자기만큼 많은 실수가 있었다고 주장했다. 오즈번은 그런 랠프에게 그의 시에는 재능이 없다고 말하며 기를 꺾어놓았다. 그러고는 랠프에게 지금 하는 일 외에 다른 일은 생각지도 말라며, 지금은 자본이 없어 자기 사업을 할 수 없겠지만 워낙 근면하고 꼼꼼하기 때문에 충분히 관리인이 될 수 있을 거라고 했다. 또 때가 되면 자기 이름으로 거래하는 데 필요한 자금을 확보할 수 있겠다고 조언했다. 나도 랠프가 때때로 시를 쓰고 즐기며 어휘력을 키우는 건 좋지만 그 이상을 목표로 삼는 건 바람직하지 않다고 생각했다.

그러다가 우리는 다음에 만날 때 각자 글을 한 편씩 써 와서 상대의 글을 비평하며 수정하는 실력을 키워보자고 했다. 우리가 염두에 둔 것은 어휘력과 표현력 향상이었기 때문에 일단 창작에 대해서는 배제하기로 했다. 그래서 하나님의 강림을 노래한 시편 18편을 다시 써오는 것으로 합의를 보았다. 우리가 만나기로 약속한 며칠 전 랠프가 나를 찾아와 글을 다 썼다고 했다. 나는 랠프에게 그동안 무척 바빴기도 했지만, 글을 쓸 생각이 전혀 안 들어 한 줄도 못 썼다고 솔직하게 털어놓았다. 그럼에도 랠프는 내 의견을 구하기 위해 자기 글을 나에게 보여주었다. 내가 보기에는 상당히 잘 쓴 것 같아서 그렇게 말해주었다. 그러자 랠프가 말했다. "그런데 오즈번은 내 글에서 좋은 점을 찾으려고 하지 않을 거고, 순전히 시기심에 오만 가지 트집을 잡고 비판할 거야. 오즈번이 너는 별로 시기하지 않으니까, 네가 이 글을 쓴 것처럼 해보자. 나는 시간이 없어 글을 쓰지 못한 척할 테니까." 우리는 그렇게 하기로 합의를 보았고, 내가 쓴 것처럼 하려고 곧바로 랠프의 글을 옮겨 썼다.

마침내 우리가 만나기로 약속한 날이 되었다. 왓슨의 글이 가장 먼저 낭송되었다. 아름다운 구절도 적지 않았지만 결함도 많았다. 다음 차례는 오즈번의 글이었다. 왓슨의 글보다는 훨씬 나았다. 랠프는 오즈번의 글을 편견 없이 공정하게 평가하며 약간의 결함을 지적했지만 아름다운 구절에는 아낌없이 박수를 보냈다. 랠프는 시간이 없어 글을 써오지 못했다고 말했다. 나는 수정할 시간이 없었다며 망설이고는 대충 넘어가려는 듯한 모습을 보였다. 하지만 어떠한 변명도 용납되지 않았다. 결국, 나는 랠프의 글을 읽어야 했다. 글을 끝까지 읽고 나서 친구들의 요구에 다시 읽어야 했다. 왓슨과 오즈번이 경쟁을 포기하겠다며 이구동성으로 글에 대한 칭찬을 아끼지 않았다. 랠프만이 약간 비판을 가하며 몇몇 군데를 수정하면 좋겠다고 제안했다. 그러나 나는 그 글을 적극적으로 옹호했다. 오즈번은 랠프를 나무라며 내가 시인에 버금가는 솜씨를 보여주었다고 했다. 랠프는 더는 논쟁하지 않고 입을 다물었다.

그 둘은 집에 함께 갔다. 랠프가 나에게 전해준 바에 따르면, 집에 가는 길에 오즈번은 내가 아첨한다고 생각할까 봐 내 앞에서는 자제했다며 내 작품에 대한 칭찬을 끊임없이 늘어놓았다고 했다. "프랭클린이 그런 글을 써낼 수 있을 거라고 누가 상상이나 했겠어? 아름답고 힘이 넘치고 활활 타오르는 불꽃 같았어! 원문보다 나았어. 우리가 대화할 때는 머뭇대고 더듬거리면서 적절한 단어를 선택하는 데도 애를 먹는 것 같았는데. 정말이지 깜짝 놀랐어, 프랭클린에게 그런 글솜씨가 있을 줄이야!" 우리가 다음에 만났을 때, 랠프는 우리가 오즈번에게 어떤 속임수를 썼는지 밝혔고, 그 때문에 오즈번은 잠깐이나마 놀림감이 되었다.

이 사건을 계기로 랠프는 시인이 되겠다는 결심을 더욱 굳혔다. 나는 그런 결심을 단념시키기 위해 온갖 수단을 동원했지만, 랠프는 알렉산더 포프에게 따끔하게 지적받을 때까지 계속해서 시를 끄적거렸다. 하지만 랠프는 산문 분야에서 뛰어난 작가가 되었다. 그에 대해서는 뒤에서 더 이야기하도록 하겠다. 그러나 다른 두 친구에 대해서는 다시 이야기할 기회가 없을 것 같으니 여기에서 짤막하게 언급해두자. 왓슨은 수년 후에 내 품 안에서 숨을 거두었다. 우리 중에서 가장 괜찮은 친구의 죽음이어서 너무도 슬프고 안타까웠다. 오즈번은 서인도 제도로 건너가 저명한 변호사가 되어 돈을 많이 벌었지만 역시 젊은 나이에 죽었다. 오즈번과 나는 진지하게 약속한 것이 있었다. 가능하다면 먼저 죽는 사람이 다른 사람을 찾아와 또 다른 세계는 어떤 모습인지를 알려주기로 한 약속이었다. 그러나 오즈번은 그 약속을 지키지 않았다.

6장

첫 번째 영국 여행

윌리엄 키스 총독은 나와 함께 있는 게 좋았는지 틈나는 대로 나를 자기 집에 초대했고, 내가 인쇄소 차리게 도와주는 걸 기정사실처럼 이야기했다. 나는 인쇄기와 활자 및 종이 등을 구입하는 데 필요한 돈을 빌릴 수 있는 신용장뿐 아니라, 그가 친구들에게 보내는 추천장도 가져갈 예정이었다. 그 편지들이 준비되면 그때그때 나에게 연락하기로 했다. 하지만 추천장은 계속 차일피일 미루어졌다. 다행히 런던행 배도 몇 번이고 출항이 연기되었지만, 마침내 출항이 결정되었을 때까지도 총독의 편지는 감감무소식이었다. 그래서 출발을 앞두고 작별인사도 하고 편지도 받을 겸 들렀을 때 총독의 비서 바드 박사가 나를 맞이하러 나와서는 총독이 편지를 쓰느라 몹시 바쁘다며 배보다 편지가 먼저 뉴캐슬에 도착하게 할 터이니 그곳에서 편지를 받으라고 했다.

당시 랠프는 결혼해서 아이도 하나 있었지만, 여행길에 나와 동행하기로 했다. 나는 랠프가 관계망을 구축하고 위탁 판매할 물건을 알아볼 목적으로 함께 간다고 생각했다. 그런데 나중에야 알았지만, 부인 친척들에게 불만이 많아 아내를 아예 그들에게 떠넘기고 다시는 돌아오지 않을 계획이었다. 나는 친구들에게 작별인사를 건네고 리드 양과도 이런저런 약속을 주고받은 뒤에 배를 타고 필라델피아를 떠났고, 얼마 후 배는 뉴캐슬에 닻을 내렸다. 총독도 그곳에 와 있었다. 그러나 내가 그의 숙소를 찾아갔을 때 이번에도 비서가 나를 맞으며 세상에서 가장 정중하게 메시지를 전달했다. 무척 중요한 일로 바빠 나를 만날 수 없지만, 배편으로 편지를 보낼 것이고, 나에게 좋은 여행을 끝내고 신속히 돌아오길 진심으로 바란다는 메시지였다. 나는 약간 어리둥절한 채 배로 돌아왔지만, 그때까지만 해도 조금도 의심하지 않았다.

때마침 필라델피아의 유명한 변호사 앤드루 해밀턴(Andrew Hamilton, 1676~1741) 씨와 그의 아들이 우리와 같은 배를 타고 있었다. 그들 부자는 퀘이커교도 상인 데넘 씨, 메릴랜드에서 제철소를 공동으로 운영하는 어니언 씨, 러셀 씨와 함께 널찍한 객실을 통째로 빌렸다. 그래서 랠프와 나는 삼등선실에서 지낼 수밖에 없었다. 게다가 승객과 선원들 중 누구도 우리를 알지 못해 우리는 그저 평범한 서민 취급을 받았다. 그런데 해밀턴 씨와 그의 아들(이름이 제임스로 나중에 총독이 된다)이 뉴캐슬에서 필라델피아로 황급히 돌아가게 되었다. 해밀턴 씨가 엄청난 액수의 수임료를 받고 압류된 선박을 변론해달라는 의뢰를 받았기 때문이었다. 배가 뉴캐슬에서 출항하기 직전에 프렌치 대령이 배에 올랐다. 대령이 나를 깍듯하게 대하자 승객들도 나에게 눈길을 주기 시작했다. 게다가 널찍한 객실에 빈 곳이 생겼다며 데넘 씨 등이 나와 랠프에게 그 객실로 옮기길 요청했다. 그래서 우리는 일등선실로 옮겼다.

프렌치 대령이 총독의 전갈을 배에 전달했으리라 생각하고 나는 선장에게 내 앞으로 온 편지가 있는지 살펴봐달라고 부탁했다. 선장은 모든 편지가 가방에 보관되어 있어 지금 당장 편지를 확인할 수는 없지만, 영국에 도착해 배에서 내리기 전에 나에게 총독의 편지를 확인할 기회가 있을 거라고 했다. 그래서 나는 널찍한 선실로 옮긴 상황에 만족해하며 즐겁게 여행을 계속했다. 랠프와 나는 그 선실에서 사교성 있는 사람들을 여럿 사귀었고, 해밀턴 씨가 남겨놓은 물건들 덕분에 무척 여유롭게 지낼 수 있었다. 그 여행에서 나는 데넘 씨와 친교를 맺었고, 그가 세상을 떠날 때까지 관계는 지속되었다. 하지만 항해하는 동안 날씨가 좋지 않아 여행 자체가 즐겁지는 않았다.

마침내 배가 영국 해협에 들어서자 선장은 나와의 약속을 지키려고 가방을 뒤져 총독의 편지를 찾을 기회를 주었다. 하지만 내 이름이 적힌 편지는 어디에도 없었다. 그래서 필적을 확인하고 약속된 편지로 여겨질 만한 편지 예닐곱 통을 골라냈다. 그중 하나는 왕으로부터 인가받은 인쇄소를 운영하던 존 바스켓에게 보내는 것이었고, 다른 하나는 한 서적상에게 보내는 것이었다.

1724년 12월 24일, 우리는 런던에 도착했다. 나는 먼저 서적상을 찾아가 키스 총독이 보내는 것이라며 편지를 전달했다. "키스 총독이라고요? 모르는 사람인데." 서적상은 혼잣말하며 편지를 뜯어보았다. "저런, 리들스텐이 쓴 편지군요. 얼마 전에야 알게 되었는데 이 친구가 완전히 악당이더라고요. 이 사람하고는 얽히고 싶지 않습니다. 편지도 읽고 싶지도 않고요." 이렇게 말하며 서적상은 그 편지를 나에게 돌려주었고, 획 돌아서며 다른 손님을 맞으러 갔다. 그 편지들이 총독의 편지가 아닌 걸 알고는 놀라지 않을 수 없었다. 지난 상황을 되짚어본 뒤에야 나는 총독의 진정성을 의심하기 시작했다. 그래서 새로 사귄 친구 데넘을 찾아가 모든 것을 숨김없이 털어놓았다. 데넘은 총독의 성품에 관해 얘기해주고는 총독이 나를 위해 그런 편지를 썼을 가능성은 전혀 없다고 말했다. 또 총독의 됨됨이를 아는 사람이라면 누구도 총독에게 의지하지 않을 거라고 덧붙였다. 게다가 신용이라고는 눈곱만큼도 없는 총독이 신용장을 써준다는 건 말이 안 된다며 조롱하며 비웃기까지 했다. 내가 어떻게 하면 좋겠냐고 걱정하자, 데넘은 런던에서 인쇄와 관련된 일자리를 찾아보라고 조언했다. "이곳 인쇄업자들 틈에서 일하다 보면 실력이 좋아질 거네. 그럼 미국에 돌아가 인쇄소를 시작할 때 한층 유리하지 않겠나."

서적상도 그랬지만 우리 둘도 리들스텐이란 변호사가 진짜 악당이라는 걸 우연히 알게 되었다. 그는 리드 양의 아버지에게 법적 책임을 모두 떠안도록 유도해 그분을 거의 파산 직전까지 이르게 한 적이 있었다. 그 편지로 짐작하건대 우리와 함께 오려고 했던 해밀턴에게 손해를 입히려는 계획을 은밀하게 진행 중이고, 키스 총독도 그 계획에 관련된 듯했다. 데넘은 해밀턴의 친구였던 까닭에 그 음모를 해밀턴에게 알려야 한다고 생각했다. 그래서 얼마 후에 해밀턴이 영국에 도착했을 때 나는 부분적으로는 키스와 리들스덴에 대한 앙심과 악감정으로, 또 부분적으로는 해밀턴에 대한 호의로 그를 기다렸다가 그 편지를 보여주었다. 해밀턴에게는 그 정보가 정말 중요한 것이어서 나에게 진심으로 고마워했고, 그때 이후로 늘 내 지원군이 되어 많은 일에서 나에게 큰 도움을 주었다.

그런데 총독이란 작자가 아무것도 모르는 순진한 젊은이에게 어떻게 그렇게 한심한 속임수를 써 무지막지한 짓을 벌였던 것일까? 그것은 총독의 몸에 밴 습관이었다. 총독은 모두의 비위를 맞추고 싶어 했지만, 특별히 줄 것이 없으니 기대감이라도 심어주려 했던 것이다. 그런 습관을 제외하면 총독은 기발하고 합리적인 사람이었고, 글솜씨도 꽤 좋았다. 또한, 독점 식민지를 소유한 귀족들의 요구를 무시하며 때때로 그들을 실망시키기도 했지만, 시민들에게는 좋은 총독이었다. 우리 주의 적잖이 좋은 법들은 그가 총독 재임 시 입안해 통과시킨 것들이다.

랠프와 나는 떨어져서는 못 살 정도로 친한 친구가 되었다. 우리는 리틀 브리튼 거리에 있는 셋방에서 일주일에 3실링 6페니씩 내고 함께 지냈다. 그 돈은 당시 우리가 감당할 수 있는 최고금액이었다. 랠프는 몇몇 친척을 찾아가 보았지만 그들 역시 가난해서 우리를 도울 처지가 못 되었다. 또한, 계속 런던에 체류하면서 랠프는 필라델피아로 돌아갈 생각이 없다는 속내를 나에게 털어놓았다. 그는 뱃삯을 지불하는 데 끌어올 수 있는 모든 돈을 쓴 뒤여서 그야말로 땡전 한 푼 없이 영국에 내렸다. 다행히 나에게 금화 15피스톨이 있었다. 랠프는 일자리를 찾는 동안 가끔 내게 돈을 빌려 근근이 연명했다. 그는 배우 쪽에 재능이 있다고 생각해 처음에는 극단에 들어가려고 애썼다. 그러나 랠프가 지원한 한 극단에서 윌크스라는 배우가 그에게 성공 가능성이 전혀 없으니 배우라는 직업을 머릿속에서 지우라고 솔직하게 조언해주었다. 그 뒤에는 패터노스터 로Paternoster Row 거리에서 『스펙테이터』 같은 주간지를 발행하던 출판업자 로버츠를 찾아가 그의 잡지에 글을 쓰게 해달라며 몇몇 조건을 제시했지만 로버츠는 그 제안을 받아들이지 않았다. 다시 법률 학원 근처의 출판업자와 변호사를 대신해 이러저러한 잡문서를 작성하는 전속 작가 일자리를 구하려고도 해보았지만, 빈자리가 없었다.

한편 나는 파머 인쇄소에서 금방 일자리를 구했다. 그곳은 당시 바살러뮤 클로스에서 꽤 유명한 인쇄소였고, 나는 그곳에서 거의 1년 동안 일했다. 나는 무척 부지런했지만, 랠프와 함께 연극을 관람하고 유흥업소를 들락거리며 대부분의 수입을 썼다. 게다가 금화도 모두 써버리자 우리는 근근이 살아갈 수밖에 없었다. 랠프는 아내와 자식은 까맣게 잊은 듯했고, 나도 리드 양과의 약속을 서서히 잊고 있었다. 사실 리드 양에게는 내가 빨리 돌아갈 수 없을 것 같다는 편지 한 통 보낸 것이 전부였다. 그런 태만은 내가 지금까지 살며 저지른 또 다른 큰 잘못으로, 내가 다시 살 수 있다면 반드시 바로잡고 싶은 것 중 하나다. 사실대로 말하면 돈을 펑펑 써댄 탓에 나는 돌아갈 뱃삯조차 마련할 수 없었다.

파머 인쇄소에서 일하던 중에 나는 윌리엄 울러스턴(William Wollaston, 1659~1724)의 『자연 종교*Religion of Nature*』 재판 조판 작업을 맡게 되었다. 그런데 그의 추론 중 근거가 충분하지 않은 몇몇 부분이 내 눈에 띄었다. 그래서 나는 그 점들을 지적하며 논평하는 약간 형이상적인 글을 썼고, 그 글에 「자유와 필연, 쾌락과 고통에 대한 논설」이란 제목을 붙였다. 그리고 그 논문을 친구 랠프에게 헌정한다고 덧붙인 뒤에 소량 인쇄했다. 파머 씨는 내 논문에서 불편하게 여겨지는 부분들을 진지하게 지적했다. 이 논문을 인쇄한 것은 그에게 재주 많은 젊은이로 인정받는 계기가 되었지만, 또 하나의 큰 실수였다. 나는 리틀 브리튼에서 기숙하는 동안 윌콕스라는 서적상을 알게 되었다. 그의 서점은 내 숙소 바로 옆에 있었다. 윌콕스의 서점에는 중고 서적이 엄청나게 많았다. 당시에는 책을 빌려주는 도서관이 없었는데, 어떤 조건이었는지 지금은 잊었지만 나는 그곳에서 합당한 조건으로 책을 가져다가 읽고 되돌려주겠다는 계약을 맺었다. 내 생각에 나에게 무척 유리한 계약이었고 그 계약 덕분에 나는 많은 책을 읽을 수 있었다.

어떤 과정을 거쳤는지는 몰라도 내 논문이 『인간 판단의 무오류성*The Infallibility of Human Judgment*』이란 책을 쓴 라이언스라는 외과 의사 손에 들어갔고, 이를 계기로 우리는 서로 알게 되었다. 나를 높이 평가했던 라이언스는 가끔 일부러 찾아와 그 주제를 가지고 대화를 나누었다. 한번은 나를 치프사이드 거리의 허니 레인 시장 구역에 있는 허름한 선술집 혼즈로 데려가 『꿀벌 우화*Fable of the Bees*』를 쓴 버나드 맨더빌(Bernard Mandeville, 1670~1733) 박사에게 나를 소개했다. 그 술집에서 자신을 중심으로 한 모임을 운영하던 맨드빌 박사는 익살맞고 재밌는 사람이었다. 라이언스는 배슨 커피점에서 헨리 펨버턴(Henry Pemberton, 1694~1771) 박사를 나에게 소개해주었고, 펨버턴 박사는 나에게 언젠가 아이작 뉴턴(Isaac Newton, 1642~1727) 경을 만나게 해주겠노라고 약속했다. 나는 그날만을 손꼽아 기다렸지만 그런 날은 오지 않았다.

나는 영국에 갈 때 진귀한 물건을 몇 개 가져갔다. 대표적인 것이 석면으로 만들어서 불 옆에 가면 빛이 나는 지갑이었다. 한스 슬론 경(Hans Sloane, 1660~1753)이 그 소문을 듣고 나를 찾아와 블룸즈버리 광장에 있는 자기 집으로 초대했다. 그는 자신이 수집한 온갖 진귀한 물건들을 나에게 보여주며 그 지갑을 수집품에 더하고 싶다는 의향을 내비쳤다. 나는 후한 대가를 받고 지갑을 그에게 넘겼다.

우리가 묵고 있던 하숙집에는 여성용 모자를 만들어 판매하는 젊은 여성이 있었다. 내 기억이 맞는다면 그 여자의 가게는 클로이스터스에 있었다. 그녀는 가정 교육을 잘 받은 듯했고 사려 깊고 명랑해서 상대방을 기분 좋게 했다. 랠프는 저녁마다 그녀에게 희곡을 읽어주었다. 그들은 점차 가까워졌고 그녀가 하숙집을 옮기자 랠프도 그녀를 따라갔다. 그들은 한동안 함께 살았다. 그러나 랠프는 여전히 일자리를 구하지 못했고 그녀의 수입만으로는 그녀의 자식까지 포함해 세 식구를 부양하기에 충분하지 않았다. 그래서 랠프는 런던을 떠나 한 시골 학교 선생으로 지원해보기로 했다. 글솜씨도 탁월한 데다 산수와 계산 실력도 뛰어났기 때문에 시골 학교 선생 노릇 하기에는 자격이 충분하다고 생각했다. 하지만 랠프는 그런 교사 생활은 자기 수준에 합당하지 않은 저급한 일이라 여겼고, 미래에는 더 나은 행운이 있을 것이라 확신하며, 한때 비천한 일을 했다는 게 알려지는 걸 마뜩잖게 생각했던지 자기 이름을 버리고 내 이름을 사용하는 영광을 나에게 베풀었다. 랠프가 런던을 떠나고 얼마 지나지 않아 작은 마을(버크셔에 있는 마을로 기억한다)에 정착했고, 10~12명의 남자아이들에게 일주일에 한 명당 6페니를 받고 읽기와 쓰기를 가르친다는 편지를 보내왔기 때문에 이 모든 사실을 알게 되었다. 또 랠프는 나에게 T 부인을 보살펴달라고 부탁했고 자기에게 편지를 쓸 때는 '모(模) 학교 교사 프랭클린 씨' 앞으로 보내라고 했다.

랠프는 뻔질나게 편지를 보내왔는데 당시 쓰고 있던 서사시 일부를 보내 내가 논평하고 수정해주기를 원했다. 나는 때때로 논평하고 수정한 내용을 보냈지만, 시인이 되겠다는 그의 꿈을 꺾어놓는 걸 우선적인 목표로 삼았다. 그때 에드워드 영(Edward Young, 1683~1765)의 연작시 「풍자」가 발표되었다. 뮤즈 여신들의 도움을 받아 출세하기를 바라며 뮤즈 여신들을 뒤쫓는 사람들의 어리석음을 강하게 비판한 시였다. 나는 그 시의 많은 부분을 옮겨 써서 랠프에게 보냈다. 하지만 나의 이런 노력은 아무런 보람도 얻지 못했다. 그의 시는 편지와 함께 끊임없이 날아왔고, 그 사이에 T 부인은 랠프 때문에 친구도 잃고 일자리도 잃어 경제적으로 궁핍해졌다. 그래서 나에게 손을 벌렸고, 나는 여윳돈을 그녀에게 빌려줘 그녀가 곤경에서 벗어날 수 있도록 도움을 주었다.

그러는 사이 나는 그녀와 함께 있는 게 좋아졌다. 게다가 당시에는 종교적인 것에도 얽매이지 않고 있던 때라 내가 그녀에게 상당히 중요한 위치에 있다는 점을 이용해 그녀와 성관계를 맺으려고 시도했다(나의 또 다른 실수다). 하지만 그녀는 화를 버럭 내며 거부했고 내 행동을 랠프에게 일렀다. 그 사건으로 인해 우리 사이는 벌어졌다. 랠프는 런던으로 돌아오자마자 그가 나에게 빚진 모든 것은 무효가 되었다며 일방적으로 선언해버렸다. 따라서 내가 그에게 빌려준 돈은 물론이고 그를 위해 미리 빼낸 버넌의 돈을 되돌려받을 가능성까지 사라진 셈이었다. 하지만 어차피 랠프는 돈을 갚을 여력이 전혀 없었기 때문에 그의 선언으로 크게 달라진 것은 없었다. 그와의 우정을 잃자 나는 오히려 큰 짐을 덜어낸 기분이었다. 그때부터 나는 돈을 모아야겠다고 생각했고 더 나은 일자리를 기대하며 파머 인쇄소를 떠나 링컨스 인 필드 근처에 있는 와츠 인쇄소로 옮겼다. 와츠 인쇄소 규모가 훨씬 더 컸고 런던을 떠날 때까지 줄곧 그곳에서 일했다.

와츠 인쇄소에서 나는 처음부터 인쇄 작업을 맡아서 했다. 미국에서는 인쇄 작업과 조판 작업이 뒤죽박죽으로 진행되어 몸을 많이 썼지만, 영국에서는 조판 작업만 주로 해 체력이 약해졌다고 생각했기 때문이다. 또 거의 50명에 이르는 직공들이 맥주를 벌컥벌컥 마셔댔지만 나는 오로지 물만 마셨다. 때때로 나는 커다란 활자판을 양손에 하나씩 들고 계단을 오르내렸지만, 다른 직공들은 두 손으로 활자판 하나 옮기는 것도 버거워했다. 이런 일이 자주 눈에 띄자 그들이 나에게 붙여준 별명대로 '물만 먹는 미국인'이 진한 맥주를 마시는 그들보다 더 강한 것을 보고는 의아해했다.

우리 인쇄소에는 언제라도 직공들에게 맥주를 제공하려고 선술집 직원 아이가 상시 대기하고 있었다. 인쇄실의 한 동료는 매일 아침 식사 전에 1파인트, 빵과 치즈로 아침 식사를 할 때 1파인트, 아침 식사와 저녁 식사 사이에 1파인트, 오후 6시경에 1파인트, 또 하루 일을 끝낸 뒤에 1파인트를 마셨다. 내 생각에 그런 음주 습관은 나쁜 것이었다. 그러나 그 동료는 진한 맥주를 마셔야 체력이 강해져 힘든 일을 해낼 수 있다고 강변했다. 그러나 맥주를 마셔서 얻는 체력은 맥주가 만들어지는 물에 희석되는 보리 알갱이나 가루의 양에 비례하고, 1페니어치의 빵에 보릿가루가 더 많이 들어가므로 1파인트의 물을 마시며 빵을 먹는 게 1쿼터(약 2파인트)의 맥주를 마시는 것보다 더 강한 체력을 얻을 수 있다는 걸 그에게 알려주려 애썼다. 그럼에도 그는 계속 맥주를 마셨고 매주 토요일 저녁이면 그 누런 음료 때문에 임금에서 4~5실링을 날려야 했다. 하지만 나는 한 푼도 허투루 쓰지 않았다. 그런 이유로 그 불쌍한 작자들은 가난에서 벗어나지 못했다.

와츠 인쇄소로 자리를 옮기고 몇 주가 지났을 때 와츠는 나에게 식자실에서 일해달라고 했다. 그래서 나는 인쇄실을 떠나야 했고 식자공들은 신입 직원 환영을 위한 술자리를 갖겠다며 나에게 5실링을 내라고 했다. 인쇄실에서는 그보다 적은 돈을 냈기 때문에 나는 그런 요구를 강압이라 생각했다. 와츠 씨도 그렇게 생각하며 나에게 돈을 내지 말라고 했다. 나는 2~3주를 그렇게 버텼고 그 때문에 따돌림을 당했다. 예컨대 내가 잠시라도 식자실을 벗어나면 활자를 뒤섞거나 조판된 페이지를 망가뜨리고 뒤바꾸는 등 온갖 자질구레한 못된 짓으로 나를 괴롭혔다. 그러고는 환영식을 거치지 않는 사람에게 붙어 다닌다는 인쇄소 유령 탓을 했다. 와츠 씨의 보호에도 불구하고 나는 그들과 어느 정도 타협하며 돈을 낼 수밖에 없었다. 계속 함께 지내야 할 사람들과 나쁜 관계를 맺어서야 좋을 것이 없지 않은가!

그 이후로 나는 그들과 동등한 관계에서 일했고, 곧이어 상당한 영향력을 갖게 되었다. 나는 일하는 방식을 합리적으로 바꾸자고 제안했고, 온갖 반대에도 불구하고 변화를 이루어냈다. 또 나를 본받아 다수의 직원이 빵과 치즈에 맥주를 곁들인 아침 식사를 포기하고, 후추가 뿌려지고 빵조각을 뜯어 넣은 뒤에 약간의 버터를 더한 뜨거운 귀리죽 한 그릇을 이웃집에서 1파인트 맥줏값, 즉 1.5페니에 제공받아 먹었다. 값도 싸고 편안한 데다 머리도 맑게 해주는 아침 식사였다. 온종일 맥주를 마셔대던 직공들은 술값을 감당하지 못하고 술집에 외상을 지기 일쑤였고, 그런데도 맥주를 마시려고 급기야 나에게 돈을 빌려달라고 압박을 가하기 시작했다. 그들 표현을 빌리면 "불이 꺼졌기 때문이었다".

토요일 저녁이면 나는 경리 직원 옆에 서서 그들에게 빌려준 돈을 받아냈는데 30실링이나 되는 경우도 적지 않았다. 이렇게 돈도 빌려주고 익살스러운 풍자꾼으로 동료들에게 호평받으면서 인쇄소에서 내 입지는 더욱 공고해졌다. 게다가 이른바 월요병도 앓지 않고 꾸준히 출근한 덕분에 주인에게 인정받았고, 조판 속도도 남들보다 빨라 급하게 처리해야 하는 일은 모두 내 차지가 되었다. 물론 이런 경우에는 급료를 더 받았다. 그렇게 나는 하루하루를 즐겁게 보냈다.

리틀 브리튼의 숙소는 인쇄소에서 너무 멀어 나는 듀크 거리로 숙소를 옮겼다. 가톨릭 성당 맞은편으로 이탈리아 식품점 3층 뒤쪽이 내 방이었다. 집주인은 과부였는데 딸 하나와 하녀 하나와 살고 있었다. 상점 관리 직원도 한 명 있었지만 그는 다른 곳에서 살았다. 여주인은 내가 먼저 살던 하숙집에 사람을 보내 내 인품을 조사한 뒤에야 같은 값, 즉 주당 3실링 6페니에 살게 해주었다. 그러고는 집에 남자가 있으면 든든한 기분이 들기 때문에 집세를 싸게 받는 것이라 덧붙였다.

그녀는 중년이 조금 지난 과부였다. 개신교 목사의 딸로 자랐지만 남편을 따라 가톨릭으로 개종한 여인으로 먼저 세상을 떠난 남편을 무척 그리워했다. 남편과 함께하던 시절에는 저명한 인물들과 자주 어울렸기 때문인지 찰스 2세 시대까지 거슬러 올라가 그들에 얽힌 일화를 많이 알고 있었다. 무릎에 통풍이 있어 다리를 절룩거려 좀처럼 방에서 나가지 않아 말동무해주길 원하는 경우가 적지 않았다. 그녀의 이야기는 무척 재밌었기 때문에 그녀가 원하면 나는 언제라도 저녁 시간을 함께 보냈다. 우리 앞에 놓인 저녁 식사는 각자 반 마리의 멸치, 버터 바른 작은 빵조각과 맥주 반 파인트가 전부였다. 그러나 그녀의 이야기는 그처럼 초라한 저녁 식사마저도 즐겁게 해주었다. 나는 늘 일찍 자고 일찍 일어났고 그들에게 어떤 불편도 끼치지 않아 그녀는 내가 숙소를 다른 곳으로 옮기는 걸 원치 않았다. 내가 언젠가 인쇄소에서 더 가까운 곳에 주당 2실링만 받는 하숙집이 있다는 소문을 들었다고 말하자, 그녀는 내가 돈을 절약하기 위해 그런 말을 했음을 알아채고는 앞으로 2실링을 깎아줄 테니 하숙집을 옮기지 말라고 했다. 그래서 그 이후로 나는 런던을 떠날 때까지 일주일에 1실링 6페니의 하숙비만 내고 그 과부 집에서 지낼 수 있었다.

그 집 다락방에는 결혼한 적 없는 일흔 살 노파가 두문불출하며 살고 있었다. 집주인 여자가 나에게 들려준 이야기에 따르면, 그 노파는 가톨릭 신자로 어렸을 때 해외로 보내졌고 수녀가 되겠다는 각오로 수녀원에서 거주했다. 그러나 그 나라의 풍토가 그녀에게 맞지 않아 영국으로 다시 돌아왔지만 영국에는 수녀원이 없어서 그녀는 수녀에 가까운 삶을 살겠다고 맹세하고는 매년 먹고 사는 데 필요한 12파운드씩만 남겨두고는 모든 재산을 자선기관에 기부했다. 하지만 그 돈마저도 불쌍한 사람들에게 나눠 주며 자신은 묽은 죽만 먹었고, 게다가 죽을 끓일 때를 제외하고는 불조차 지피지 않았다. 노파는 오래전부터 그 다락방에서 살았고, 아래층 집주인들이 모두 가톨릭 신자여서 그녀를 집에 두는 것 자체가 축복이라 생각해 그녀에게 무료로 살도록 허락해주었다.

매일 그 노파에게 고해를 들으려고 찾아오는 성직자가 있었는데, 언젠가 집주인이 "이렇게 사시는 데도 고해할 일이 있습니까?"라고 묻자 노파는 "머릿속에 맴도는 헛된 생각을 어떻게 피할 수 있겠느냐"라고 대답했다고 한다. 나는 노파의 허락을 받아 다락방에 한 번 올라간 적이 있었다. 노파는 쾌활하고 예발랐으며 말도 재미있게 했다. 방은 깨끗했지만 가구라고는 매트리스, 십자가와 책이 놓인 탁자, 노파가 나에게 앉으라고 건네준 등받이 없는 의자 그리고 벽난로 위에 걸린 그림 하나가 전부였다. 성녀 베로니카가 손수건을 펼쳐 보이는 그림이었는데 노파가 나에게 해준 진지한 설명에 따르면 예수 그리스도의 얼굴에서 피가 흐르는 모습이 기적적으로 나타난다는 그림이었다. 노파는 핏기없어 보였지만 아픈 곳은 없다고 했다. 요즘 나는 적은 수입으로도 건강을 유지할 수 있다는 증거로 그 노파의 경우를 자주 예로 든다.

와츠 인쇄소에서 나는 와이게이트라는 총명한 젊은이를 사귀게 되었다. 와이게이트는 부유한 친척들 덕분에 대부분의 인쇄공보다 좋은 교육을 받아 그런대로 라틴어를 읽고 프랑스어를 할 줄 알았으며 책 읽는 것도 좋아했다. 나는 그와 그의 친구들을 강에 데리고 가 수영하는 법을 가르쳐주었다. 두 번밖에 가르치지 않았는데도 그들은 수영을 썩 잘했다. 한번은 그들이 나에게 몇몇 지방 유지를 소개해주었다. 대학과 돈 살테로에 전시된 진귀한 물건들을 보려고 배로 첼시까지 온 사람들이었는데 수집품을 구경하고 돌아오는 길에 와이게이트의 부추김으로 그들이 나에게 수영 솜씨를 보여달라고 해서 나는 옷을 벗고 강에 뛰어들어 첼시 부근부터 블랙프라이어스까지 헤엄쳤고, 도중에 수면을 위아래로 들락거리며 온갖 묘기를 보여주었다. 그들에게는 신기하게 보였는지 모두가 놀라며 즐거워했다.

나는 어렸을 때부터 수영하는 걸 무척 좋아해서 멜쉬제데크 테브노(Melchisédech Thévenot, 1620~1692, 『수영의 기술』을 쓴 프랑스인—옮긴이)가 소개한 모든 동작과 자세를 연구하고 연습했다. 유용하면서도 우아하고 쉬운 수영법을 개발하고자 나만의 방식을 덧붙이기도 했다. 그 기회에 나는 친구들에게 내 수영 솜씨를 마음껏 과시했고 그들의 칭찬에 크게 우쭐해졌다. 와이게이트도 나처럼 기술을 습득하고 싶어 했다. 우리는 그런 점에서 비슷했고 학습 능력도 엇비슷해 점점 더 가까워졌다. 언젠가 와이게이트는 나에게 이곳저곳에서 인쇄 일로 여비를 조달하면서 유럽 전역을 여행해보지 않겠느냐고 제안했다. 한때는 나도 그러고 싶은 적이 있었다.

그러나 시간 여유가 있을 때마다 만나 이런저런 조언을 구하던 데넘 씨에게 그 이야기를 하자 그는 적극 만류하며 자기도 곧 펜실베이니아로 돌아갈 것이니 하루라도 빨리 펜실베이니아로 돌아갈 생각을 하라고 조언했다.

이쯤에서 그 사람의 됨됨이를 보여주는 일화 하나를 소개하고 싶다. 데넘 씨는 과거에 영국 브리스틀에서 사업하다가 실패하는 바람에 많은 사람에게 빚을 진 적이 있었다. 그는 채권자들에게 빚을 조금씩이라고 갚겠다고 약속한 뒤에 미국으로 건너갔다. 미국에서 그는 한눈팔지 않고 장사에만 전념한 끝에 몇 년 만에 많은 돈을 벌 수 있었다. 나와 같은 배를 타고 영국에 돌아온 그는 옛 채권자들을 초대해 연회를 베풀었다. 그는 그들이 빚을 탕감해주거나 재촉하지 않은 것에 감사해했다. 채권자들은 그날 멋진 식사 이외에 어떤 것도 기대하지 않았지만, 첫 요리가 치워졌을 때 접시 아래에 돌려받지 못한 돈에 이자까지 더한 액수의 수표가 있는 것을 보고는 깜짝 놀라지 않을 수 없었다.

그런 데넘 씨가 곧 필라델피아로 돌아갈 예정이고 그곳에서 상점을 개업하려고 많은 물건을 가져간다고 했다. 그는 나를 직원으로 채용하고 싶다고 제안했다. 그가 가르쳐주는 대로 장부를 기재하고 편지를 깔끔하게 정서하며 상점을 관리해달라는 것이었다. 내가 무역업에 대해 알게 되면 밀가루와 빵 같은 화물을 서인도 제도로 보낼 때 나에게 맡길 것이고, 돈벌이가 될 만한 상품들의 위탁 판매를 알선해주겠다고도 덧붙였다. 또 내가 관리를 잘하면 번

듯하게 내 회사를 차려주겠다고도 약속했다. 귀가 솔깃해지는 제안이었다. 런던 생활에 진절머리가 나던 참이었고 펜실베이니아에서 즐겁게 보냈던 시간이 떠올라 돌아가고 싶기도 했다. 그래서 펜실베이니아 돈으로 연간 50파운드를 받는 조건으로 그의 제안을 곧바로 받아들였다. 엄격히 말하면 당시 내가 식자공으로 받던 돈보다 적었지만, 더 나은 미래를 고려해 선택한 일이었다.

그때 나는 인쇄업과 작별을 고했다. 당시에는 영원한 작별이라 생각했다. 그러고는 매일 새로운 사업에 열중하며 데넘 씨와 함께 상인들을 만나 이런저런 물건을 사들였다. 그렇게 사들인 물건들을 포장하는 걸 감독했고, 또 자질구레한 심부름을 하며 일꾼들에게 포장된 짐을 배에 싣게 했다. 그렇게 모든 짐을 선적한 뒤 며칠 여유가 있었다.

그러던 어느 날 내가 이름만 알던 유명 인사 윌리엄 윈덤 William Wyndham 경이 보낸 사람이 나를 찾아왔다. 나는 화들짝 놀라 그를 만나러 갔다. 윈덤 경은 내가 첼시부터 블랙프라이어스까지 헤엄쳐 갔고, 와이게이트와 다른 젊은이에게 몇 시간 만에 수영하는 법을 가르쳐주었다는 소문을 여러 경로를 통해 들었다며 곧 여행을 떠나려는 두 아들에게 수영하는 법을 가르쳐주기를 바랐다. 섭섭하지 않게 사례하겠다고도 했다. 하지만 두 아들이 아직 런던에 오지 않았고 내가 런던에 언제까지 머물지도 확실하지 않아 그 일을 맡을 수 없었다. 그 부탁을 계기로 내가 계속 영국에 체류하며 수영 학교를 열면 상당한 돈을 벌 수 있겠다는 생각이 들었다. 윈덤 경의 부탁은 나에게 큰 인상을 남겼고, 그런 부탁을 좀 더 일찍 들었더라면 내가 그렇게 서둘러 미국으로 돌아가지는 않았을 것이다. 오랜 시간이 지난 뒤 윌리엄 윈덤 경의 아들 중 한 명인 에그리몬트 백작과 훨씬 더 중요한 관계를 맺었는데 그 이야기는 뒤에 적절한 때 이야기하겠다.

나는 런던에서 약 18개월을 보낸 셈이었다. 대부분 시간을 인쇄업에 종사해 열심히 일했고, 연극을 관람하고 책 읽는 시간을 제외하면 나 자신을 위해서는 거의 시간을 쓰지 않았다. 친구 랠프 때문에 가난해지기는 했다. 그는 나에게 약 27파운드를 빌려 갔는데 당시 내 벌이에 비하면 엄청나게 큰돈이었다. 이제 그 돈을 되돌려받을 가능성은 거의 없다. 그럼에도 나는 랠프를 사랑한다. 그에게는 미워할 수 없는 재능이 너무나 많기 때문이다. 나는 런던에서 큰돈을 벌진 못했지만 똑똑한 친구들을 적잖게 사귀었고, 그들과 나눈 대화는 내게 많은 도움을 주었다. 또 책도 상당히 많이 읽었다.

7장

필라델피아에서 사업을 시작하다

1726년 7월 23일, 우리는 그레이브젠드 항을 출항했다. 여행 중 사건들에 대해서는 내 일기를 읽어보라. 나는 모든 사건을 자세히 기록해두었는데 어쩌면 일기에서 가장 중요한 부분은 '계획'일지도 모르겠다. 내가 앞으로 어떤 삶을 살아갈지 생각하며 바다에서 세운 계획이었다. 어린 나이였지만 노년이 된 지금까지도 충실히 지키고 있는 걸 보면 정말 대단하지 않으냐!

필라델피아에 도착한 때는 10월 11일이었다. 필라델피아는 한눈에도 많이 변한 게 보였다. 키스가 총독에서 물러나고 고든 소령이 그 자리를 이어받았다. 나는 평범한 시민이 된 키스를 길에서 마주쳤다. 그는 나를 보고는 부끄러웠는지 아무 말 없이 그냥 지나쳤다. 리드 양의 친구들이 내 편지를 읽어보고는 내가 돌아올 가능성이 없다고 생각해서 리드 양을 설득해 로저스라는 도공과 결혼시키지 않았더라면 나도 길에서 리드 양을 만났을 때 똑같이 부끄러워했을 것이다. 하지만 리드 양의 결혼 생활은 그다지 행복하지 않았다. 더구나 로저스에게 또 다른 부인이 있다는 소문을 듣고는 곧바로 그와 헤어졌다고 했다. 그와 함께 살지 않고 그의 성(姓)을 따르지도 않았다. 로저스는 뛰어난 도공이어서 그녀의 친구들도 탐냈지만, 인간적으로 몹쓸 작자였다. 그는 빚을 많이 지고 1727년인가 1728년에 서인도 제도로 달아나 그곳에서 죽었다. 한편, 카이머는 인쇄소를 더 큰 곳으로 옮겼고 문구류까지 취급했다. 새 활자들을 대거 들여놓고 그다지 뛰어나지는 않았지만 직공도 많이 고용해 사업이 꽤 잘되는 것 같았다.

데넘 씨는 워터 스트리트에 상점을 열었고, 우리는 그곳에 물건들을 풀었다. 나는 상거래를 열심히 배우고 회계에 관해서도 공부했다. 시간이 얼마 지나지 않아 물건 판매에도 능숙해졌다. 우리는 같은 집에서 함께 먹고 잤다. 데넘 씨는 나를 진심으로 배려하며 아버지처럼 이끌었고, 나도 그를 존경하고 사랑했다. 그런 삶이 계속되었다면 우리는 정말 행복했을 것이다.

그런데 1727년 2월 초, 내가 갓 스물한 살을 넘겼을 때 우리 둘 다 병에 걸리고 말았다. 내 병은 늑막염이었는데 나를 거의 죽음의 문턱까지 끌고 갔다. 엄청난 고통으로 마음속으론 생을 체념할 정도였다. 따라서 회복되고 있다는 걸 알았을 때는 오히려 실망스러웠고, 그 지긋지긋한 일을 다시 해야 한다는 게 약간 분하기도 했다. 데넘 씨를 괴롭힌 병이 무엇이었는지는 기억나지 않는다. 그 병은 데넘 씨를 오랫동안 괴롭혔고 결국 목숨까지 앗아갔다. 그는 구두로 남긴 유언에서 나에 대한 애정의 표시로 약간의 유산을 남겼다. 그리하여 나는 다시 한번 황량한 세계에 홀로 남겨졌다. 상점은 유언 집행자의 손에 넘어갔고 나와의 고용 관계는 그렇게 끝이 났다.

당시 필라델피아에 있던 홈스 매형이 나에게 본래 하던 인쇄업계로 돌아가라고 권했다. 카이머는 내가 와서 인쇄소를 관리해주면 자기는 문구점에 더 신경 쓸 수 있을 것이라며 거액의 연봉을 제시해 나를 유혹했다. 그러나 나는 런던에서 카이머의 부인과 부인 친구들로부터 그의 못된 성품에 대해 들은 바가 있어 더는 엮이고 싶지 않았다. 그래서 상점 일을 더 해보려고 일자리를 알아보았지만 마뜩한 자리를 쉽게 구할 수 없었다. 결국, 카이머의 제안을 받아들여야만 했다.

그의 인쇄소에서 일하는 직공 중에 휴 메러디스라는 웨일스에서 펜실베이니아로 건너온 이민자가 있었다. 나이는 서른 살로 원래 농사일하던 사람이었다. 정직하고 합리적이었으며 예리한 관찰에 근거한 자기 의견이 확고한 사람이기도 했다. 책도 좀 읽는 편이었지만 습관적으로 술을 많이 마셨다. 스티븐 포츠는 이제 막 성년이 된 시골뜨기로 역시 원래 농사짓던 젊은이였다. 체격이 무척 좋았고 재치와 유머도 뛰어났지만 조금 게으른 편이었다. 그들은 터무니없이 낮은 임금으로 계약했지만 기술이 늘어 능력이 되면 석 달마다 1실링씩 임금을 올려받기로 했다. 결국, 때가 되면 높은 임금을 받을 거라는 기대감을 심어주고 그들을 꼬드긴 것이다. 메러디스는 인쇄 일을, 포츠는 제본 일을 맡았다. 계약에 따르면 카이머가 그들에게 관련된 기술을 가르쳐야 했지만, 카이머는 인쇄나 제본에 대해 아는 것이 전혀 없었다. 존 아무개는 아일랜드인으로 성격이 무척 사나웠고, 그 역시 인쇄에 대해서는 배운 게 전혀 없었다. 카이머가 4년간 일을 시킨다는 조건으로 어떤 배의 선장에게 사 왔고, 그에게도 인쇄 일을 맡겼다. 조지 웹이란 옥스퍼드 학생도 있었다. 그 역시 4년 계약으로 팔려왔으며 식자공으로 일하고 있었다. 그에 대해서는 뒤에서 좀 더 자세히 말하겠다. 끝으로 카이머가 도제로 받아들인 데이비드 해리라는 시골뜨기 소년이 있었다.

카이머가 전례 없이 높은 임금으로 나를 고용한 의도가 그 값싼 풋내기 직공들을 가르치게 하려는 데 있다는 걸 나는 금세 알아차렸다. 내가 그들을 가르치고 나면 직공들은 모두 카이머에게 도제 계약으로 고용된 상태이므로 나 없이도 인쇄소를 운영할 수 있다는 심산이었던 것이다. 하지만 나는 재밌고 즐겁게 일했고 혼란스럽기 그지없던 인쇄소에서 질서를 잡아갔다. 일꾼들도 자기가 맡은 일을 열심히 했고 기술도 점점 늘었다.

옥스퍼드 학생이 돈에 팔려 도제 신세가 된 건 정말 해괴망측한 일이었다. 그는 열여덟 살이 넘지 않은 듯했고 자신에 대해 대략 이렇게 말했다. 글로스터에서 태어나 그곳 문법 학교에서 교육

받았고, 특히 연극 공연을 할 때 다른 학생들에 비해 탁월한 솜씨로 두각을 보였다. 또 글로스터의 위티 클럽에 가입해 산문이나 운문으로 쓴 작품들이 그곳 신문들에 게재되기도 했었다. 문법 학교 졸업 후에는 옥스퍼드에 진학해 1년가량 다녔지만 그다지 만족스럽지 못해 런던에 올라가 배우가 되고 싶어 했다. 마침내 사분기 학비에 해당하는 15기니를 받자 빚도 갚지 않고 옥스퍼드를 떠났다. 교복을 가시덤불에 던져버리고는 런던을 향해 마냥 걸었다. 런던에 도착했지만 그를 올바른 방향으로 인도해줄 지인 하나 없었고, 결국 나쁜 친구들을 사귀어 금세 가진 돈을 탕진하고 말았다. 배우들에게 자신을 소개할 길도 없었고 점점 궁핍해져 빵 살 돈조차 없자 옷가지를 전당포에 맡겨야 했다.

그렇게 굶주린 채 아무런 목적도 없이 무작정 거리를 걷고 있던 어느 날, 일할 사람을 구한다는 전단을 보게 되었다. 미국에 가서 일하겠다고 계약하면 곧바로 먹을 것과 격려금을 제공해주겠다는 전단이었다. 그는 곧장 그곳으로 달려가 고용 계약서에 서명하고 배에 올라탔다. 그렇게 친구들에게 그의 동향에 관해 아무런 소식도 전하지 못한 채 미국에 오게 된 것이었다. 그는 활달하고 재치 있을 뿐만 아니라 예의 바르고 성격도 좋았지만 게으르고 생각이 짧은 데다 못 말릴 정도로 경박스러웠다.

아일랜드계인 존은 곧 도망쳤지만 나머지 직공들과는 무척 즐겁게 지냈다. 카이머는 자신들을 가르칠 만한 능력이 없고, 나에게는 매일 무언가를 배울 수 있다는 걸 알게 되자 그들은 나를 더

욱더 존경했다. 카이머가 토요일은 안식일로 지켰으므로 우리는 토요일에는 일하지 않았다. 그래서 나는 이틀간 독서에 전념할 수 있었다. 시간이 지남에 따라 필라델피아에서 똑똑하다는 사람들도 점점 더 많이 알게 되었다. 카이머도 나를 정중하고 대했고 겉으로라도 배려해주는 듯했기 때문에 달리 불편할 게 없었다. 그러나 그 때까지도 가난한 인쇄소 직공에 불과했던 까닭에 여전히 버넌에게 진 빚을 갚을 길이 막막했다. 하지만 다행히 버넌은 돈을 달라고 독촉하지 않았다.

우리 인쇄소는 종종 활자가 부족했다. 당시 미국에는 활자를 주조하는 데가 없었다. 런던에 있을 때 제임스 인쇄소에서 활자 주조하는 걸 본 적이 있었지만 눈여겨보지는 않았다. 그래도 나는 기억을 더듬어 주형(鑄型)을 만들었고, 우리가 갖고 있던 활자를 각인기 삼아 납 주형에 찍어 눌러 그럭저럭 활자를 채울 수 있었다. 때로는 필요한 모형을 조각하고 잉크도 만들어 사용했다. 심지어 창고를 지키는 등 온갖 잡다한 일을 해야 했다. 그야말로 잡역부나 마찬가지였다!

이렇게 팔방미인 격으로 일해야 했지만, 직공들의 능력이 향상되면서 내 일도 조금씩 줄어들었다. 급기야 카이머는 나에게 두 번째 분기 임금을 지급하면서 내 임금이 그에게는 무척 부담스럽다며 임금을 줄였으면 좋겠다고 말했다. 게다가 나를 대하는 태도도 점차 무례해졌고, 주인 노릇을 하려 들며 흠을 잡고 까탈스럽게 구는 경우도 많아졌다. 한마디로 언제라도 크게 폭발할 듯했다. 그럼에도 나는 참고 또 참으며 계속 버텼고 그의 상황이 나빠졌기 때문이라고 이해하려 노력했다. 하지만 하찮은 일로 우리 관계는 마침내 완전히 틀어지고 말았다.

하루는 법원 앞에서 시끌벅적 소동이 일었다. 나는 무슨 일인가 알아보려고 창밖으로 얼굴을 내밀었는데 때마침 길가에 서 있던 카이머가 나를 보더니 쓸데없는 데 한눈팔지 말고 일이나 하라며 화가 난 목소리로 소리 지르며 욕설까지 내뱉는 것이었다. 많은 사람, 그것도 모두가 이웃인 사람들이 지켜보는 앞에서 나를 예의 없이 대했기 때문에 나는 무척 화가 났다. 카이머는 곧장 인쇄소로 뛰어 들어와 계속해서 나를 나무랐다. 결국, 양쪽 모두 목소리가 높아졌고 험한 말이 오갔다. 마침내 카이머가 해고하기 3개월 전에는 통보해야 한다는 우리의 약정 조건을 거론하며 기간을 그렇게 오래 두지 말았어야 했다고 후회했다. 나는 그렇게 후회할 필요는 없다며 지금 당장 그만두겠다고 선언했다. 그러고는 모자를 집어 들고 인쇄소를 나오며 아래층에 있던 메러디스에게 내 짐을 챙겨 하숙집으로 보내달라고 부탁했다.

그날 저녁 메러디스는 짐을 챙겨왔고, 우리는 지금 상황에 관해 이야기를 주고받았다. 메러디스는 나를 대단히 높이 평가했으며, 그가 인쇄소에서 일을 배우는 동안 내가 떠나지 않기를 바란다고 말했다. 그래서 내가 고향으로 돌아갈 생각이라고 하니까, 메러디스는 카이머의 현재 상황을 이야기하며 그 생각을 단념하라고 설득했다. 카이머는 모든 것을 빚으로 장만했기에 채권자들도 불안한 기색을 내비치기 시작했다. 게다가 카이머는 인쇄소와 문구점 둘 다 제대로 운영하지 못했다. 현금을 받는다는 이유로 이익도 남기지 않고 팔기 일쑤였고, 외상을 주면서도 장부에 기록하지 않은 경우도 허다했다. 따라서 그는 망할 게 뻔하니 나에게 그런 빈틈을 이용할 수 있지 않겠느냐는 게 메러디스의 생각이었다. 내가 돈이 없어 그렇게 할 수 없다고 하자, 메러디스는 자기 아버지가 나를 높이 평가한다며 언젠가 아버지와 이야기를 나누었는데 내가 그와 동업하면 사업을 시작하는 데 필요한 돈을 아버지에게 빌릴 수 있을 거라고 했다. "봄이 되면 내 계약 기간도 끝나네. 그때까지는 우리가 사용할 인쇄기와 활자를 런던에서 들여올 수 있지 않을까? 나는 남 밑에서 일할 만한 일꾼이 못 돼. 자네만 좋다면 자네는 인쇄 기술을 대고, 나는 자본을 대는 거야. 물론 이익은 똑같이 나누고!"

그럴듯한 제안이어서 나는 그 자리에서 선뜻 받아들였다. 때마침 그의 아버지도 시내에 와 있어서 우리 계획을 듣고는 승낙했다. 내가 그의 아들에게 좋은 영향력을 미치고 심지어 내 설득으로 아들이 오랫동안 술을 자제하는 걸 보기도 했으니 우리가 밀접한 관계를 맺는다면 아들의 못된 습관을 완전히 뿌리 뽑을 수 있겠다는 기대도 하는 것 같았다. 나는 인쇄소 설립에 필요한 물품 목록을 작성해 그의 아버지에게 건넸고, 그분은 목록을 상인에게 주었다. 곧이어 물품 구입을 위해 사람을 런던으로 보냈고, 모든 물건이 도착할 때까지 우리의 동업 사실은 비밀에 부쳤다. 그사이 나는 가능하면 다른 인쇄소에서 일자리를 구할 예정이었다. 하지만 그게 쉽지 않아 며칠을 빈둥거리며 지냈다.

그때 카이머가 오랜 친구라면 격한 감정에 휩싸여 내뱉은 몇 마디 말 때문에 헤어지는 게 아니라며 자신에게 돌아오기 바란다는 정중한 메시지를 보내왔다. 다양한 무늬와 활자를 사용해야 하는 뉴저지 지폐를 찍어내는 일을 맡고 싶었지만, 그렇게 복잡한 작업은 나밖에 할 수 없었기 때문이었다. 더구나 브래드포드가 나를 고용해 그 일을 낚아챌지 모른다는 생각에 그런 전갈을 보내온 것이었다. 메러디스 또한 내가 다시 돌아오면 나에게 매일 지도를 받으면서 기술을 향상시킬 수 있을 것이라며 그의 제안에 응하라고 나를 설득했다. 그래서 나는 카이머의 인쇄소로 돌아갔고 우리는 그전보다 원만하게 지냈다. 뉴저지 건은 결국 우리가 따냈다. 나는 지폐를 찍어내기 위한 동판 인쇄를 고안해냈고, 그 인쇄법은 미국 땅에서 처음으로 시도된 방법이었다. 또 지폐에 들어갈 장식과 무늬도 내가 직접 조각했다. 우리는 함께 뉴저지 벌링턴으로 갔고, 그곳에서 모든 일을 만족스럽게 해냈다. 그 일로 카이머는 상당한 거금을 벌어들여 한동안은 돈에 시달리지 않고 지낼 수 있었다.

벌링턴에서 일할 때 나는 그 지역 주요 인사들을 만나 친분을 맺을 기회가 있었다. 그들 중 일부는 의회 지명을 받아 인쇄 과정을 감독하고 법이 정한 범위 내에서만 지폐가 발행되도록 감시하는 위원회 소속이었다. 따라서 그들은 교대로 우리와 함께 지냈고, 자기 차례가 된 위원은 한두 명씩 친구를 데려오기도 했다. 책을 많이 읽었기 때문에 내가 카이머보다 지적 수준이 훨씬 더 높았고, 그런 이유로 내가 그들에게 더 존중받았던 게 아닌가 싶다. 그들은 종종 나를 집으로 초대해 친구들을 소개했고 항상 정중하게 대했다. 하지만 카이머는 주인이었는데도 그런 대우를 받지 못했다. 솔직히 말하자면 카이머는 약간 맛이 간 사람이었다. 평범한 삶을 살지 못했고, 일반적인 통념은 무작정 반대하기 일쑤였으며, 극단적으로 더럽고 지저분했고, 종교에서도 특정한 교리에 광적인 데다 심술궂고 교활한 면까지 있었다.

우리는 그곳에서 거의 석 달 동안 지냈는데 그때 나는 앨런 판사, 지역 행정관 새뮤얼 버스틸, 아이작 피어슨, 조지프 쿠퍼, 의회 의원인 스미스가 사람들 그리고 공유지 측량 감독관이던 아이작 데코 등을 알게 되었다. 특히 데코는 상황 판단이 빠르고 지혜로운 노인이었는데 그는 나에게 자신의 지나온 삶을 이야기해주었다. 그는 어렸을 때 벽돌공장에서 진흙을 수레로 나르는 일부터 시작했고 성년이 된 뒤에야 글을 배울 수 있었다고 했다. 또 측량사를 대신해 거리를 재는 쇠사슬을 갖고 다니며 측량술을 배웠고 근면하게 생활한 덕분에 많은 재산을 모을 수 있었다고 했다. "내가 예언 하나 해볼까? 자네는 곧 저 친구 품에서 벗어날 것이고, 필라델피아에서 인쇄업으로 큰돈을 벌게 될 걸세." 당시 나는 필라델피아뿐만 아니라 다른 어떤 곳에서도 인쇄소를 시작한다고 내비친 적이 없었다. 이곳에서 알게 된 친구들은 훗날 나에게 큰 도움이 되었고, 나 역시 그들에게 많은 도움을 주었다. 그들 모두 세상을 떠나는 날까지 나를 아끼고 보살펴주었다.

내가 공개적으로 인쇄소를 시작하던 무렵 이야기를 하기 전에 당시 내가 믿고 지켰던 신조와 도덕관에 대해 미리 얘기해두는 것이 좋을 듯싶다. 그래야 그 신조와 도덕관이 이후의 내 삶에 어떠한 영향을 미쳤는지 짐작할 수 있을 테니까. 나의 부모님은 일찍부터 나에게 종교적 삶의 표본을 보여주었고, 종교적으로 독실한 삶을 살면서 어린 시절부터 나를 비국교도로 이끌었다.

그러나 열다섯 살 때부터 기독교 교리의 몇몇 부분에 의문이 들었고, 그런 의문을 논쟁적으로 다룬 책을 읽으며 급기야 계시 자체에 의문을 품게 되었다. 그런 와중에 이신론(理神論, 하나님이 우주를 창조하긴 했지만 더는 관여하지 않아 우주는 자체 법칙에 따라 움직인다고 보는 사상—옮긴이)을 논박하는 책들도 읽었다. 로버트 보일(Robert Boyle, 1627~1691)이 지원한 강연에서 행한 설교들의 요점을 정리한 책이었다. 공교롭게도 그 책들은 출간 의도와는 달리 나에게 정반대 효과를 낳았다. 논박하려고 인용된 이신론자의 논증이 나에게는 논박보다 더 설득력 있게 다가왔던 것이다. 간단히 말하면 오히려 그 책들로 나는 철두철미한 이신론자가 되었다.

내 이신론적 논증은 콜린스와 랠프를 비롯해 적잖은 사람을 잘못된 길로 빠뜨렸다. 그들은 나중에 나에게 큰 피해를 주고도 아무런 죄책감을 느끼지 않았다. 나만큼이나 종교적 교리에 얽매이지 않는 자유사상가 키스가 나에게 행한 짓이나 내가 버넌과 리드 양에게 저지른 짓을 돌이켜보자면 이신론이 진실일지는 몰라도 크게 유익하지는 않다는 의심이 들기 시작했다. 내가 런던에서 쓴 소논문은 존 드라이든(John Dryden, 1631~1700)의 시구를 인용해 제사로 삼았다.

> 존재하는 것은 무엇이든 옳다. 반 소경인 사람은
> 사슬의 일부, 가장 가까운 고리만 볼 뿐이고,
> 모든 것을 평형하게 유지하는 동등한 저울대가 있으니
> 인간의 두 눈은 거기에 미치지 못한다.

하나님의 속성, 즉 하나님의 무한한 지혜와 선함과 권능 덕분에 이 세상에서는 어떤 것도 나쁠 수 없고, 선과 악은 공허한 구분일 뿐 그런 것은 아예 존재하지 않는다고 결론 내렸다. 당시에는 썩 훌륭한 결론이라 생각했지만 지금 다시 보니 그다지 기발한 것 같지도 않다. 형이상적 추론이 흔히 그렇듯 내 논증에도 어떤 오류가 은밀히 끼어 들어가 그 이후의 모든 것을 망쳐버린 게 아닌가 싶기도 하다.

나는 인간 사이의 행복한 삶을 위해서는 '진실함'과 '성실함', '청렴함'이 그 무엇보다 중요하다고 확신하게 되었다. 그렇게 얻은 신조와 도덕관에 대해 글로 써두었고 평생 지키기로 마음먹었다. 그와 관련된 글은 지금도 내 일기에 고스란히 남아 있다. 일반적으로 말하는 계시는 나에게 중요하지 않았다. 그러나 성경이 어떤 행동을 금지한다고 해서 무조건 나쁜 게 아니고, 어떤 행동을 권장한

다고 해서 무조건 좋은 것은 아니라는 의견에는 크게 공감했다. 요컨대 어떤 행동을 금지하는 이유는 우리에게 나쁜 것이기 때문이고, 어떤 행동을 권장하는 이유는 그 자체로 어떤 상황에서든 우리에게 유익하기 때문이라는 게 내 생각이다. 하나님이나 수호천사의 자상한 손길이 더해졌기 때문인지, 아니면 우연히 상황과 환경이 유리하게 작용했기 때문인지, 아니면 둘 모두의 덕분인지는 몰라도 이런 신념은 위험천만하던 젊은 시절 나를 지켜주었다. 아버지의 눈과 조언으로부터 멀리 벗어나 낯선 사람들과 어울리면서 간혹 맞닥뜨린 위험한 상황에서 종교적 신념이 없는 사람이었다면 의식하면서도 쉽게 빠져들었을 법한 천박하고 부도덕하며 불의한 것에 빠지지 않을 수 있었다. 여기에서 내가 '의식하면서도'라고 한 이유는 지금껏 언급한 사례들에는 경험이 미천했던 젊은 시절, 못된 사람들의 속임수에 넘어가 '피할 수 없었던 부분'이 있었기 때문이다. 이런 이유로 나는 원만한 성격을 갖게 되었고 그 성격을 소중하게 생각하며 끝까지 잘 유지하겠다고 결심했다.

우리가 필라델피아로 돌아오고 오래지 않아 새 활자가 런던에서 도착했다. 카이머가 소문으로 듣기 전에 우리는 먼저 그만두겠다는 뜻을 밝혔고, 그와의 관계를 정리한 후 그의 승낙을 받고 인쇄소를 떠났다. 우리는 시장 근처에 인쇄소를 차리기 적당한 곳을 찾아 계약했다. 처음에는 연간 24파운드에 불과하던 임대료가 나중에는 70파운드까지 올랐다. 그래서 임대료 부담을 줄이려고 유리장이 토머스 고드프리(Thomas Godfrey, 1704~1749)와 그 가족을 들여 그들에게 임대료의 상당 부분을 떠안기고 우리는 그들과 함께 숙식을 해결했다. 활자를 풀어놓고 인쇄기를 정비하자마자 조지 하우스라는 지인이 인쇄를 맡길 게 있다는 시골 사람을 길에서 우연히 만났다며 우리에게 데리고 왔다. 당시 우리는 이런저런 물건을 사들이느라 현찰이 바닥난 상황이었다. 따라서 그 시골 사람이 인쇄를 맡기며 내놓은 5실링은 첫 수입인 동시에 너무도 시의적절한 때 우리에게 떨어진 돈이어서 그 이후에 우리가 벌었던 어떤 5실링보다 큰 기쁨을 주었다. 그런 일이 없었어도 사업을 시작하려는 젊은이들을 기꺼이 도왔겠지만 그때 하우스에게 느낀 고마움 때문에 새로 일을 시작하려는 젊은이들을 더 적극 돕게 되었다.

8장

성공적인 사업을 위한 공공 서비스

어떤 곳에나 항상 실패할 가능성만 떠벌리는 비관론자가 있기 마련이다. 당시 필라델피아에도 그런 사람이 한 명 있었다. 나이가 있어 연륜 있게 보이고 말도 무척 점잖게 하는 저명한 인물로, 새뮤얼 미클이었다. 나와는 생면부지였던 그 신사가 어느 날 우리 인쇄소를 찾아와서는 나에게 얼마 전에 인쇄소를 시작한 젊은이가 맞느냐고 물었다. 내가 그렇다고 하자 그는 나에게는 안된 일이지만 인쇄소를 차리는 데 돈을 꽤 투자했을 텐데 그 돈을 모두 잃게 될 거라고 말했다. 필라델피아가 추락해가는 도시여서 시민 절반이 이미 파산했거나 파산 직전이고, 신축 건물이 세워지고 임대료가 상승하고 있긴 하지만 그것은 겉으로 보이는 속임수에 불과하다는 게 이유였다. 바로 그런 겉모습 때문에 우리가 곧 파산할 것이라고도 했다. 그러고는 당시에 존재하거나 곧 드러난다고 예상한 불길한 징조들을 자세히 나열하며 나를 반쯤은 침울한 기분에 빠뜨렸다. 인쇄소를 시작하기 전에 그를 만났더라면 난 인쇄소를 열지 않았을지도 모른다. 미클은 그 파멸해가는 도시에서 오래전부터 계속 살아왔으며, 항상 같은 맥락에서 그런 부정적인 예언을 쉼 없이 했으며, 모든 것이 결국 잿더미가 되리라는 이유로 집도 사지 않았다. 하지만 후에는 그가 처음 불길한 전망을 내비쳤을 때 살 수 있었던 금액보다 무려 다섯 배나 비싼 값으로 집을 사는 걸 보고는 내심 고소해했다.

앞에서 말했어야 하는데 놓친 것이 있다. 전해 가을, 나는 주변의 똑똑한 지인들과 상호 발전을 위한 클럽을 결성해 '준토'Junto라는 이름을 붙이고 매주 금요일 저녁마다 모였다. 우리가 만든 규칙에 따라 모든 회원은 자기 차례가 되면 도덕이나 정치 혹은 자연철학과 관련된 하나 이상의 논제를 회원들에게 제시해야 했고, 회원들은 그 논제로 토론을 벌였다. 또 석 달에 한 번씩 각자가 선택한 주제에 대해 글을 써서 낭송하는 시간도 가졌다. 토론은 사회자 주도하에 진행되었고, 논쟁을 벌여 상대방을 이기겠다는 욕심이 아닌 진실을 추구하겠다는 정신으로 이루어졌다. 따라서 토론이 격앙되어 말싸움으로 번지는 걸 막기 위해 독단적인 의견 표명이나 직접적인 반박은 금했고, 이를 위반하면 소액의 벌금을 내기로 했다.

초기 회원을 소개하자면 먼저 조지프 브라인트널이 있는데 그는 공증 문서를 대서하는 필경사였다. 온유하고 다정다감한 중

년 남자로 시를 무척 좋아했고 눈에 띄는 것이면 무엇이든 읽었으며 괜찮은 글을 적잖게 써냈다. 작은 장신구를 만드는 데 상당한 재주가 있었고 대화를 이끌어가는 솜씨도 좋았다.

토머스 고드프리는 독학한 수학자로 대단한 능력자였다. 나중에는 해들리의 사분의(四分儀)라 불리는 계측기를 발명하기도 했다. 그러나 자기 분야 외에는 아는 게 거의 없어 말벗하기에 좋은 사람은 아니었다. 내가 만나본 위대한 수학자 대부분이 그렇듯 고드프리도 어떤 경우든 정확하게 말해야 한다고 생각해 지극히 사소한 것까지도 부인하거나 구분해 대화를 망쳐놓기 일쑤였다. 그는 곧 우리 클럽을 떠났다.

니컬러스 스컬은 측량사로 나중에 공유지 측량 감독관이 되었다. 책을 사랑했고 때론 시를 쓰기도 했다.

윌리엄 파슨스는 구두 짓는 제화공이었지만 책 읽기를 좋아했고, 수학적 능력도 상당했다. 처음에는 점성술 연구를 위해 수학을 공부했지만 나중에는 점성술을 비웃었다. 그도 훗날 공유지 측량 감독관이 되었다.

윌리엄 모그리지는 소목장이로 기계 다루는 능력이 탁월했으며 견실하고 합리적인 사람이었다. 그리고 앞에서 이미 언급한 휴 메러디스, 스티븐 포츠, 조지 웹도 회원이었다.

로버트 그레이스는 상당한 재력을 지닌 젊은 신사로 너그럽고 쾌활하고 재치가 있어 말장난을 좋아했고 친구들과 함께하는 시간을 즐겼다.

윌리엄 콜먼은 당시 상점 점원으로 내 또래였다. 냉철하고 명석한 두뇌를 지녔으며 마음이 따뜻하기 그지없었다. 게다가 내가 그때껏 만난 누구보다 도덕적이었다. 훗날 그는 저명한 기업가이자 우리 지역의 판사가 되었다. 우리 우정은 그가 세상을 떠날 때까지 40년 이상 이어졌다.

클럽은 거의 같은 기간 유지되었으며, 지역에서 철학과 윤리와 정치에 관해 연구하고 토론하는 최고의 전당이었다. 논제가 정해지면 모든 회원이 토론에 앞서 한 주간 논제와 관련된 여러 주제에 관해 다양한 책을 중점적으로 읽었다. 따라서 우리는 더 설득력 있게 말할 수 있었고, 또 상대에게 불쾌감을 주어서는 안 된다는 규칙에 맞춰 토론했기 때문에 좋은 대화 습관도 익힐 수 있었다. 이런 이유에서 우리 클럽은 오랫동안 이어졌고, 이에 대해서는 뒤에서 다시 언급하겠다.

여기에서 내가 클럽에 관해 특별히 언급한 이유는 모든 회원이 나에게 일거리를 주선하려고 발 벗고 나선 덕분에 클럽으로부터 얻은 이익이 상당했기 때문이다. 특히 브라인트널은 퀘이커 교파로부터 40장에 달하는 역사서를 인쇄하는 일을 받아 우리에게 알선해주었다. 단가는 낮았지만 우리는 그 일을 정말 열심히 해냈다. 본문은 파이카(현재의 12포인트 활자—옮긴이) 크기, 주석은 롱 프리머(현재의 10포인트 활자—옮긴이) 크기로 2절판에 인쇄하는 작업이었다. 나는 하루에 한 장씩 조판했고, 메러디스는 인쇄를 맡았다. 이튿날 인쇄할 조판을 끝내면 대개 밤 11시였고 그 시간을 넘겨 끝날 때도 있었다.

다른 친구들이 소개해준 소일거리 때문에라도 우리는 밤늦게까지 일해야 했다. 나는 어떤 경우라도 하루에 2절판 한 장씩을 꾸준히 조판하기로 단단히 마음먹었다. 그런데 어느 날 밤 조판을 마무리 지으며 일과를 끝냈다고 생각한 순간, 한 줄이 무너지며 두 구절이 뒤죽박죽되었다. 나는 지체없이 활자를 다시 조판하고, 그 작업을 끝낸 뒤에야 잠자리에 들었다. 이렇게 부지런히 일하는 모습이 이웃들 눈에 들었고, 덕분에 우리는 좋은 평판과 신뢰를 얻었다. 특히 매일 저녁 상인들이 모이는 클럽에서는 새로 문을 연 인쇄소가 연일 화제에 올랐다.

그때 필라델피아에는 카이머와 브래드포드가 이미 인쇄업자로 확실하게 입지를 굳히고 있었기 때문에 새 인쇄소는 반드시 실패할 거라는 게 전반적인 의견이었다. 그러나 베어드 박사(몇 년 후에 그분 고향 스코틀랜드 세인트앤드루스에서 내 소개로 너와 만났던 분이다)는 정반대 의견을 제시했다. "여태껏 프랭클린처럼 열심히 일하는 젊은이를 본 적이 없습니다. 내가 이곳을 나서 집에 갈 때까지 그 젊은이가 일하는 걸 본 게 한두 번이 아닙니다. 게다가 이웃들이 잠자리에서 일어나기도 전부터 일을 시작한다고 합니다." 베어드 박사의 말에 많은 사람이 깊은 인상을 받았고 얼마 후에는 그들 중 한 사람이 우리에게 문구류를 제공하겠다고 제안했지만 우리는 아직 소매점으로까지 사업을 확대할 계획이 없었기 때문에 그 제안을 정중히 거절했다.

자랑처럼 들릴 수도 있겠지만 이처럼 근면함을 특별히 언급하는 이유는 언젠가 이 글을 읽게 될 후손들에게 근면이라는 미덕의 효용성을 깨닫게 해주기 위함이다. 내가 근면함 덕분에 인간관계에서 얼마나 큰 혜택을 보았는지 이 글에서 확인할 수 있을 것이기 때문이다.

조지 웹은 여자 친구에게 빌린 돈으로 카이머와 맺은 계약을 해지하고 우리를 찾아와 직공으로 일하게 해달라고 부탁했다. 그때 우리는 그를 고용할 만큼 여유가 없었다. 그러나 어리석게도 조만간 신문을 발행할 계획이라는 비밀을 누설하고 그때가 되면 그를 고용할 수 있겠다고 말했다. 웹에게도 말했듯 계획 성공에 대한 기대는 나의 현실적 판단에 근거한 것이었다. 당시 필라델피아에 신문이라고는 브래드포드가 발행하는 것이 유일했는데 보잘것없었다. 관리도 엉망진창인 데다 재미도 없었는데도 그런대로 이익을 거두고 있었다. 따라서 좋은 신문이 나오면 괜찮은 반응을 얻지 못할 이유가 없다고 생각했다. 웹에게 그 비밀을 누구에게도 발설하지 말라고 신신당부했지만, 웹은 카이머에게 가서 말했다. 카이머는 나보다 앞서 신문을 발행하겠다는 생각으로 지체없이 계획을 발표하며 웹을 고용했다. 나는 화가 났지만 당장은 그 정도의 여유가 없었던 까닭에 그들에게 복수하려고 브래드포드의 신문에 〈오지랖〉이란 제목으로 재밌는 글을 서너 편 올렸고, 내 뒤를 이어 브라인트널이 몇 개월 연속 글을 실었다. 그러자 필라델피아 시민들이 그 신문에 관심을 보이기 시작했다.

한편 카이머의 계획은 우리의 조롱과 희롱 덕분에 사람들로부터 관심을 얻지 못했다. 그럼에도 카이머는 신문을 발행했다. 하지만 아홉 달이 지난 뒤에도 구독자가 겨우 90명에 불과했다. 결국, 카이머는 나에게 신문을 헐값에 인수하라고 제안했고, 나는 그런 상황이 온다는 걸 얼마 전부터 예상하고 있었기에 곧바로 그 제안을 받아들였다. 얼마 지나지 않아 그 신문은 나에게 큰 이익을 안겼다.

메러디스와의 동업 관계는 여전히 지속되었지만, 나는 여기에서 의도적으로 '나'라는 단수를 사용해 말하고 있다. 사업의 실질적인 관리를 혼자 도맡아 했기 때문이다. 메러디스는 조판에 대해서는 전혀 몰랐고 인쇄 기술도 형편없었다. 게다가 술에 취해 있지 않은 때가 거의 없었다. 그래서 친구들은 우리 둘의 관계를 안타까워했지만 나는 그런 상황에서도 나름대로 최선을 다했다.

우리 신문은 예부터 그 지역에서 발행되던 신문들과는 겉모습부터 크게 달랐다. 활자체도 더 좋았고, 인쇄 상태도 훌륭했다. 무엇보다 당시 버넷 총독과 매사추세츠 의회 사이의 분쟁을 과감하게 다룬 내 글이 주요 인사들로부터 주목받았고, 그 글을 계기로 우리 신문과 나는 여러 사람 입에 오르내렸다. 그러고는 몇 주 지나지 않아 그들 모두가 우리 신문의 구독자가 되었다.

주요 인사들이 우리 신문을 구독하자 많은 시민이 그 뒤를 따랐다. 따라서 우리 신문 발행 부수는 지속해서 증가했다. 내가 글 쓰는 법을 배운 덕을 처음으로 톡톡히 누린 셈이었다. 또 다른 효과를 꼽자면, 글을 쓸 줄 아는 사람이 운영하는 신문을 도와주고 권장하는 편이 낫겠다고 유력 인사들이 생각했다는 점이다. 브래드포드는 주로 투표용지와 법안 등 공적 문서 등을 맡아 인쇄했는데 의회가 총독에게 보낸 문서를 성의 없이 인쇄하는 실수를 저지르고 말았다. 우리는 그 문서를 깔끔하면서도 보기 좋게 다시 인쇄해 모든 의원에게 한 부씩 보냈다. 의원들은 그 차이를 분명하게 느꼈고 덕분에 우리 친구들이 의회에서 힘을 얻어 이듬해에는 인쇄소를 우리 인쇄소로 바꾸자고 제안해 동의를 얻어냈다.

의회에서 활동하던 친구들 중 해밀턴은 결코 잊을 수 없는 사람이다. 당시 해밀턴은 영국에서 돌아와 의회 의원으로 활동하였는데 그는 의회 인쇄 건에서도 힘을 써주었고, 그 뒤에도 죽을 때까지 많은 일에서 나를 늘 후원해주었다(한 번은 그의 아들에게 5백 파운드를 받은 적도 있다).

이즈음 버넌 씨가 그에게 빚진 게 있다는 걸 나에게 넌지시 얘기했지만 독촉하지는 않았다. 그래서 나는 사정을 솔직히 밝히며 조금만 더 기다려달라고 했고, 그는 내 부탁을 들어주었다. 나는 돈이 생기자마자 원금에 이자를 더해 갚았고 감사하다는 말도 잊지 않았다. 이리하여 그때의 실수는 어느 정도 만회했다.

그런데 전혀 예상하지 못했던 어려움이 닥쳤다. 나는 메러디스의 아버지가 우리에게 인쇄소를 차려주는 것으로 생각하고 있었다. 그런데 백 파운드만 현찰로 지불하고 나머지 백 파운드는 상인에게 갚아야 하는 것이었다. 그 돈을 갚지 않자 상인이 더는 기다리지 못하고 우리 모두를 고소하고 말았다. 우리는 보석으로 풀려났지만, 시간 내에 돈을 마련하지 못하면 일사천리로 소송이 진행되어 판결이 내려지고 집행될 게 뻔했다. 그럼 인쇄기와 활자가 경매로 넘어가 반값에 팔릴 테고 우리의 희망찬 미래도 함께 사라질 판이었다.

이 힘든 시기에 진정한 친구 두 명이 나를 찾아왔다. 그때 그들이 베푼 친절은 지금까지도 잊은 적이 없고 앞으로도 내 기억이 계속되는 한 결코 잊지 못할 것이다. 그들 서로는 모르는 사이였는데, 내가 부탁하지도 않았는데 나를 따로따로 찾아와 내가 독자적으로 인쇄소를 인수해 운영하는 게 가능하다면 거기에 필요한 돈을 빌려주겠노라고 제안했다. 그들은 내가 메러디스와 동업하는 걸 달갑게 생각하지 않았던 것이다. 메러디스가 술에 취해 길거리를 헤매고 술집에서 저급한 짓을 하는 게 자주 눈에 띄어 인쇄소 신용을 크게 떨어뜨리고 있다는 게 이유였다. 그 두 친구는 바로 윌리엄 콜먼과 로버트 그레이스다. 나는 그들에게 메러디스 부자가 우리가 합의한 자신들의 몫을 이행할 가능성이 있는 동안에는 내가 먼저 결별을 요구할 수 없다고 말했다. 그때까지 그들이 날 위해 해주었던 것만으로도 크게 고마워해야 한다고 생각했기 때문이다. 따라서 그들이 자신들 몫을 충분히 해낸다면 나는 우리 계약을 끝까지 유지하고 싶었다. 그들 부자가 결국 자신들 몫을 이행하지 못해 동업 관계가 깨지면 그때 가서 친구들의 지원을 받아들이는 걸 생각해보겠다고 했다.

그리하여 문제가 해결되지 않은 채 시간이 흘렀고, 그러던 어느 날 나는 메러디스에게 말했다. "당신이 맡은 일이 당신 아버지가 보기에 마땅치 않아서 돈을 갚아주지 않는 것 아닐까요? 당신이 혼자 인쇄소를 운영했다면 그 돈을 갚아주었을 텐데 말입니다. 만약 그런 경우라면 나에게 말하세요. 그럼 당신에게 인쇄소를 통째로 넘겨주고 나는 내 일을 따로 찾아볼게요."

하지만 메러디스는 단호히 부인했다. "아니야. 정말 아버지 계획이 틀어진 거야. 그래서 우리를 도와줄 여력이 없는 거라고. 나도 더는 아버지를 힘들게 하고 싶지 않아. 인쇄소 일이 나에게는 맞지 않는 것 같아. 농부로 태어나 농사일을 배웠는데 나이 서른에 도시로 나와 다른 기술을 배우려고 했던 게 어리석었어. 우리 웨일스 사람들이 노스캐롤라이나에 정착하고 있다더군. 그곳은 땅값이 싸다고 하더라고. 나도 고향 사람들을 따라 거기 가서 옛날처럼 농사짓고 싶네. 자네라면 도와줄 친구들을 얼마든지 구할 수 있을 거야. 인쇄소 빚을 자네가 떠안고, 아버지가 투자한 백 파운드를 그분에게 돌려주고, 내가 개인적으로 빚진 약간의 푼돈을 대신 갚아주고, 또 덤으로 30파운드와 새 안장을 마련해준다면 동업 관계를 포기하고 인쇄소를 자네에게 넘기겠네."

나는 그 제안을 받아들였다. 그와 관련된 서류를 작성하고 둘 다 서명함으로써 새 계약이 확정되었다. 나는 메러디스가 요구한 대로 해주었고, 그는 곧바로 노스캐롤라이나로 떠났다. 이듬해 그는 그곳에서 두 통의 긴 편지를 보내왔다. 그 지역에 대해, 즉 기후

와 토양, 농경 등 그가 잘 아는 것들에 대해 재미있게 풀어쓴 편지였다. 나는 메러디스의 편지 두 통을 신문에 실었고, 그 편지는 독자들로부터 큰 호응을 얻었다.

메러디스가 떠나자마자 나는 두 친구를 찾아갔다. 둘 중 누구를 더 좋아한다는 선입견을 주지 않으려고 그들이 제안한 돈을 절반씩 빌렸다. 그 돈으로 인쇄소의 빚을 청산한 뒤에 내 이름으로 인쇄소를 운영하며 메러디스와의 동업 관계가 끝났다는 걸 주변에 알렸다. 그때가 1729년쯤이었던 것으로 기억한다.

그즈음 지역에서 유통되던 총통화량은 1만 5천 파운드에 불과했고, 그것도 곧 줄어들 듯한 분위기였다. 반면에 지역 주민들은 지폐를 더 발행해야 한다고 강력하게 요구했다. 하지만 부자들은 지폐 추가 발행을 반대했다. 뉴잉글랜드 사례에서 이미 보았듯 통화량이 많아지면 통화 가치가 떨어지기 때문에 채권자에게는 무조건 손해라고 생각했기 때문이다.

준토 클럽에서도 이 문제를 두고 논쟁이 벌어졌다. 이때 나는 1723년 상황을 예로 들며 추가 발행 쪽 편을 들었다. 그때 소액 화폐가 처음 발행되었고, 그 때문인지 거래량과 고용이 증가했으며 지역 주민 수도 늘었다. 그래서 오래된 낡은 집에도 사람이 들어와 살았으며 새 건물이 곳곳에 지어졌다. 하지만 내가 처음 필라델피아에 도착해 빵을 씹으며 길거리를 돌아다닐 때와는 상황이 전혀 달랐다. 2번가와 프론트 스트리트 사이에 있는 월넛 스트리트에 있는 집들 대문에는 '세입자 구함'이란 쪽지가 붙어 있었다. 체스넛 스트리트와 다른 거리에 있던 집들도 별반 다르지 않았다. 그래서 나는 주민들이 하나둘씩 필라델피아를 떠나는 것으로 생각할 정도였다.

토론 후에도 나는 그 문제에 깊이 몰두한 끝에 「지폐의 성격과 필요성」이란 제목의 소논문을 써서 익명으로 신문에 게재했다. 일반인들은 대체로 그 논문의 논조를 환영했지만 부자들은 싫어했다. 내 논문이 더 많은 통화량을 요구하는 목소리에 힘을 실어주었기 때문이다. 하지만 공교롭게도 부자들 중에 내 논문을 반박할 만한 글을 쓸 만한 사람이 없었다. 따라서 그들의 반대는 점차 힘을 잃었고, 결국 의회에서 지폐 추가 발행 안건이 과반수로 통과되었다. 그 안건 통과에서 내 공로를 인정해야 한다고 생각한 의회 친구들이 지폐 인쇄 일을 나에게 맡겨 보상해야 함이 마땅하다고 말했다. 지폐 인쇄 일은 상당한 이익을 보장했기 때문에 나에게 큰 도움이 되었다. 이것 역시 내가 그런대로 글을 쓰는 능력을 지닌 덕분에 얻은 이익이었다.

시간이 지남에 따라 경험상 통화량을 늘린 것에 대한 유용성이 명확해지자 논란도 수그러들었다. 총통화량도 금세 5만 5천 파운드까지 증액되었고, 1739년에는 8만 파운드로 늘어났다. 전쟁 중에는 35만 파운드 이상 치솟았고, 그 사이에 거래량과 건물 및 인구수 또한 꾸준히 증가했다. 하지만 통화량도 일정 한계치를 넘어서면 오히려 해가 되는 듯하다.

곧이어 나는 친구 해밀턴의 주선으로 뉴캐슬 지폐를 인쇄하는 일도 따냈고, 그 일 역시 어느 정도 이익이 보장되었다. 소규모 사업자에게는 작은 일도 크게 보이는 법이다. 이런 일들을 통해 나는 이익뿐만 아니라 큰 용기도 얻었다. 해밀턴은 그 지역 정부의 법규와 투표용지 인쇄 작업도 구해주었고, 이런 지원은 내가 인쇄업에 종사하는 동안 계속되었다.

마침내 나는 문구류를 취급하는 소매점도 열었다. 나는 모든 종류의 법정 서식 용지를 판매했다. 친구 브라이인트널의 도움을 받은 덕분에 내가 판매하는 서식은 그 지역의 어떤 문구류 상점보다 정확했다. 종이와 양피지, 문고판 서적도 팔았다. 내가 런던에서 알게 된 뛰어난 식자공 화이트매시가 날 찾아와 일자리를 구했고, 나는 그 자리에서 즉시 채용했다. 그는 항상 부지런히 일했다. 또 아킬라 로즈의 아들을 도제로 들였다.

그때부터 나는 인쇄소를 차릴 때 진 빚을 조금씩 갚아나가기 시작했다. 상인으로서 평판과 신용을 얻을 목적도 있었지만, 실제로도 근면하고 검소하게 지냈고 겉으로도 그렇게 보이려 애썼다. 그래서 소박하게 옷을 입고 한가하게 빈둥대는 곳에는 얼씬조차 하지 않았다. 낚시와 사냥도 즐기지 않았다. 간혹 일하지 않을 때면 책을 읽는 게 유일한 소일거리였다. 그러나 여유롭게 책을 읽는 것도 무척 드문 일이었고 남의 눈에 띄지 않으려 했기 때문에 구설에 오를 일도 없었다. 일 이외에는 한눈팔지 않는다는 걸 보여주려고 여러 문구류 상점에서 구입한 종이를 손수레에 싣고 큰길을 지나 집으로 돌아오곤 했다. 그리하여 나는 근면하고 성공한 젊은이라는 평판을 얻었다. 또 나는 구입한 물건값을 제때 지불했기 때문에 문구류 수입 상인들이 나와 거래하려 했고 나에게 서적을 공급하겠다는 상인도 있었다. 사업은 순조롭게 진행되었다. 그사이 카이머의 신용은 나날이 떨어졌고 사업도 부진했다. 결국, 그는 빚을 갚기 위해 인쇄소를 팔 수밖에 없었다. 그는 바베이도스로 건너가 그곳에서 무척 빈곤하게 살았다.

내가 카이머와 함께 일할 때 가르쳤던 도제 데이비드 해리가 카이머의 설비를 사들여 필라델피아에 인쇄소를 차렸다. 처음에 나는 해리가 강력한 경쟁자가 될까 봐 불안했다. 그에게는 유능하고 관심사가 다양한 친구들이 많았기 때문이다. 그래서 나는 해리에게 동업을 제안했지만, 나에게는 그야말로 천만다행으로 그는 내 제안을 비웃으며 일언지하에 거절했다. 해리는 교만했고, 번지르르하게 옷을 입고 다녔으며, 사치스러웠고, 재밌는 소일거리를 찾아 밖으로 돌아다녔다. 따라서 일에 소홀할 수밖에 없어 곧 빚에 시달렸다. 당연히 일거리도 끊겼다. 일거리를 구할 수 없게 되자 해리도 카이머의 전철을 밟아 바베이도스로 갔고, 그곳에서 인쇄소를 인수했다. 얄궂게도 그곳에서 과거의 도제가 과거의 주인을 직공으로 고용했고 그들은 걸핏하면 언쟁을 벌였다. 해리는 그곳에서도 여전히 일 처리가 늦어 결국 모든 활자를 팔고 다시 펜실베이니아로 돌아와 농사를 지었다. 해리에게 인쇄소를 인수한 사람이 다시 카이머를 고용했지만, 그로부터 몇 년 지나지 않아 카이머는 세상을 떠났다.

그리하여 필라델피아에서는 브래드포드 노인 외에 나와 경쟁할 만한 상대는 없었다. 브래드포드는 돈도 많고 마음도 태평스러운 사람인지라 때때로 미숙련공을 고용해 별로 중요하지 않은 인쇄 작업만 할 뿐 사업에는 크게 신경 쓰지 않았다. 하지만 그가 우체국을 운영했던 까닭에 뉴스를 신속하게 확보할 수 있으리라 여기는 것은 당연했다. 따라서 그의 신문이 내 신문보다 광고 효과가 클 것으로 생각해 더 많은 광고가 실렸다. 나에게는 불리한 선입견이었다. 나도 똑같이 우체국을 통해 신문을 보내고 받았지만 사람들 생각은 그렇지 않았던 것이다. 나는 배달부에게 뇌물을 줘 내 신문을 은밀하게 배달해달라고 했지만, 고약하게도 브래드포드가 우리 신문을 우편으로 보내는 걸 막았고 나는 그런 조치에 분개했다. 브래드포드를 비열한 노인네라 생각했기 때문에 그때를 교훈 삼아 훗날 내가 그의 위치에 있게 되었을 때 그런 비열한 짓을 하지 않으려고 신중하게 처신했다.

이때까지도 나는 고드프리와 함께 기숙했고 그는 아내와 자식들을 데리고 내 집 한편에서 살았다. 그는 본업이 유리장이고 상점까지 있었지만 일은 거의 하지 않고 늘 수학에 파묻혀 지냈다. 고드프리 부인은 친척 딸을 나와 맺어주려고 우리 둘이 만날 기회를 자주 마련했다. 내 눈에는 상당히 정숙해 보여 진지하게 교제하고 싶었다. 소녀의 부모도 나를 저녁 식사에 자주 초대하며 응원했고, 우리 둘만의 시간을 허락하기도 했다. 마침내 나는 그녀에게 정식으로 청혼했고 고드프리 부인이 중간에서 결혼 조건을 조율했다. 나는 인쇄소의 남은 빚을 청산할 정도의 지참금을 기대한다고 고드프리 부인을 통해 전했다. 내 계산으로는 백 파운드가 넘지 않는 돈이었다. 부인은 그들에게는 그만큼의 여윳돈이 없다고 나에게 전했고, 나는 그들의 집을 금융 거래소에 저당 잡히면 되지 않느냐고 대답했다. 며칠 뒤 그들로부터 결혼을 승낙하지 않는다는 최종 답변이 돌아왔다. 브래드포드에게 물어 인쇄업이 돈을 많이 버는 직업이 아니라는 걸 알게 되었다는 이유였다. 활자가 금방 닳아 계속 새것을 구입해야 하고 카이머와 데이비드 해리가 차례로 망한 이유도 거기에 있을 거라며, 나 역시 조만간 그들의 전례를 따르지 않겠느냐고 말했다는 것이다. 그 이후로 나는 그 집에 드나드는 게 금지되었고 그들의 딸도 만날 수 없었다.

정말 마음이 변한 것인지, 아니면 우리 애정이 되돌릴 수 없을 정도로 깊어져 도둑 결혼이라도 하면 지참금을 주지 않아도 될 것이란 생각에 그런 연극을 꾸민 것인지 나는 도무지 짐작할 수 없었다. 나는 후자일 가능성이 크다고 생각했고 그런 행동에 분개하며 다시는 그 집 근처에도 얼씬대지 않았다. 나중에 고드프리 부인은 나에게 친척 부부에 대해 호의적으로 말하며 다시 나를 이용하려 했다. 그러나 나는 그 집안과 다시는 엮이지 않겠다며 단호히 선언했다. 이 때문에 고드프리 부부는 나에게 화를 냈고 우리는 심하게 말다툼해 결국 그들은 내 집을 떠났고, 나는 커다란 집에 혼자 남았지만 다시는 세입자를 들이지 않겠다고 다짐했다.

나는 이 사건으로 결혼에 대해 진지하게 생각하게 되었다. 그래서 신붓감을 찾아 주변을 둘러보았고 다른 곳의 지인들에게 부탁하기도 했다. 그러나 인쇄업자는 일반적으로 가난하다고 여겨졌으므로 내가 신붓감에 지참금까지 기대할 형편이 아님을 깨닫는 데는 그리 오랜 시간이 걸리지 않았다. 이따금 지참금을 갖고 오겠다는 여자가 있었지만 그런 여자는 내 마음에 들지 않았다. 그사이에 나는 억제하기 힘든 젊음의 욕망에 사로잡혀 길거리의 천한 여자들과 육체적 관계를 맺었다. 돈도 꽤 들었고 귀찮기 그지없었다. 무엇보다 성적 접촉에 따른 전염병으로 건강을 해칠지도 모른다는 두려움을 떨치기 힘들었다. 여하튼 천만다행으로 그런 병에 걸리진 않았다.

한편 나와 리드 부인 가족은 이웃이자 오래된 지인으로 우호적인 관계를 이어가고 있었다. 내가 그들의 집에 처음 기숙했을 때부터 그들 가족 모두 나를 높이 평가하며 잘 대해주었다. 따라서 그들에게 문제가 생길 때마다 나를 초대해 의견을 물었고 나도 기꺼이 도움을 주었다. 리드 양의 안타까운 상황에 나도 마음이 아팠다. 리드 양은 거의 늘 실의에 빠져 있어 좀처럼 밝은 얼굴을 볼 수 없었고 다른 사람들과 어울리는 것조차 꺼렸다. 나는 런던에서 경박하고 변덕스레 행동했기 때문에 그녀에게 그런 불행이 닥친 것이라고 생각했지만, 그녀의 어머니는 내가 런던에 가기 전에 우리 결혼을 반대한 데다 내가 없는 동안 다른 남자와 결혼하라고 독촉한 자기 잘못이 나보다 더 크다고 생각하는 너그러움을 보였다. 우여곡절 끝에 서로를 향한 애정이 되살아났지만 우리의 결합에는 커다란 장애물이 있었다. 전처가 영국에 살고 있으므로 그 결혼은 당연히 무효로 간주되었지만 거리가 너무 멀어 전처의 존재를 증명하기 쉽지 않았다. 게다가 남자가 죽었다는 소문도 있었지만 그것도 확실하지 않았다. 설령 그가 죽은 게 사실이더라도 그가 많은 빚을 남긴 까닭에 리드 양의 새 남편이 그 빚을 뒤집어쓸 가능성도 있었다. 이런 난관에도 불구하고 우리는 위험을 무릅썼고, 1730년 9월 1일 나는 그녀를 아내로 맞이했다. 다행히 우리가 염려한 불편한 사태는 일어나지 않았다. 리드 양은 훌륭하고 믿음직한 동반자로서 상점을 관리하며 나에게 많은 도움을 주었다. 우리는 함께 성공을 향해 매진하며 상대를 서로 행복하게 해주려고 애썼다. 이렇게 나는 또 하나의 큰 실수를 바로잡을 수 있었다.

이즈음 준토 클럽은 선술집이 아니라 그레이스 씨 집 작은 방에서 모이기 시작했다. 그 방은 모임을 위해 따로 마련한 공간이었다. 어떤 문제에 대해 글을 쓸 때 언급되는 책들을 한곳에 모아두고, 항상 그곳에서 모이면 언제라도 참조하기에 편하지 않겠느냐는 내 제안으로 만들어진 공간이었다. 이렇게 우리 책들을 공동 도서관에 모아두면 각 회원이 다른 모든 회원의 책을 자기 책처럼 활용할 수 있다는 이점, 즉 각자가 모든 책을 소유한 것과 같은 이점을 누릴 수 있지 않겠느냐는 게 내 제안의 요점이었다. 모두가 내 제안에 찬성했다. 우리는 각자가 내놓을 수 있는 책들로 그 방의 한구석을 채웠다. 책이 예상만큼 많이 모이지는 않았지만, 무척 유용했다. 그렇지만 책이 제대로 관리되지 않아 간혹 거북한 사태가 발생했고 결국 약 1년이 지난 뒤 우리의 공동 도서관은 해체되었다. 그리고 모두 자신의 책을 도로 집으로 가져갔다.

그때 나는 공적 성격을 띤 사업에 첫발을 내디뎠다. 회원제 대출 도서관을 설립하기 위한 계획안을 작성했고 당대 위대한 공증인 브록던이 그 계획안을 깔끔하게 문서로 정리해주었다. 준토 회원들의 도움으로 도서관 사업은 처음부터 50명의 가입자를 확보할 수 있었다. 가입비는 40실링이었고 연회비는 50년 동안 10실링이었다. 도서관을 운영하는 회사가 그 기간 정도는 지속하리라 생각했기 때문이다. 우리는 나중에 법적으로 인가받았고 회원 수는 백 명으로 늘어났다. 이 도서관을 모태로 현재 북아메리카에 무수히 존재하는 모든 회원제 대출 도서관이 태어났다고 해도 과언이 아닐 것이다. 우리 도서관은 이제 규모가 상당히 커졌고 앞으로도 계속 커질 것이다. 회원제 대출 도서관 덕분에 미국인의 전반적인 교양 수준이 높아졌고, 일반 상인과 농민들도 다른 나라의 신사들 못지않은 지적 수준을 갖추게 되었다. 식민지 전역에서 시민들이 자기 권리를 지키기 위해 분연히 일어서는 데 이런 도서관이 어느 정도 기여하지 않았을까 싶다.

참고: 지금까지는 처음에 밝힌 의도에 맞추어 과거를 회고한 것이다. 따라서 다른 사람들에게는 별로 중요하지 않는 사사로운 가족 이야기가 적잖게 끼어들었다. 이후 회고는 뒤에서 인용되는 편지들에 담긴 조언에 따라 일반 대중을 염두에 두고 오랜 시간이 지난 뒤에 쓴 것이다. 회고록 작성이 중단된 이유는 독립전쟁 때문이었다.

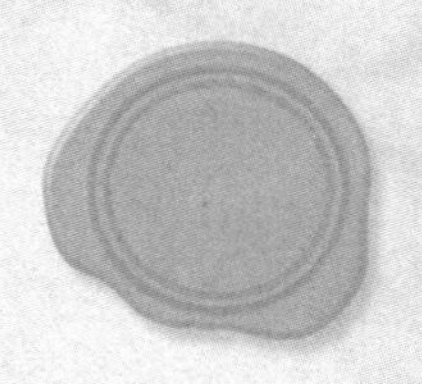

프랑스 파리에서 받은 에이블 제임스 씨의 편지

친애하고 존경하는 프랭클린 님에게

예전부터 당신에게 몇 번이고 편지를 쓰고 싶었지만, 그 생각을 감히 실현에 옮기지 못했습니다. 편지가 영국인의 손에 들어가 어떤 인쇄업자나 호사가가 편지 내용 일부를 공개해 당신에게 고통을 주고, 나도 자책하게 될까 봐 두려웠기 때문입니다.

그런데 얼마 전 당신이 직접 쓴 23장의 원고를 우연히 손에 넣었고, 정말이지 기뻤습니다. 당신 가문과 당신의 삶에 대해 아들에게 쓴 글로, 안타깝게도 1730년을 마지막으로 끝나 있었습니다. 그 원고 말고도 당신이 쓴 것으로 보이는 공책도 있었습니다. 당신이 그 이후 시대까지 계속 쓰실 때 앞뒤를 연결하는 데 조금이라도 도움이 되지 않을까 하는 생각으로 그 공책을 베껴 쓴 것도 동봉해 보냅니다.

아직 뒤를 이어 쓰지 않았다면 더는 늦추지 말길 바랍니다. 삶은 불확실하지요. 설교자들이 우리에게 그렇게 가르치지 않습니까? 친절하고 인간적이며 자애로운 벤저민 프랭클린이 친구들과 세상에 재미와 교훈을 주는 작업, 즉 소수에게만 아니라 수백만에게 유익한 즐거움을 주는 그런 작업을 하지 않는다면 세상이 무엇이라 하겠습니까? 그런 종류의 글이 젊은이들에게 미치는 영향은 실로 막대합니다. 특히 우리 모두의 친구인 당신의 일기만큼 확실한 것은 없겠지요. 당신의 일기는 의식하지 못하는 사이에 많은 젊은이를 당신처럼 훌륭하고 탁월한 사람이 되고자 노력하겠다고 결심하는 길로 이끌 것입니다. 예컨대 당신의 회고록이 출간된다면(내 생각에는 반드시 그래야 합니다), 젊은이들이 당신을 닮으려고 젊은 시절 근면하고 절제하려 노력하지 않겠습니까. 그렇게 된다면 그보다 더 큰 축복이 어디 있을까요!

내가 알기로는 살아 있는 사람으로 미국의 젊은이들에게 근면한 정신을 심어주고, 이른 나이에 사업에 눈뜨게 하며, 검소와 절제를 가르치는 데 당신보다 적합한 사람은 없습니다. 다른 이들을 모두 합한다 해도 당신에는 비하지 못할 것입니다. 그렇다고 당신의 회고록이 세상에서 다른 장점과 쓰임새가 없으리라는 뜻은 아닙니다. 그렇지 않습니다. 다만 젊은이들을 위한 교훈이 무엇보다 중요하다는 뜻이고, 그에 필적할 만한 것을 내 머리로는 생각해내지 못할 뿐입니다.

위 편지와 거기에 동봉된 기록이 한 친구에게 보내졌고, 그 친구는 다음과 같은 편지를 내게 보냈다.

벤저민 본의 편지
1783년 1월 31일 파리에서

친애하는 선생님께

선생님의 퀘이커교도 지인이 찾아낸 원고, 즉 선생님이 삶의 과정에서 겪은 주된 사건들을 기록한 글을 읽고 제가 말했던 것이 기억났습니다. 그 지인이 바라는 대로 선생님이 회고록을 끝내고 발표하는 게 세상에 유익할 것이라고 생각한 이유를 정리해 편지로 보내겠다고 말씀드렸지요. 그동안 이런저런 문제로 편지를 쓸 수 없었고, 이런 편지가 선생님 기대에 얼마나 부응할지는 모르겠습니다만 오늘 운 좋게 시간 여유가 생겼으니 제 관심사도 채우고 배우겠다는 마음으로 이 편지를 써보려고 합니다. 그러나 제가 여기에서 사용하는 표현들이 선생님처럼 세련된 사람의 기분을 상하게 할지 모른다는 걱정에 선생님만큼 선하고 훌륭하지만 덜 소심한 사람에게 말하는 형식으로 글을 써봅니다. 저라면 그분에게 이렇게 말하겠습니다.

선생님, 선생님의 인생 이야기를 읽고 싶은 이유는 대략 이렇습니다. 선생님은 놀라우리만큼 멋진 삶을 사셨습니다. 따라서 선생님이 쓰지 않으신다면 다른 사람이 쓰려고 할 게 분명합니다. 그럼 필연적으로 많은 오류가 뒤따를 것이기 때문에 차라리 선생님이 직접 쓰시는 편이 낫지 않을까 싶습니다. 그래야 선생님 나라의 내부 상황을 세상에 더 정확하게 알려줌으로써 도덕적이고 용감한 사람들이 선생님 나라로 이주하게 하는 부수 효과도 기대할 수 있을 것입니다. 그런 정보를 구하려는 많은 사람의 간절한 마음과 선생님의 명성을 고려할 때, 제가 알기론 선생님의 자서전만큼 효과적인 광고는 없습니다! 선생님께서 겪은 모든 사건은 지금 그 땅에서 살아가는 사람들에게서 일어나는 세세한 사건들과 관계가 있습니다. 이런 점에서 인간 본성과 사회를 정확히 판단하는 데 있어 카이사르(Caesar, BC 100~BC 44)와 타키투스(Tacitus, 56년경~120년경)의 글이 선생님의 자서전보다 더 낫다고 할 수 없을 것입니다.

그러나 선생님의 삶이 미래의 역군들을 키워낼 가능성과 비교하면 지금까지 언급한 것은 작은 이유에 불과합니다. 선생님이 조만간 발표할 예정인 『덕의 기술*The Art of Virtue*』이 선생님의 자서전과 함께 나오면 개인의 인격을 함양함으로써 사회와 가정 모두에 행복을 더해 주는 데 큰 도움이 될 것입니다. 선생님, 두 저서는 특히 독학하려는 젊은이들에게 훌륭한 지침과 표본 역할을 할 것입니다. 요즘 학교를 비롯한 교육 기관들은 잘못된 원칙을 고집하고 잘못된 목표를 지향하는 어설픈 기구입니다. 그러나 선생님의 원칙은 간단하고, 목표는 진실에 맞춰져 있습니다. 부모 세대와 젊은 세대가 합리적으로 진로를 준비하고 평가할 만한 다른 적절한 수단을 갖추지 못한 이때, 개개인의 자기 계발이 중요하다는 선생님의 가르침은 그 무엇보다 소중한 교훈이 될 것입니다! 말년에 개인적인 성품에 가해지는 영향력은 그야말로 때늦은 것이고, 별다른 효과를 기대하기 힘듭니다. 우리에게 기본적인 습관과 선입견이 심어지는 때는 젊은 시절입니다. 우리가 직업과 목표를 선택하고 결혼하는 것도 젊은 시절입니다. 따라서 젊은 시절에 중대한 전환이 이루어집니다. 젊은 시절에 받은 교육은 다음 세대까지 영향을 미칩니다. 또 젊은 시절, 개인적인 성품뿐 아니라 공적인 성품도 결정됩니다. 삶은 젊은 시절에 시작되어 늙어서야 끝이 납니다. 이런 이유에서 젊은 시절부터 잘 시작해야 합니다.

구체적으로 말하면 우리는 주된 목표를 결정하기 전에 올바른 삶을 살아야 합니다. 선생님의 전기를 통해 우리 젊은이들은 독학하는 법만 아니라 지혜로운 사람으로 성장하는 법도 배우게 될 것입니다.

무엇보다 지혜로운 사람은 다른 현자의 행동을 눈여겨보며 새로운 깨달음을 얻고, 자기 발전을 꾀한다고 하지 않습니까? 우리 자손들이 이 복잡한 세상에서 아무런 안내판도 없이 아득한 시간의 흔적을 찾아 어둠 속을 더듬거리는 걸 지켜보면서도 그들에게 아무런 도움도 주지 않을 수 있겠습니까? 그러하니 선생님, 아들들과 아버지들에게 얼마나 많은 것을 할 수 있는지 보여주십시오. 지혜로운 사람은 선생님처럼 되고 어리석은 사람은 지혜를 갖출 수 있도록 인도해주십시오. 정치인과 군인이 인류에게 얼마나 잔혹할 수 있는지, 기품 있다는 사람이 주변 사람들에게 터무니없이 어리석은 짓을 할 수 있다는 걸 우리는 잘 압니다. 그렇지만 선생님의 전기에서 평화적으로 합의해 문제를 해결한 많은 사례를 읽는다면, 또 공적으로 큰일을 하면서도 가정적이고, 모두가 부러워하는 지위에 있으면서도 온화할 수 있다는 걸 본다면 그것만으로도 유익할 것입니다.

지극히 사소한 개인적인 사건이라도 선생님이 말씀하신다면 우리에게는 큰 도움이 될 것입니다. 우리에게 무엇보다 필요한 것은 일상적인 일에도 신중해야 한다는 삶의 규칙입니다. 선생님은 그런 경우 어떻게 행동했는지 정말 알고 싶습니다. 선생님의 선례는 모든 사람이 과거에 자신이 취했던 행동을 되돌아보게 하고 앞으로 더 지혜롭게 행동할 가능성을 제시한다는 점에서 우리에게 인생을 풀어갈 일종의 열

쇠가 될 것입니다. 다른 사람의 경험을 흥미롭게 꾸며 우리 앞에 보여 주면 우리가 직접 그 사건을 경험하는 것과 크게 다르지 않습니다. 선생님의 펜이라면 충분히 그걸 해낼 수 있습니다. 선생님의 글을 통해 간접적으로 배우고 나면 우리가 문제를 대하고 다루는 방법이 단순해 보일지라도 틀림없이 유의미한 인상을 남길 수 있겠지요. 선생님이 정치적이고 철학적인 문제를 언급할 때 그랬듯 삶에서 어려운 문제도 무척 독창적으로 해결하셨을 것이라 확신합니다. 중요성과 실수를 고려했을 때 인간의 삶만큼 실험적으로 시도하고 체계화할 만한 가치가 있는 게 또 있을까요?

맹목적으로 도덕성을 추구하는 사람도 있고, 깊이 생각한다면서 기상천외하게 생각하는 사람도 있습니다. 또 나쁜 계획을 꾸미는 데 특출난 능력이 있는 사람도 있습니다. 그러나 선생님이라면 펜으로 오로지 지혜롭고 실리적이며 선한 것만 쓰시리라 확신합니다(제가 보기에 선생님은 성격 면에서나 개인사에 있어서도 프랭클린 박사와 무척 유사합니다). 따라서 선생님께서도 자신에 관해 이야기하실 때 출신을 조금도 부끄러워하지 않으시겠지요. 이런 자기 확신이 더 중요합니다. 선생님께서 입증하셨듯 행복과 미덕과 위대함을 성취하는 데 있어 반드시 출신이 중요한 것은 아니니까요. 그러나 수단 없이 목적을 이루기 힘들 듯 선생님께서도 어떤 계획을 세웠고 그 계획대로 실천한 끝에 성공할 수 있었음을 우리도 확인하게 되겠지요.

결과가 대단하더라도 수단은 지극히 단순하다는 것도 확인할 수 있습니다. 물론 그 수단은 지혜가 있으면 얼마든지 생각해낼 수 있고 성격과 미덕, 생각과 습관에 따라 달라질 것입니다. 또 누구나 세상 무대에 모습을 드러내려면 적절한 때를 기다려야 한다는 것도 선생님의 전기에서 증명되겠지요. 우리 감각은 그 순간에 집중되는 경우가 비일비재하므로 우리는 첫 순간 뒤에 더 많은 순간이 뒤따른다는 것, 따라서 삶 전체를 생각하며 행동해야 한다는 걸 잊고 지내길 잘합니다. 선생님께서는 개인적인 속성을 삶에 제대로 적용하신 듯합니다. 따라서 어리석게 삶의 순간순간을 조바심내거나 후회하며 괴로워하지 않고, 만족스럽고 즐거워하며 재미있게 사셨을 겁니다. 특유의 인내심을 지닌 진정한 위인을 본받아 덕스럽게 행동하고 균형감을 유지하는 사람들은 그렇게 행동하기가 어렵지 않을 겁니다. 선생님의 퀘이커교도 친구는 선생님의 검소함이나 근면함과 함께 절제력을 입에 침이 마르도록 칭찬하며 모든 젊은이의 본보기가 될 거라고 했습니다(여기에서 다시 선생님이 프랭클린 박사와 닮았다고 생각합니다). 그러나 이상하게도 그 친구는 선생님의 겸손하고 초탈한 태도를 잊고 언급하지 않았더군요. 그런 마음가짐이 없었더라면 선생님은 출세할 때까지 기다리지 못했을 것이고, 그때까지 선생님 상황을 마음 편하게 받아들이지 못했을 테지요.

명예는 헛된 것이고 마음을 다스리는 게 무엇보다 중요하다는 걸 보여준 훌륭한 교훈이 아닐 수 없습니다. 퀘이커교도 친구가 선생님의 평판이 어디에서 기인한 것인지 저만큼 알았더라면 십중팔구 이렇게 말했을 것입니다. "자네가 과거에 어떤 글을 썼고 어떤 조처를 했는지 아는 사람이면 『자서전』과 『덕의 기술』에 관심을 가질 것이고, 『자서전』과 『덕의 기술』을 읽은 사람은 자네가 과거에 어떤 글을 썼고 어떻게 행동했는지 관심을 가질 걸세." 이런 상호성은 다양한 성격을 지닌 사람에게 허락된 이점입니다. 그러한 성격을 복합적으로 활용할 수 있을 테니까요. 더구나 마음가짐과 인격을 함양하려는 사람은 시간적 여유가 없기 때문이 아니라 그에 필요한 수단을 몰라 쩔쩔매는 사람이 더 많으니까요.

깊이 생각한 끝에 제가 내린 결론은 이렇습니다. 선생님의 삶은 한 편의 전기로서 충분히 유용합니다. 자서전 형태의 글은 유행이 지난 듯해도 여전히 유용합니다. 특히 선생님의 삶은 많은 흉악범과 음모자의 삶, 터무니없이 자학하는 수도자나 허영에 사로잡힌 문학인의 삶과 뚜렷이 비교될 것이므로 선생님의 자서전이라면 많은 사람에게 도움을 줄 것입니다. 선생님의 자서전을 계기로 유사한 종류의 자서전이 더 많이 기록된다면, 그리하여 더 많은 사람이 자서전에 쓰인 대로 살아갈 수 있도록 이끈다면 그것은 플루타르코스의 『영웅전』에 필적하는 가치가 있을 것입니다.

모든 좋은 특징을 지닌 사람을 직접 칭찬하지 않고 그런 사람이 세상에 존재하는 듯 머릿속으로 상상하는 것도 이제 싫증 나기 시작하는군요. 그래서 프랭클린 박사님 본인에게 직접 말하는 방식으로 이 편지를 끝내려 합니다.

선생님, 선생님의 진실한 성품을 세상에 직접 알리시기를 진심으로 바랍니다. 그렇지 않으면 중구난방으로 쏟아지는 전기들이 선생님의 진정한 면모를 왜곡하고 더럽힐 수도 있습니다. 선생님의 연세로 보나 신중한 성격, 독특한 사고방식을 고려할 때 선생님 자신을 제외하고는 선생님이 삶의 과정에서 겪은 사건이나 마음속에 품었던 생각들을 누구도 제대로 풀어내지 못할 것입니다. 게다가 지금 같은 격변의 시대에는 그런 삶을 산 주역들에 눈길을 돌릴 필요가 있습니다. 이런 격변의 시대에도 도덕적 원칙을 소중히 여겼고 그런 주장이 진정으로 큰 영향을 주었음을 세상에 알리는 것은 무엇보다 중요합니다. 선생님의 인품은 하루가 다르게 커지는 광대한 선생님 나라에는 물론이고 영국과 유럽에도 큰 영향을 미치고 있습니다. 따라서 철저히 검토하고 정리해 영원한 귀감으로 존경받아야 마땅합니다. 인간의 행복을 증진하기 위해서라도 인간은 이 시대에도 사악하고 혐오스러운 동물이 아니라는 걸 입증해야 한다고 저는 줄곧 주장해왔습니다. 또 인간은 올바른 방향으로 잘 다듬으면 얼마든지 교정할 수 있다는 것도 더 분명히 입증해내야 합니다. 거의 같은 이유에서, 온갖 군상이 모여 사는 이 세상에도 공명정대한 사람이 있음을 알리고 싶습니다. 모든 사람이 예외 없이 제멋대로라고 인식된다면, 선한 사람이라도 부질없다고 여기며 더 나아지려는 노력을 포기할 것이고, 뒤죽박죽인 삶에서 자기 몫만 챙기거나 자기만 편하면 그만이라고 생각하는 경향이 더욱 강해질 것이기 때문입니다.

친애하는 선생님, 그러니 하루라도 빨리 자서전 작업을 시작해주십시오. 선한 분이기에 그 선한 모습을 보이시고, 절제하는 분이기에 그 절제하는 모습을 보여주십시오. 무엇보다 어린 시절부터 정의와 자유와 화합을 사랑했던 분이었고, 지난 17년 동안 행동으로 우리에게 보이셨듯 자연스럽고 일관되게 그런 마음을 행동으로 실천했다는 걸 드러내 주십시오. 그리하여 영국인들이 선생님을 존경할 뿐만 아니라 사랑하게끔 해주십시오. 영국인들이 선생님 나라 사람들을 좋게 생각하면 선생님 나라도 한 뼘쯤은 더 좋게 생각할 것입니다. 영국인들이 좋게 생각함을 안다면 선생님 나라 사람들도 영국을 조금이나마 더 좋게 생각하지 않겠습니까. 선생님의 시야를 더 넓게 펼치십시오. 영어를 사용하는 사람들에게서 멈추지 말고, 자연과 정치에 대한 많은 관점을 정리한 뒤에 인류 전체를 더 나은 방향으로 끌어가겠다고 생각해 주십시오.

제가 선생님 전기를 읽은 것도 아니고 그런 삶을 살았던 인물만 알기 때문에 이렇게 닥치는 대로 편지를 쓰는 것입니다. 하지만 선생님의 자서전과 제가 언급한 책,『덕의 기술』은 제 주된 기대를 충분히 채워주리라 확신합니다. 제가 위에서 언급한 점을 고려해 글을 쓰신다면 더욱 그러할 것입니다. 물론 선생님을 동경하는 사람들의 기대를 모두 채워주진 못해도 인간의 마음을 이끌기에 충분한 글을 써내실 수 있을 것입니다. 역사적으로 그랬듯 인간에게 아무런 악의도 없이 순전한 즐거움을 주는 사람은 걱정과 불안으로 어두워지고 고통으로 상처받은 삶에 밝은 빛을 더했습니다. 그리하여 이 편지를 통해 제가 드린 기도에 선생님께서 응답하실 것이라 기대하며 이렇게 간곡히 부탁드립니다.

긴 편지 읽어주셔서 감사합니다.

벤저민 본 드림

Autobiography of
Benjamin Franklin

내 삶에 관한 이야기

1784년 파시에서 다시 시작하다

내가 여기에서 이야기하고 역설하려고 하는 말은 간단하다. 사악한 행동은 금지되었기에 해로운 것이 아니라, 해롭기 때문에 금지된 것이므로 결국 성품이 중요하다는 것이다. 다시 말하면, 하늘나라에서만 아니라 이 세상에서도 행복해지고 싶다면 도덕적으로 행동하는 게 더 낫다는 뜻이다. … 이런 이유에서 나는 가난한 사람에게 청렴과 진실성이야말로 성공을 보장해주는 수단이라는 걸 젊은이들에게 알려주려고 노력해왔다.

앞에서 인용한 두 편지를 받고 시간이 꽤 흘렀지만, 지금껏 너무 바빠 두 편지에 담긴 요구에 부응할 생각조차 할 수 없었다. 내가 집에 있었더라면 기억을 되살리고 날짜를 확인하는 데 도움을 줄 만한 자료를 참조할 수 있어 상황은 훨씬 나았겠지만, 언제 집에 돌아갈 수 있을지는 확실하지 않다. 그래서 잠시 여유가 생긴 참에 기억을 더듬어가며 쓸 수 있을 만큼 써보려고 한다. 살아서 집에 돌아간다면 그때 가서 잘못된 부분을 바로잡고 보충할 생각이다.

이미 썼던 원고가 지금 내 옆에 없어 내가 필라델피아 공립 도서관을 세우려고 동원한 방법에 관해 썼었는지 모르겠다. 그 공공 도서관은 작게 시작했지만 지금은 무척 커졌다. 여하튼 그 시기(1730년경) 언저리까지 썼던 것으로 기억하니 여기서는 그 이야기로 시작해야겠다. 이미 쓴 것으로 확인된다면 그때 가서 지우면 되지 않겠는가.

내가 펜실베이니아에 정착했을 때 보스턴 남쪽으로는 식민지 어디에도 괜찮은 서점이 한 군데도 없었다. 뉴욕과 필라델피아의 인쇄소는 문구점과 다를 바 없었다. 그들은 종이와 달력, 노래책과 약간의 교과서만 팔았을 뿐이었다. 책 읽기를 좋아하는 사람들은 영국을 드나드는 사람들에게 책을 사다 달라고 부탁해야 했다. 따라서 준토 클럽 회원들도 각자가 보유한 책은 그다지 많지 않았다. 우리는 처음에 선술집에서 모였지만 얼마 후에는 선술집을 떠나 회원들이 모일 만한 장소를 하나 빌렸다. 그때 나는 모든 회원이 각자의 책을 가져와 그 방에 보관하자고 제안했다. 우리가 토론할 때 관련된 책을 언제라도 참조할 수 있고, 누구나 원하면 자유롭게 책을 빌려 가 집에서 읽을 수 있을 테니 모두에게 이로울 것이란 생각에 한 제안이었다. 내 제안은 계획대로 시행되었고 한동안 모두에게 만족감을 주었다.

나는 이 작은 도서관의 이점을 파악하고 책에서 얻는 이익을 더 많은 사람이 공유할 수 있도록 회원제 공공 도서관을 만들자고 제안했다. 도서관 설립에 필요한 계획안과 회칙을 대략 구상했고, 노련한 공증인 찰스 브록던에게 초안을 전달해 일반적인 규정에 맞추어 회원 가입 동의서를 만들어 달라고 부탁했다. 그렇게 정해진 가입 동의서에 따르면, 각 회원은 책 구입에 필요한 일정 액수의 가입비를 내고, 매년 책을 늘려나갈 수 있도록 연회비도 납부해야 했다. 당시 필라델피아에는 책 읽는 사람이 무척 적었고, 대다수가 가난했다. 따라서 회원 확보를 위해 부지런히 뛰어다녔지만 50명을 넘기지 못했다. 대부분 젊은 상인들이었고, 다행히 그 바람직한 목적을 위해 40실링의 가입비와 10실링의 연회비를 기꺼이 납부했다. 우리는 그렇게 작은 기금으로 시작했다. 도서관은 책들을 수입하고, 일주일에 한 번씩 문을 열어 회원들에게 책을 빌려주었다. 약정 회칙에 따라 정해진 기간 내에 책을 반납하지 않으면 대출자는 책값의 두 배를 물어야 했다. 공공 도서관의 유용성이 명확해지자 다른 도시, 다른 지역에서도 비슷한 형태의 공공 도서관이 설립되었다. 도서관에 기증 형태의 도서가 늘어났고, 독서는 유행이 되었다. 당시에는 즐길 만한 오락거리가 전혀 없었던 까닭에 사람들은 상대적으로 책과 쉽게 친해졌다. 몇 년 지나지 않아 외부인들에게는 다른 국가의 같은 계층에 속한 사람들보다 우리가 더 많이 알고 똑똑하다는 평가를 받게 되었다.

우리는 물론 우리 계승자들까지 향후 50년간 회원으로 활동하는 가입 동의서에 서명하려 할 때, 공증인 브록던 씨는 이렇게 말했다. "여러분이 아직 젊지만, 의무 가입 기간이 끝날 때쯤 몇 명이나 살아 있을지 모릅니다." 하지만 아직도 상당수는 살아 있다. 여하튼 몇 년이 지난 뒤 도서관을 법인화하면서 영속성 보장 규정에 의해 우리가 가입한 회원 증서는 무효가 되었다.

회원 가입을 독려할 때는 많은 반대와 저항이 있었다. 이때의 경험을 계기로 어떤 유익한 계획을 추진하는 과정에서 주변 도움이 필요할 때 계획 제안자가 주변 사람보다 조금이라도 명성이 높아질 가능성이 있다면 자신을 계획 제안자로 내세우는 게 적절하지 않다는 깨달음을 얻었다. 그래서 나는 가능한 범위 내에서 자신을 내세우지 않고, 이것은 '친구들 다수'가 세운 계획인데 그들이 주변에 책 읽는 걸 좋아하는 사람들을 찾아다니며 알려달라고 내게 부탁한 것이라고 말했다. 이런 방법을 택하자 회원 확보에 더 수월해졌고, 나중에도 무엇인가를 모금할 일이 있을 때는 이 방법을 사용했다. 대부분 성공했기 때문에 이러한 방법을 진심으로 추천하고 싶다. 허영심을 조금만 버리면 나중에 크게 보상받을 수 있다. 누구에게 칭찬이 돌아가야 하는지 불확실한 상황에서 허영심으로 그 공을 자기 것으로 가로채는 사람이 있다면, 상대를 시기하는 사람은 그 가짜 깃털을 뽑아내고 원 주인에게 돌려주며 당신의 공적을 공정하게 평가할 것이다.

이 공공 도서관은 나에게 꾸준히 학습하며 자기계발을 시도하게 하는 수단이 되었다. 나는 매일 한두 시간씩 도서관에 파묻혀 지내며, 아버지가 처음에 의도했던 것과 달리 나에게 허락해주지 않았던 교육의 기회를 어느 정도 만회해나갔다. 책 읽기는 내가 나에게 허락한 유일한 오락이었다. 나는 술집에 들락거리지 않았고, 도박 같은 것으로 헛되이 시간을 보내지 않았다. 그럴 수밖에 없는 처지이기도 했지만 조금도 한눈팔지 않고 근면 성실하게 일했다. 인쇄소를 세울 때 진 빚이 있었고, 부양해야 할 가족이 있었다. 특히 나보다 먼저 필라델피아에 자리 잡은 두 인쇄소와 경쟁해야 했다.

내 상황은 나날이 좋아졌지만 그래도 검소하게 생활하는 습관은 바꾸지 않았다. 아버지는 어린 나에게 많은 가르침을 주었는데 특히 검소함의 중요성을 강조할 때는 입버릇처럼 솔로몬 왕의 잠언을 인용하곤 했다. "네가 자기 사업에 근실한 사람을 보았느냐 이러한 사람은 왕 앞에 설 것이요 천한 자 앞에 서지 아니하리라"(잠언 22:29). 그때부터 나는 근면이 부와 명예를 차지하기 위한 수단이라 생각하며 자신을 채찍질했지만 내가 정말 '왕 앞에' 설

것은 믿지 않았다. 하지만 실제로 그런 일이 내 삶에 일어났다. 나는 지금까지 다섯 명의 왕 앞에 섰고, 그중 한 분인 덴마크 왕과는 저녁 식사를 함께하는 영광까지 누렸다.

영국에는 "성공하려면 아내에게 물어봐야 한다"라는 속담이 있다. 나만큼 근면하고 검소한 아내를 얻은 것은 커다란 행운이었다. 아내는 즐거운 마음으로 인쇄소 일을 도왔다. 소책자를 접고 제본했으며, 문구류 상점을 관리하며 낡은 아마포 천 조각을 매입해 제지업자에게 넘기는 일도 했다. 우리는 불필요한 하인을 두지 않았다. 식사도 검소하고 간단하게 했다. 가구는 값싼 것만 샀다. 예컨대 아침 식사는 한동안 빵과 우유가 전부였다. 차(茶)도 마시지 않았다. 2페니짜리 토기 사발에 우유를 담아 백랍 숟가락으로 먹었다.

그러나 이런 엄격한 원칙에도 불구하고 사치가 조금씩 집안에 스며들었고 그것이 점점 늘어났다. 어느 날 아침, 식사하려고 식탁에 앉았는데 도자기 그릇과 은수저가 눈에 들어왔다! 아내가 나 모르게 날 위해 산 것이었고 무려 23실링이란 거금을 주었지만 어떤 변명이나 사과도 하지 않았다. 오히려 자기 남편도 이웃처럼 은수저와 도자기 그릇을 사용할 자격이 충분하다고 생각한다고 했다. 처음에는 이렇게 은 식기와 도자기 그릇이 우리 집에 들어왔고 그 이후로 수년에 걸쳐 집 재산이 증가하면서 그런 사치스러운 그릇이 수백 파운드까지 늘어났다.

나는 종교적으로는 장로교 교육을 받았다. 장로교파의 몇몇 교리, 예컨대 '하나님의 영원한 의지', '하나님의 선택', '영벌'(永罰) 등은 도무지 이해되지 않았고 의심이 되는 교리도 있었다. 그래서 인지 어렸을 때부터 일요일은 아예 공부하는 날로 정하고 공적인 모임에 자주 빠졌다. 그렇다고 내가 기독교 원리를 철저히 무시했던 것은 아니다. 예컨대 하나님의 존재를 의심한 적은 없다. 하나님이 세상을 창조하고 섭리로 세상을 다스린다는 것도 의심하지 않았다. 또 우리가 남에게 선행을 베푸는 걸 하나님이 가장 좋아하시고, 영혼은 불멸하며, 모든 죄악에는 응징이 따르고, 선행을 하면 이 땅에서나 내세에서 보상이 주어진다는 것도 굳게 믿었다. 나는 이런 교리들이 모든 종교에 존재한다고 생각한다. 또 우리나라에서 섬기는 모든 종교에 이런 교리가 존재하므로, 모든 종교를 존중한다. 그렇다고 모든 종교를 똑같이 존중한 것은 아니다. 도덕성을 고무하고 독려하며 강조하기는커녕 우리를 갈라놓고 서로 반목하도록 부추기는 요소가 뒤섞인 종교도 적지 않았다. 여하튼 최악의 종교도 누군가에게는 좋은 영향을 미친다고 생각하며, 모든 종교를 존중한 까닭에 자기 종교에 대한 경외심을 거두게 할 만한 논쟁은 피하려고 애썼다. 우리 지역 인구가 늘어남에 따라 예배를 드릴 장소가 항상 부족했고, 대부분 자발적으로 낸 기부금으로 새 교회가 세워졌다. 나는 교파를 가리지 않고 그런 목적을 위해서라면 적게나마 정성 어린 헌금을 드렸다.

나는 교회 예배에는 거의 참석하지 않지만, 예배를 올바르게 드린다면 도덕적으로 적정하고 유용하다고 생각한다. 따라서 필라델피아에 있는 유일한 장로교 목사와 그 모임을 후원하기 위해 매년 정기적으로 기부금을 보냈다. 그 목사는 간혹 나를 찾아와 예배에 참석하라고 타일렀고, 나는 때때로 마음이 움직여 그렇게 했다. 한번은 5주 연속 일요 예배에 참석한 적도 있었다. 그가 훌륭한 설교자였다면 일요일을 공부하는 날로 정했다 하더라도 꾸준히 예배에 참석했을지도 모르겠다. 그러나 그의 설교는 주로 신학적 논쟁을 다루거나 장로교파의 독특한 교리를 옹호하기에 급급해서 딱

딱하고 재미없는 데다 나에게는 볼썽사납게 들렸다. 게다가 단 하나의 도덕적 원리도 가르치거나 강조하지 않아 모든 설교가 우리를 훌륭한 시민보다는 장로교인으로 만드는 데 목표를 둔 듯했다.

언젠가 목사는 빌립보서 4장을 주제 삼아 설교했다. "끝으로 형제들아, 무엇에든지 참되며 무엇에든지 경건하며 무엇에든지 옳으며 무엇에든지 정결하며 무엇에든지 사랑받을 만하며 무엇에든지 칭찬받을 만하며 무슨 덕이 있든지 무슨 기림이 있든지 이것들을 생각하라"(빌립보서 4:8). 나는 이 구절을 읽으면서 도덕적으로 놓쳐서는 안 될 것에 대한 설교를 머릿속에 그렸다. 그러나 목사는 사도가 빌립보에서 말하려 했던 것이라며 다섯 가지만 강조하는 데 그쳤다. (1) 안식일을 경건하게 지켜라. (2) 성경 읽는 것을 게을리하지 말라. (3) 교회 예배에 반드시 참석하라. (4) 성찬식에 참석하라. (5) 하나님을 섬기는 성직자들을 마땅히 존중하라. 물론 이 다섯 가지를 강조하는 것도 좋은 설교일 수 있지만, 내가 그 구절에서 기대한 설교는 아니었다. 나는 그의 설교에서 더 이상 기대할 것이 없다는 실망감으로 그의 설교를 들으러 가지 않았다.

그로부터 몇 년이 흐른 뒤 나는 개인적인 용도로 쓰려고 짤막한 기도문들을 쓰기 시작했고, 그렇게 완성된 기도서에 〈믿음의 조항과 종교의식〉이란 제목을 붙였다. 그때가 1728년이었다. 나는 이 기도서를 주로 사용하며 더는 교회 예배에 참석하지 않는다. 나의 이런 행동이 비난받아 마땅할 수 있지만 변명하려고 하는 게 아니다. 이 글을 쓰는 목적은 과거에 있었던 사실을 그대로 이야기하는 것이지 과거의 잘못을 인정하고 용서를 빌려는 것이 아니기 때문이다.

9장

완벽한 도덕적 삶을 위한 계획

이즈음 나는 도덕적으로 완벽해지겠다는, 대담하면서 몹시 어려운 계획을 마음속에 품었다. 나는 언제든 어떤 잘못도 범하지 않는 삶을 살고 싶었다. 타고난 성향, 습관, 인간관계로부터 유혹당하는 모든 것을 이겨내고 싶었다.

나는 무엇이 옳고, 무엇이 그른지 알았다. 아니 안다고 생각했다. 따라서 항상 옳은 걸 선택하고 잘못된 것을 피하지 못할 이유가 없었다. 그러나 오래지 않아 그 구분이 내가 상상한 것보다 어려운 일임을 깨달았다. 어떤 잘못을 범하지 않으려고 신경 쓰는 사이 다른 잘못을 범하는 경우가 비일비재했다. 조금만 부주의하면 못된 습관이 불쑥 나타났고, 이성으로 타고난 성향을 억누르기도 쉽지 않았다.

결국, 도덕적으로 완벽해질 수 있을 거란 사변적인 신념만으로는 일탈과 실수를 막기에 부족하다는 결론에 도달했다. 또 나쁜 습관을 버리고 좋은 습관을 몸에 익힌 후에야 일관되고 올곧게 행동할 수 있을 것이란 결론도 얻었다. 이런 목적으로 나는 다음과 같은 방법을 생각해냈다.

나는 그때까지 읽은 책에서 보았던 도덕적 덕목을 열거해보았다. 저자들이 동일 항목에 다양한 개념을 포함해 설명한 까닭에 도덕적 덕목을 목록화하기도 쉽지 않았다.

예컨대 어떤 책에서는 절제를 언급하면서 먹고 마시는 것에 국한했지만, 또 다른 책에서는 의미를 크게 확대해 식욕, 성향, 육체적이고 정신적인 열정, 심지어 탐욕과 야망까지 온갖 쾌락을 억제하는 것을 뜻했다.

그래서 나는 덕목 수를 줄이고 각 덕목에 많은 개념을 포함하기보다는 덕목 수를 늘리고 각 덕목에 포함되는 개념을 최소화하는 방법을 택했다. 그렇게 하면 도덕 덕목들이 한결 명확해질 것 같았다.

그 결과 적어도 당시에는 반드시 필요하고 바람직하다고 생각하는 모든 도덕적 가치를 13가지 덕목으로 정리했다. 그리고 각 덕목에 짤막한 수칙을 덧붙이고 그 수칙에 담긴 의미를 자세히 설명해두었다.

13가지 덕목의 명칭과 그에 더해진 수칙은 다음과 같다.

1	절제	배부르도록 먹지 말고, 취하도록 마시지 마라.
2	침묵	다른 사람이나 자신에게 유익하다고 생각되지 않는 것은 말하지 마라. 쓸데없는 대화를 멀리하라.
3	질서	모든 것을 제자리에 두도록 하라. 모든 일을 부문별로 나누고 시간을 정해두고 하라.
4	결단	해야 할 일은 반드시 하겠다고 결심하라. 결심한 것을 반드시 행하라.
5	절약	다른 사람이나 자신에게 도움이 되는 것 외에는 돈을 쓰지 마라.
6	근면	시간을 헛되이 보내지 마라. 유익한 일을 하는 데 시간을 쓰고 불필요한 행동은 멀리하라.
7	성실	다른 사람에게 상처를 주는 속임수를 쓰지 마라. 선의를 가지고 공정하게 생각하라. 말과 행동이 하나가 되도록 하라.
8	정의	다른 사람을 부당하게 대하여 손해를 입히거나 이익을 가로채지 마라.
9	중용	극단을 피하라. 상대가 욕을 먹어 마땅하다는 생각이 들더라도 그가 앙심을 품을 정도로 행동하지는 마라.
10	청결	몸과 옷과 주거지 등 어느 것이든 불결한 것을 용납하지 마라.
11	평정	사소한 것 혹은 우연히 발생하거나 피할 수 없는 사고에 흔들리지 마라.
12	순결	건강이나 후손 때문이 아니라면 성관계를 최소화하라. 몸이 둔해지고 약해질 때까지 자신과 상대의 평화로운 마음이나 평판을 해칠 지경까지 관계를 갖지 마라.
13	겸손	예수와 소크라테스를 본받으라.

나의 목적은 이 모든 덕목을 '습관화'하는 것이었다. 따라서 모든 덕목을 동시에 습관으로 만들면서 집중력을 분산시키기보

다 한 번에 하나씩 바로잡는 게 낫다고 판단했다. 달리 말하면, 덕목 하나를 완전히 내 것으로 만든 후에 다른 덕목으로 옮겨가는 식으로 13가지 덕목을 섭렵하기로 했다. 또 어떤 덕목을 익히면 다른 덕목을 얻기가 더 용이하므로 이런 관점에서 13가지 덕목을 위 순서로 정리했다. '절제'를 제일 처음에 놓은 이유는 절제하면 머리가 맑고 명철해지기 때문이다. 경계심을 늦추지 않고 오래된 습관의 끊임없는 유혹에 빠지지 않으려면 냉정하고 침착한 머리가 필요하기 때문이다. 절제라는 덕목을 확실히 내 것으로 만들고 나면 '침묵'하기가 훨씬 더 쉬워진다. 나는 덕목을 갖추는 것과 동시에 지식도 얻고 싶었다. 대화하며 입을 자주 놀리는 것보다 귀를 열어 둘 때 지식을 얻기 더 쉬운 데다, 끝없이 조잘대며 말장난하는 못된 습관, 즉 경박한 친구들에게나 먹히는 습관을 깨고 싶었기 때문에 '침묵'을 두 번째에 배치했다.

'침묵'과 그다음 차례를 차지한 '질서'를 통해 나는 계획을 추진하고 공부하는 데 더 많은 시간을 쏟을 수 있게 되기를 바랐다. '결단'도 일단 습관화되면 그 이후의 덕목을 얻기 위한 노력을 유지하는 데 도움이 될 것 같았다. '절약'과 '근면'은 남은 빚에서 해방되고 물질적 풍요는 물론 자립하는 데 필요했고, 그 뒤에 배치된 '성실'과 '정의'를 실행하기 쉽게 해줄 덕목이었다. 피타고라스(Pythagoras, BC 569~BC 475)가 『황금 시편*The Golden Verses*』에 남긴 충고에 따라 일일 점검이 필요하다는 생각에 나는 점검하는 방법을 다음과 같이 고안해냈다.

덕목 점검표

절제

배부르도록 먹지 말고 취하도록 마시지 마라

	일	월	화	수	목	금	토
절제							
침묵	●●	●		●		●	
질서	●	●	●		●	●	●
결단			●			●	
절약		●			●		
근면			●				
성실							
정의							
중용							
청결							
평정							
순결							
겸손							

나는 작은 수첩을 만들어 한 페이지에 한 덕목씩 할애했다. 각 페이지를 가로로 일곱 칸으로 나눈 뒤 빨간 잉크로 줄을 그어 각 칸에 요일 이름을 썼다. 다음으로는 각 페이지를 세로로 13줄로 나누고 13가지 덕목을 위에서부터 차례로 썼다. 그리고 그날 하루를

점검할 때 지키지 못한 덕목이 있으면 해당되는 칸에 검은색으로 작게 표시했다.

나는 한 주에 하나의 덕목을 엄격히 실천하기로 마음먹었다. 그리하여 첫 주에는 '절제'를 방해하는 요인을 멀리하려 애썼고 다른 덕목은 크게 신경 쓰지 않았다. 그리고 매일 저녁 그날의 잘못을 잊지 않고 표시했다. 그리하여 첫 주에 내가 '절제'에 해당하는 첫 줄에 아무런 표시도 하지 않는다면 절제라는 덕목과 관련된 습관은 강화된 반면, 그렇지 않은 다른 습관은 약화된 것으로 생각했다. 다음 주에는 관심의 폭을 확대해 '침묵'이란 덕목에 신경 쓰며 두 줄 모두에 검은 점이 표시되지 않도록 애썼다. 이런 식으로 마지막 덕목까지 진행하면 한 과정을 끝내는 데 13주가 걸리고, 1년에 그 과정을 네 번 반복할 수 있다.

정원에서 잡초를 뽑아야 할 때 누구도 단번에 모든 잡초를 뽑으려 하지 않을 것이다. 그런 시도는 자신의 능력 범위를 넘어서는 무모한 짓이다. 따라서 한 번에 한 모판에서만 잡초를 솎아내는 것이다. 첫 모판에서 잡초를 완전히 제거한 뒤 다음 모판으로 넘어갈 때마다 나는 해당 덕목에서 이루어낸 진척을 수첩에서 확인하며 즐거움을 느끼고 용기도 얻었다. 이런 과정을 몇 번이고 되풀이하며 언젠가 13주 동안의 일일 점검을 끝냈을 때 검은 점이 하나도 없는 깨끗한 수첩을 볼 수 있길 바랐다.

내 작은 수첩에는 조지프 애디슨(Joseph Addison, 1672~1719)의 희곡 『카토*Cato*』에서 인용한 구절이 좌우명으로 쓰여 있다.

나는 여기에서 인내하렵니다. 우리 위에 어떤 신이 있다면
(만물이 소리높여 외칩니다. 신이 존재한다고, 만물은 신의 작품이라고.)
신은 우리의 미덕을 바라실 것이고
신은 우리의 행복을 기뻐하실 것입니다.

키케로(Marcus Tullius Cicero, BC 106~BC 43)에게서 인용한 구절도 있다.

삶의 지도자인 철학이여!
덕의 탐구자여! 악덕의 방어자여!
철학의 가르침에 따라 하루를 잘 보내는 것이
잘못을 범하며 영원히 사는 것보다 나으리라.

솔로몬(Solomon, ?~BC 931)의 잠언에서 지혜와 미덕에 대해 언급한 구절도 인용했다.

그의 오른손에는 장수가 있고 그의 왼손에는 부귀가 있나니
그 길은 즐거운 길이요, 그의 지름길은 다 평강이니라(잠언 3:16-17).

나는 하나님을 지혜의 원천이라 믿기 때문에 지혜를 얻으려면 하나님에게 간청하는 게 당연하다고 생각한다. 이런 목적으로 다음과 같은 짧막한 기도문을 지어 점검표에 붙여두고 매일 보았다.

> 전능하신 하나님! 너그러우신 하나님! 자비로우신 하나님! 저에게 지혜를 주셔서 진정한 관심사가 무엇인지 깨닫게 해주소서. 그 지혜가 알려주는 걸 행하겠다는 제 결의가 흔들리지 않게 해주소서. 제가 당신의 자녀에게 베푸는 친절을 당신이 제게 베푸시는 끝없는 호의에 대한 보답으로 받아들여주소서.

때때로 나는 제임스 톰슨(James Thomson, 1700~1748)의 시에서 짤막하게 발췌한 문장을 기도문으로 사용하기도 했다.

> 빛과 생명의 아버지, 선하신 전능자시여!
> 선이 무엇인지, 당신이 누구인지 가르쳐주소서!
> 저를 어리석음과 허영과 악에서 구하소서
> 모든 저급한 취미에서 구하시고,
> 제 영혼을 지식과 의식적인 평화, 순수한 덕으로,
> 신성하고 튼실하며 영원히 퇴색하지 않는 행복으로 채워주소서!

'질서'라는 덕목에 덧붙인 수칙은 다음과 같다. "모든 일을 부분별로 나누어 각 부분에 적절한 시간을 할당하라." 이 원칙에 따라 작은 수첩에 하루 24시간을 다음과 같이 사용하겠다는 계획표를 만들었다.

나는 이 계획표대로 자기 점검을 실천에 옮겼고, 때때로 중단하기도 했지만 한동안 꾸준히 실행했다. 나에게 생각보다 훨씬 더

구분	시간	활동
아침 질문: 오늘은 어떤 선한 일을 할 것인가?	5 6 7	잠자리에서 일어나 세수한다. '전능하신 하나님!'으로 시작되는 기도문을 암송한다. 하루 계획을 세우고 그대로 실행하겠다고 결심한다.
	8 9 10 11	잠시 공부한 뒤에 아침을 먹는다. 일한다.
오후	12 1	책을 읽거나 회계 장부 검토 후 점심을 먹는다.
	2 3 4 5	일한다.
	6 7 8 9	모든 물건을 제자리에 정리한다. 저녁을 먹는다. 음악을 듣거나 머리를 식히는 오락이나 대화를 한다. 하루를 돌아본다.
저녁 질문: 오늘은 어떤 선한 일을 했는가?	10 11 12 1 2 3 4	잔다.

많은 결함이 있다는 것에 놀랐지만, 그런 결함을 줄여가며 만족감을 얻었다. 새 과정을 시작할 때마다 새롭게 범하는 잘못을 표시할 공간을 마련하려면 예전 표시들을 지워야 했기 때문에 종이가 너덜너덜해졌고, 그 때문에 가끔 작은 수첩을 바꿔야 했다. 이런 번거로움을 피하고 싶어 나는 장부에 정리하기 전에 일일 거래량을 대략 기록해두는 얇은 상아판에 잘 지워지지 않는 붉은 잉크로 상하좌우로 줄을 긋고 덕목표와 수칙을 옮겨 적었다. 그리고 잘못을 범하면 해당 칸에 검은 연필로 표시했다. 그 표시는 젖은 스펀지로도 쉽게 지워졌기 때문이다. 꽤 시간이 지나자 1년에 한 과정만 하게 됐고, 그 뒤로는 한 과정을 끝내는 데 몇 년이 걸리기도 했다. 결국에는 업무 때문에 국내외를 돌아다니느라 바쁘고 여러 일이 겹치면서 덕목을 점검할 틈이 없었다. 하지만 그런 와중에도 하루를 되돌아보기 위한 작은 수첩만은 항상 가지고 다녔다.

나는 '질서'라는 덕목을 습관화하기 위해 하루를 어떻게 보내겠다고 계획표까지 짰지만 그 계획대로 움직이기란 정말 어려웠다. 예컨대 숙련된 인쇄공이라면 시간을 배분해 일하는 게 가능할 수 있지만, 주인은 세상과 어울리고 고객 시간에 맞추어야 하므로 계획한 시간표를 그대로 지키는 게 불가능했다. 종이와 서류 등 물건을 정리정돈한다는 뜻에서 보면 '질서'라는 덕목을 행하는 것도 나에게 너무 어려웠다. 어려서부터 정리정돈하는 것에 익숙하지 않았던 데다 기억력이 남달리 좋아 '질서'라는 덕목이 없어도 크게 불편하지는 않았기 때문이다. 따라서 이 덕목을 얻으려고 무척 고

생했고 반복되는 실수로 괴롭고 짜증스러웠다. 아무리 노력해도 개선되지 않고 원점으로 돌아가면서 제자리걸음을 반복하자 그런 노력 자체를 포기하고 '질서'라는 덕목에서는 불완전한 존재로 만족하고 싶다는 생각까지 하게 되었다.

비유로 말하자면, 내 이웃인 대장장이에게 도끼를 사려는 어떤 사람이 표면 전체가 도끼날처럼 반짝이길 원하는 것과 비슷한 심정이라고나 할까. 대장장이는 그에게 숫돌바퀴를 돌려주면 요구대로 도끼 전체를 반짝이게 갈아주겠다고 했다. 그래서 그가 숫돌바퀴를 돌리는 동안 대장장이는 도끼의 널찍한 옆면을 숫돌에 세게 누르며 갈았다. 하지만 그런 상태로 숫돌바퀴를 돌리는 게 쉽지 않았다. 그는 때때로 숫돌바퀴를 돌리다 말고 작업이 잘 진행되는지 살폈다. 그러다가 그냥 그 상태로 도끼를 가져가겠다며 더 이상 갈지 말라고 했다. 대장장이는 포기하지 말라고 했다. "안 됩니다. 계속 돌리세요. 계속 돌려요. 조금만 더 하면 반짝거릴 겁니다. 아직은 얼룩덜룩해요." 그가 서둘러 대답했다. "압니다. 하지만 이렇게 얼룩덜룩한 도끼가 더 좋아요."

내가 사용한 방법들, 즉 위에서 언급한 방법을 몰라 나쁜 습관을 버리고 좋은 습관을 얻는 게 무척 어렵다고 생각하며, 변화하려는 노력을 포기한 채 '얼룩진 도끼'가 좋다고 결론짓는 사람도 이와 크게 다르지 않다. 내가 요구하는 극단적인 완벽함은 일종의 도덕적 허영일 수 있고, 그런 사실이 세상에 알려지면 나는 조롱거리로 전락할 뿐만 아니라, 완벽해지려면 시샘과 미움에 따른 불편도 각오해야 한다. 자애로운 사람은 동료들 체면을 세워주기 위해서라도 개인적인 결함이 있어야 한다는 주장이 나오면 그럴싸하게 들리지 않는가.

사실 나는 '질서'라는 덕목에서는 구제 불능이었다. 나이 들고 기억력이 크게 떨어진 지금 나는 '질서'의 필요성을 더욱 절실히 느낀다. 나는 완벽한 수준에 이르기를 바랐지만, 전체적으로 그 수준에 한참 못 미친다. 그러나 아무런 시도도 하지 않았을 때 내가 처했을 상황과 비교하면 완벽을 지향하며 노력한 까닭에 그나마 나아졌고 더 행복해졌다. 저명한 작가의 글을 모방하며 완벽한 글을 쓰려고 노력하는 사람이 그 작가만큼 탁월한 수준에 이르지는 못하더라도 그런 노력을 통해 글이 나아지며, 명쾌하고 읽기 쉬운 글을 써내게 되는 것은 사실이다.

내가 일흔아홉에 이르기까지 항상 행복한 삶을 살았던 이유가 이 작은 습관 덕분이었다는 것을(물론 하나님의 축복 덕분이지만) 내 후손들이 알았으면 좋겠다. 앞으로 어떤 반전이 있을지는 하나님 손에 달렸지만, 설령 역경이 닥치더라도 과거의 행복했던 시절을 돌아보면 그 역경을 견디는 데 도움이 되지 않겠는가. '절제'한 덕분에 나는 오래전부터 건강하게 살았지만 지금도 건강한 몸을 유지하고 있다. 또 '근면'과 '절약'이란 덕목을 습관화한 덕분에 젊었을 때부터 어려운 상황을 만나도 상대적으로 쉽게 이겨내고 재산도 모았다. 지식을 쌓아 쓸모있는 시민이 되었고, 지식인들에게 높은 평가도 받았다. '성실'하고 '정의'롭게 행동함으로써 국가의 신뢰를 얻었고, 명예로운 직책도 부여받았다. 그 덕목들을 완전한 수준까지는 습득하지 못했지만, 불완전 상태에서도 그 덕목들이 서로 상승효과를 일으킨 덕분에 나는 평정심을 유지하고 즐겁게 대화하는 능력을 갖추었고, 아직도 많은 사람이 나와 어울리고 싶어 하고 젊은이들 또한 내 조언에 귀를 기울인다. 따라서 내 후손 중에서도 몇몇은 이를 본받아 보람찬 결실을 거둘 수 있으면 좋겠다.

내 계획에 종교적인 색채가 전혀 없는 건 아니지만 어떤 특정한 교파의 특정 교리를 편들지는 않았다. 내 방법론이 탁월한 효용성을 지녀 종교와 상관없이 누구에게나 도움이 될 것이라 확신한다. 때가 되면 출간할 의도였으므로 특정 교파에 대한 편견이 담겼다는 오해를 받고 싶지 않아 일부러 특정 교파의 교리를 배제했다.

각 덕목을 지니면 어떤 이점이 있고, 반대되는 악덕은 어떤 폐해가 있는지에 대해 짤막한 설명을 덧붙인 글을 쓰고 싶다. 각 덕목이 그저 좋다고 촉구할 뿐, 덕목을 얻는 방법에 대해서는 가르치지도, 알려주지도 않는 다른 책들과 구분된다는 점에서, 요컨대 각 덕목의 방법과 수단에 관해 설명하는 글이라는 점에서 그 글에 『덕의 기술』이란 제목을 붙이고 싶다. 예수의 제자 야고보처럼 헐벗고 일용할 양식이 없는 형제자매에게 입을 것과 먹을 것을 어디에서 구할 수 있는지 알려주지 않고, 그저 배부르게 하고 옷을 두툼하게 입으라고 권하면 무슨 유익이 있겠는가(야고보서 2:15-16).

그러나 그런 설명을 덧붙여 책을 출간하려는 내 목표는 아직 이루어지지 않았다. 그 책을 쓰는 데 사용할 생각으로 각 덕목에 대한 생각과 추론을 때때로 짤막하게 써두었고, 그중 일부는 아직 내가 가지고 있다. 젊은 시절에는 개인 업무에 관심을 쏟아야 했고 그 뒤로는 공무로 이곳저곳 뛰어다니느라 그 작업을 미룰 수밖에 없었다. 내 생각에 그 작업은 한 사람이 전력을 다해야 하는 원대하고 포괄적인 작업이다. 그런데 뜻밖의 일들이 연이어 생기면서 내 관심을 빼앗은 까닭에 나는 전력을 다할 수 없었고 지금까지도 끝내지 못했다.

내가 여기에서 이야기하고 역설하려고 하는 말은 간단하다. 사악한 행동은 금지되었기에 해로운 것이 아니라, 해롭기 때문에 금지된 것이므로 결국 성품이 중요하다는 것이다. 다시 말하면, 하늘나라에서만 아니라 이 세상에서도 행복해지고 싶다면 도덕적으로 행동하는 게 더 낫다는 뜻이다. 이 세상에는 많은 부유한 상인과 귀족, 정치인과 군주가 있고, 그들에게는 자기 일을 정직하게 관리해줄 수단이 필요하지만, 그런 수단을 갖춘 지배자는 극히 드물다. 이런 이유에서 나는 가난한 사람에게 청렴과 진실성이야말로 성공을 보장해주는 수단이라는 걸 젊은이들에게 알려주려고 노력해왔다.

내 덕목 표는 처음엔 열두 항목뿐이었다. 그런데 언젠가 퀘이커교도 친구가 나에게 약간 교만하게 보인다며 진심 어린 조언을 해주었다. 내가 대화 중에 교만한 모습을 자주 드러내고, 어떤 문제를 논의할 때 내가 옳다고 생각하는 것에 만족하지 않고 무례할 정도로 상대를 제압하려 든다고 지적했다. 이렇게 말하면서 그는 몇몇 사례까지 언급했다. 그 조언을 듣고 나에게 수많은 결함이 있지만 그 멍청한 결함부터 바로잡아야겠다고 결심했다. 그리고는 덕목 표에 '겸손' 항목을 덧붙이고 그 단어에 포괄적인 내용을 부여했다.

이 덕목을 실제로 획득하는 데 성공했다고 자랑할 수는 없겠지만, 적어도 겉으로는 상당한 진전을 이루었다. 다른 사람의 의견에 반대할 때 직설적으로 표현하는 것을 삼가고, 내 의견을 독선적으로 내세우지 않는 것을 규칙으로 삼았다. 또 클럽 '준토'의 옛 규칙을 되새기며 '확실히', '의심할 여지 없이' 등과 같이 확정적인 뜻이 담긴 표현과 단어 사용을 피했고, 대신에 '내 생각에는', '내가 이해하기로는', '내가 보기에는' 등과 같이 완곡어법을 사용하고자 애썼다. 내 생각에 상대가 잘못된 것을 주장해도 그 잘못에 곧바로 반박하고 그의 말에서 부조리한 점을 즉각 지적하는 즐거움을 참고자 노력했다. 대신 어떤 상황에서는 그 의견이 옳지만 내가 보기에 지금 이 상황과는 약간 차이가 있는 '듯하다'라는 식으로 대응했다. 그렇게 말하는 방식을 바꾸자 놀랍게도 금방 효과가 나타났다. 다른 사람들과 한층 즐겁게 대화를 끌어갈 수 있었던 것이다. 내가 겸손하게 의견을 제시함으로써 상대가 내 의견을 더 편안히 받아들였고 반박하는 경우가 줄었다. 게다가 내가 틀렸다는 게 입증된 경우에도 굴욕감을 덜 느꼈고, 내가 옳은 경우에는 상대에게 자신의 잘못을 인정하고 내 의견을 받아들이도록 더 쉽게 설득할 수 있었다.

'겸손'이란 미덕은 처음에는 내 성향과 맞지 않았지만 차츰 몸에 배어 편안하게 느껴졌고, 결국에는 습관이 되었다. 따라서 지난 50년 동안 누구도 내 입에서 독단적인 표현이 흘러나오는 걸 들은 적이 없었을 것이다. 내가 새로운 제도를 제안하고 낡은 것을 교체하자고 제안할 때 시민들이 크게 호응해준 이유, 또 의원으로서 의회에서 영향력을 행사할 수 있었던 이유를 생각해보면 진실성 다음으로 이 습관, 즉 겸손이란 미덕 덕분이었다. 나는 뛰어난 웅변가도 아니고 달변가도 아닌 데다 단어를 선택할 때도 망설이기 일쑤였고 문법도 정확하지 않아 요점을 대략적으로만 전달하는 정도였기 때문이다.

어쩌면 우리의 천성에서 '자만심'만큼 억누르기 힘든 것도 없을 테다. 자만심은 감추고 억누르더라도, 조롱하고 모욕하더라도 쉽게 사라지지 않는다. 조금의 틈새라도 있으면 그 틈새로 빠져나와 얼굴을 들이민다. 지금 내가 쓰는 이 글에서도 그런 자만심이 눈에 띌지 모르겠다. 내가 자만심이란 못된 습관을 완전히 극복했다고 생각하는 자체가 '겸손'을 자랑하는 짓일 수 있기 때문이다.

지금까지 파시에서 1784년 이 글을 씀

Autobiography of
Benjamin Franklin

3부

집에서 계속 쓰다

1788년 8월

이제는 그런 원대한 사업을 추진할 만한 힘과 기력이 나에게 남아 있지 않다. 그러나 그 계획이 실행 가능했고, 실제 실행되었더라면 훌륭한 시민을 대거 양성하는 유익한 효과를 기대할 수 있었으리란 생각에는 아직 변함이 없다. … 좋은 계획을 세운 뒤에 주의력을 빼앗는 오락거리 등을 멀리하고 그 계획을 추진하는 데 혼신의 노력과 연구를 다 한다면, 웬만한 능력을 지닌 사람이면 커다란 변화를 이루어내고 인류를 위해 큰 업적을 남길 수 있었을 것이라는 게 내 생각이다.

이제 집에서 글을 쓰려고 한다. 그러나 내가 기록해둔 자료는 기대했던 것만큼 도움이 되지 못했다. 많은 자료가 전쟁 중에 사라졌기 때문이다. 그래도 다음과 같은 자료들을 찾아냈다.

10장

가난한 리처드의 달력 및 기타 활동

나는 앞에서 '원대하고 포괄적인 작업'을 기대한다고 언급했다. 따라서 이쯤에서 그 계획과 목적에 관해 설명해야 할 것 같다. 이 계획을 처음 머릿속에 떠올렸던 때 끄적거려 두었던 기록이 우연히도 아직 보존되어 있다.

1731년 5월 9일 도서관에서 역사서를 읽고 난 후의 단상들

세계사에서 큰 사건들, 예컨대 전쟁과 혁명 등은 여러 조직에 의해 시행되고 영향받는다. 그 조직들의 견해는 현재의 일반적인 관심사이거나 그들이 그렇게 생각하며 받아들이는 것이다. 조직마다 견해가 다르면 혼란을 초래하기 마련이다.

조직이 총체적인 계획을 시행하는 동안에도 조직원들은 제각각 개인적으로 특정 이익을 마음에 품는다. 조직이 목적을 달성하면 조직원들은 곧바로 개인적인 이익 추구에 몰두한다. 그 결과 조직원들이 서로 견제하고 방해하면서 조직은 사분오열되어 더욱 혼란에 휩싸인다.

공적 임무를 맡은 사람들은 듣기에 좋은 말만 떠들어대지만, 진정으로 국가의 이익을 위해 일하는 사람은 극소수에 불과하다. 그들이 국가에 이익이 되는 방향으로 행동했다면 개인 이익과 국가 이익이 우연히 일치했기 때문에 그렇게 행동한 것이지 인(仁)의 원리에 따라 행동한 것이 아니다.

공적 임무를 수행하며 인류 이익까지 고려하는 사람은 더더욱 없다. 지금이야말로 온 세계에서 도덕적이고 선한 사람들이 모여 '미덕 통일 연맹'을 결성하기에 최적의 기회인 듯하다. 합당하고 지혜로운 규칙이 지배하고, 보통 사람들이 관습법을 따르는 수준 이상으로 선량하며, 지혜로운 사람들이 그 규칙을 한마음으로 따르는 연합체 구성이 가능할 듯하다.

그런 조직 결성을 올바르게 시도하고 그에 걸맞은 자격을 갖춘 사람이라면 하나님을 기쁘시게 하며 반드시 성공할 것이다.

_벤저민 프랭클린

언젠가 내 상황이 좋아져 글을 쓰는 데 필요한 여유가 생기면 곧바로 시작할 요량으로 나는 그와 관련해 떠오르는 생각을 가끔 종잇조각에 끄적거려 두었다. 그 쪽지들은 대부분 사라졌지만, 의도한 목적의 핵심을 정리해놓은 쪽지 하나는 찾아냈다. 그 쪽지에는 기존에 알려진 모든 교파의 본질이 정리되어 있고, 특정 교파의 신자에게 충격을 줄 만한 내용은 전혀 없다. 그 쪽지의 내용을 옮겨 쓰면 이러하다.

> 하나의 신, 하나님만이 존재하고 그분이 모든 것을 지으셨다.
> 하나님은 섭리로 이 세상을 다스리신다.
> 하나님은 경배와 기도와 감사로 예배를 받으셔야 마땅하다.
> 그러나 하나님이 가장 흡족해하시는 행위는 다른 사람에게 베푸는 선행이다.
> 영혼은 영원히 불멸한다. 하나님은 이 땅에서든 내세에서든 선행에는 반드시 보상하시고, 악행은 반드시 벌하신다.

당시 나는 통일 연맹이란 조직은 젊고 독신인 남자들을 중심으로 먼저 시작하고 확산해야 한다고 생각했다. 이 조직에 가입하려면 위 강령에 동의하는 것에 그치지 않고 앞에서 언급한 덕목 표에 따라 13주 동안 자체 점검을 실시해야 한다. 조직의 존재는 상당한 규모가 될 때까지 비밀에 부쳐 부적절한 사람이 입회 신청하는 걸 막아야 한다. 그래서 회원들은 지인 중에서 정직하고 호의적인 젊은이를 찾아 신중하고 조심스럽게 이 계획을 서서히 전달하며 신규 회원을 확보해야 하고, 회원들끼리는 서로 도움과 지원과 조언을 아끼지 않으며, 이익과 업무와 삶에 있어 질적 향상을 도모

해야 한다. 또 우리는 자칭 '얽매이지 않은 자유인의 모임'이 다른 조직과 다르다는 것을 강조할 생각이었다. 이는 여러 덕목을 습관적으로 실천하며 악습의 지배에서 벗어나고, 특히 근면과 절약을 실천함으로써 많은 사람을 구속하고 채권자의 노예로 전락시키는 빚에서 자유로운 사람을 뜻한다.

이상의 것이 내가 그 계획에 대해 기억하고 있는 모든 것이다. 한 가지 빠뜨린 것이 있다면 이 계획에 대해 부분적으로 두 젊은이에게 이야기했고 그들이 상당한 관심을 보였다는 것이다. 그러나 당시 내가 여유로운 상황이 아니고 인쇄일에 몰두해야만 하는 처지여서 계획 실행을 미루어야 했다. 게다가 나중에는 개인적인 일뿐만 아니라 공적 업무로 눈코 뜰 새 없이 바빠 계획 실행을 계속 미룰 수밖에 없었다.

그 결과 이제는 그런 원대한 사업을 추진할 만한 힘과 기력이 나에게 남아 있지 않다. 그러나 그 계획이 실행 가능했고, 실제 실행되었더라면 훌륭한 시민을 대거 양성하는 유익한 효과를 기대할 수 있었으리란 생각에는 아직 변함이 없다. 내가 그 계획의 어마어마한 규모에 겁먹은 것은 아니었다. 좋은 계획을 세운 뒤에 주의력을 빼앗는 오락거리 등을 멀리하고 그 계획을 추진하는 데 혼신의 노력과 연구를 다 한다면, 웬만한 능력을 지닌 사람이면 커다란 변화를 이루어내고 인류를 위해 큰 업적을 남길 수 있었을 것이라는 게 내 생각이다.

1732년 나는 '리처드 손더스'라는 이름으로 달력을 처음 발행했다. 그 달력은 약 25년 동안 꾸준히 발행되었고, 주로 『가난한 리처드의 달력*Poor Richard's Almanack*』이라고 불렸다. 나는 그 달력을 재밌으면서도 유익하게 만들려고 애썼다. 그 때문인지 달력을 찾는 수요가 점점 많아져 매년 약 1만 부를 인쇄해 팔았고 상당한 이익을 얻었다.

달력은 폭넓게 읽혔고, 우리 지역에서는 그 달력이 없는 집이 거의 없을 정도였다. 따라서 나는 달력을 적절히 이용하면 책을 읽지 않는 사람들에게도 좋은 글을 읽힐 수 있겠다고 생각했다. 그래서 특별한 날들 사이의 좁은 공간에 삶에 교훈이 될 만한 속담이나 격언을 빠짐없이 채워 넣었다. 부를 축적하고 미덕을 쌓는 수단으로 주로 근면과 절약을 강조하는 격언들이었다. 예컨대 가난하고 궁핍한 사람이 항상 정직하게 행동하기 어렵다는 뜻에서 "빈 자루를 똑바로 세우기는 어렵다"라는 격언을 인용했다.

나는 기나긴 역사와 수많은 민족의 지혜가 담긴 이런 속담들을 모아 지혜와 연륜을 겸비한 노인이 경매에 참석한 사람들에게 전하는 조언처럼 꾸며 1757년 달력 앞에 붙였다. 단편적인 조언들이 이렇게 짜 맞추어지자 훨씬 더 강한 인상을 주었다. 그해 달력에 실린 교훈들은 보편성을 인정받아 대륙의 모든 신문에 실렸다. 특히 영국에서는 널찍한 종이에 인쇄되어 집집에 걸렸고, 프랑스에서는 두 가지 판본으로 번역되었으며, 성직자와 집주인이 대량으로 구매해 가난한 교구민과 세입자에게 무료로 나눠 주었다. 펜실베이니아에서는 그 달력이 발간된 이후 수년 동안 통화량이 증가하는 현상이 나타났다. 내 달력이 해외 사치품에 대한 불필요한 지출을 자제하도록 권장했기 때문에 그 현상에 적잖은 영향을 미쳤다고 생각하는 사람도 많았다.

내가 발행한 신문도 유익한 지식을 전달하는 수단으로 인정받았다. 그럴 목적으로 나는 『스펙테이터』에서 발췌한 글과 작가들의 교훈적인 글을 자주 내 신문에 옮겨 실었고, 때로는 준토에서 발표하려고 쓴 짤막한 글을 싣기도 했다. 내 글들은 소크라테스식 문답 형식을 띠었는데 사악한 사람은 역할과 능력이 어떠하든 간에 분별력 있다고 말하기에 적절하지 않다는 걸 입증하거나, 극기라는 미덕이 연습을 통해 습관이 되고 반대 성향으로부터 완전히 자유로워질 때까지는 체득한 것이 아님을 주장하는 내용 등이었다. 이 글들은 1735년 초에 발행된 신문에 주로 실렸다.

신문을 발행하면서 다른 사람을 중상하고 인신공격하는 글은 싣지 않으려고 조심했다. 그러나 안타깝게도 요즘 들어 우리나라에는 그런 수치스러운 글들이 눈에 자주 띈다. 글쓴이들이 표현의 자유 운운하고, 신문은 돈만 내면 누구나 한 공간 차지할 수 있는 역마차 같다고 주장하며 그런 글을 실어달라고 요구할 때마다 나는 이렇게 대답했다. "정 원하시면 이 글은 따로 인쇄하도록 하겠습니다. 그럼 당신이 배포하고 싶은 만큼의 부수를 인쇄할 수 있지 않겠습니까. 나는 이렇게 험담이 담긴 글을 배포하지는 않을 겁니다. 구독자들에게 유익하고 재밌는 글을 제공하겠다고 약속한 까닭에 사적 원망이 담긴 글을 신문에 실을 수는 없습니다. 내 구독자들은 그런 싸움에는 관심이 없으므로 그런 글을 싣는다면 구독자들에게 몹쓸 짓을 하는 겁니다."

그런데 요즘에는 많은 인쇄업자가 개인적인 적의를 채워주려고 사회에서 가장 공정한 인물에게도 거짓 비난을 예사로 쏟아내고, 결투로 이어질 정도로 적대감을 부추기는 실정이다. 게다가 이웃 국가들의 통치 방식과 심지어 우리와 가장 가까운 우방국의 행태까지 악의적으로 논평할 정도로 무분별한 짓을 서슴지 않아 자칫하면 감당하기 힘든 치명적인 결과가 닥칠 것만 같다. 나는 젊은 인쇄업자들에게 인쇄기를 더럽히지 말고, 인쇄업이란 전문 직종을 욕보이지 말며, 그런 글을 단호히 거절하라고 독려하며 경고하려는 뜻에서 이렇게 말한다. 나의 선례에서 보듯 그렇게 하는 것이 장기적으로 자기 이익에도 해롭지 않다는 걸 깨달아야 할 것이다.

1733년, 나는 사우스캐롤라이나 찰스턴에서 인쇄공을 구한다는 소식을 듣고 내가 데리고 있던 직공 한 명을 그곳에 보내 동업 계약을 맺었다. 나는 인쇄기와 활자를 제공하고, 경비의 3분의 1을 부담하는 대가로 수익의 3분의 1을 받기도 했다. 그는 배운 것도 많고 정직했지만, 회계에 관해서는 무지했다. 그는 가끔 나에게 수익금을 송금했지만 회계 상황을 보고한 적은 한 번도 없었다. 한마디로 그가 살아서 인쇄소를 운영하는 동안 우리의 동업 관계는 조금도 만족스럽지 않았다. 그가 세상을 떠난 뒤로는 미망인이 인쇄소를 물려받아 계속 운영했다.

그녀는 네덜란드에서 태어나 자랐고, 내가 알기로 그곳에서는 여성에게 회계를 필수적으로 가르쳤다. 그녀는 과거 거래까지 뒤져 할 수 있는 한 모든 자료를 찾아내 정리한 회계 상황을 보냈을 뿐만 아니라, 그 뒤로도 어김없이 분기마다 정확히 회계 상황을 보고했다. 그녀는 자식들을 훌륭하게 키워냈을 뿐 아니라 사업을 크게 성공시켜 우리 계약 기간이 끝났을 때 나에게서 인쇄소를 인수해 아들에게 물려주었을 정도였다.

내가 이 사례를 굳이 언급하는 이유는 우리나라의 젊은 여성에게도 회계를 가르치자고 제안하고 싶기 때문이다. 회계는 특히 혼자 된 여성과 그 자녀에게 음악이나 무용보다 더 유용하다. 회계를 알면 음흉한 남자들의 교활한 속임수에 넘어가 재산을 잃지 않을 수 있고, 아들이 성장해 인계받을 때까지 기존 거래처들과 계속 거래할 수 있기 때문이다. 그렇게 하면 계속 이익을 거두어들여 가족의 삶 또한 윤택해지지 않겠는가.

1734년경 아일랜드에서 헴필이란 젊은 장로교 목사가 우리 지역으로 이주해왔다. 그 목사는 좋은 목소리로 별다른 준비도 없이 즉흥적으로 설교하는 듯했지만 설교 내용은 무척 탁월했다. 따라서 다른 교파의 신도들도 그의 설교를 듣기 위해 모여들었다. 나도 그의 설교를 꾸준히 경청하는 신도가 되었다. 그는 독선적인 교리를 가르치지 않고, 미덕 즉 종교적 기준에서 선행이라 일컫는 행동을 역설했기 때문에 그의 설교가 마음에 들었다.

하지만 신도 중에서 정통 장로교인을 자처하는 사람들은 그의 설교를 탐탁지 않게 여겼고, 이런 분위기에 휩쓸려 늙은 성직자들이 대거 동조하며 그의 입을 막으려고 그를 이단자로 종교 회의에 고발했다. 나는 그의 열렬한 지지자가 되어 그를 보호하기 위한 조직을 결성하는 데 앞장섰다. 우리는 한동안 그의 편에 서서 싸웠고 성공할 희망도 어느 정도 보였다. 우리의 저항에 대해 찬반 공방도 치열했다. 그는 뛰어난 설교자였지만 글솜씨는 형편없었다. 그래서 내가 그의 이름으로 두세 편의 소논문을 써주기도 했다. 그 중 하나가 1735년 『가제트*The Gazette*』 가을호에 실렸다. 논쟁적인 글인 경우 지금도 그렇지만, 그 소논문들은 당시 무척 폭넓게 읽혔고 금세 인기가 시들해졌다. 그때 제작한 소논문들이 한 권이라도 남아 있을지 모르겠다.

그렇게 종교 전쟁을 벌이는 동안 헴필 목사에게 치명타를 입히는 불행한 사건이 발생했다. 반대편에 선 누군가가 많은 사람에게 찬사를 받은 목사의 설교를 듣고는 그 설교가 적어도 일부는 전에 어딘가에서 읽은 듯한 내용이라고 말했던 것이다. 그 즉시 조사를 시작한 끝에 일부가 영국에서 발간된 한 평론지에 실린 포스터 박사의 강연에서 인용되었다는 걸 알아냈다. 이런 폭로로 우리 편 다수가 젊은 목사를 혐오하며 곁을 떠났고, 곧이어 종교 회의에서도 우리 편이 완패하고 말았다.

하지만 나는 그의 곁을 떠나지 않았다. 물론 올바른 성직자라면 직접 설교를 준비하는 게 당연하지만, 자신이 직접 쓴 나쁜 설교보다 다른 사람이 쓴 좋은 설교를 신도들에게 들려주는 게 더 낫다는 생각이었기 때문이었다. 나중에 그는 나에게 단 하나의 설교도 직접 준비한 것이 없었다고 인정했고, 기억력이 뛰어난 덕분에 어떤 설교문이든 한 번만 읽으면 거의 똑같이 말할 수 있었다고 덧붙였다. 종교 회의에서 패한 직후 그는 더 나은 행운을 찾아 다른 곳으로 떠났고, 나도 교회를 떠나 더는 예배에 참석하지 않았지만, 그 뒤로도 오랫동안 목사들을 꾸준히 후원했다.

외국어를 공부하기 시작한 때는 1732년이었다. 프랑스어는 혼자 공부했는데도 금세 어렵지 않게 책을 읽어내는 수준이 되었다. 그런 다음에는 이탈리아어에 도전했다. 때마침 이탈리아어를 공부하던 한 지인이 체스를 두자고 시시때때로 나를 꼬드겼다. 체스를 두는 데는 상당한 시간이 걸려 공부할 시간이 없었다. 그래서 체스를 둘 때마다 승자가 패자에게 어떤 문법을 암기하거나 번역을 요구하는 등 과제를 부과할 권리를 갖고, 패자는 다음에 만날 때까지 그 과제를 반드시 완수한다는 조건을 받아들이지 않으면 체스를 두지 않겠다고 은근히 협박했다. 우리는 체스 실력이 비등비등했던 까닭에 결국 서로에게 이탈리아어를 공부시켰던 셈이었다. 그 뒤에는 약간 힘들긴 했지만, 스페인어로 쓰인 책을 읽어낼 만한 정도는 되었다.

앞에서 이미 언급했듯 나는 라틴어 학교를 1년밖에 다니지 않았고, 그것도 아주 어렸을 때였으므로 그 이후로는 라틴어를 완전히 잊고 지냈다. 그런데 프랑스어와 이탈리아어와 스페인어를 습득한 뒤에 라틴어로 쓰인 성경책을 훑어볼 기회가 있었다. 놀랍게도 내가 생각한 것보다 라틴어가 훨씬 잘 읽혔다. 거기에 용기를 얻어 나는 라틴어를 다시 공부하기 시작했고, 세 언어로 이미 길을 매끈하게 닦아놓은 덕분에 라틴어를 더 성공적으로 익힐 수 있었다.

내 경험에 비추어보면 학교에서 언어를 가르치는 방법에는 일관성이 없는 듯하다. 라틴어를 습득하고 나면 라틴어에서 파생된 현대 언어들을 공부하기가 한결 쉽기 때문에 라틴어부터 먼저 시작하는 것이 좋다는 게 일반 속설이다. 하지만 그리스어를 알면 라틴어를 습득하기가 더 쉽다는 이유로 그리스어부터 시작하진 않는다. 계단을 이용하지 않더라도 기어서라도 어떻게든 층계 꼭대기까지 올라갈 수 있다면 내려오기는 훨씬 더 쉽다. 물론 가장 아래 단계부터 차근차근 시작하면 더 쉽게 꼭대기에 오를 수 있는 것은 분명하다.

그래서 나는 젊은이 교육을 책임진 사람들에게 다음 사항을 고려해달라고 제안하고 싶다. 라틴어부터 시작하는 학생들은 서너 해를 배운 뒤에도 큰 진전을 이루지 못한다. 게다가 그들이 배운 라틴어는 거의 쓸모가 없어 그들이 공들인 시간이 헛것이 된다. 따라서 프랑스어부터 시작해 이탈리아어 등을 차례로 배우는 게 더 낫지 않을까 싶다. 그렇게 하면 똑같은 시간을 투자한 뒤에 외국어 학습을 그만두고 라틴어까지 공부하는 수준에는 이르지 못하더라도 그때까지 학습한 한두 가지의 외국어는 지금도 사용되는 언어이므로 일상을 사는 데 도움이 되지 않겠는가.

그즈음 보스턴을 떠난 지도 10년이나 되었고 생활 형편도 나아졌기 때문에 나는 보스턴에 가서 친척들을 만나기로 했다. 얼마 전까지만 해도 엄두조차 내지 못했던 일을 해낸 셈이었다. 돌아오는 길에 뉴포트에 들러 존 형을 만났다. 존 형은 그곳에 정착해 인쇄소를 운영하고 있었다. 우리는 과거에 다퉜던 걸 까맣게 잊고 화기애애하게 형제애를 나누었다. 존 형은 하루가 다르게 건강이 나빠지고 있어 죽을 날이 얼마 남지 않았다고 걱정했다. 그러고는 자신이 죽으면 당시 열 살이던 아들을 집으로 데리고 가 인쇄 기술을 가르쳐달라고 부탁했다.

나는 형과의 약속을 지켰다. 조카를 맡아 학교에 보내고 뒷바라지하며 인쇄 기술을 가르쳤다. 조카가 성장할 때까지는 형수가 인쇄소를 운영했고, 조카가 물려받을 즈음에는 형이 사용하던 활자가 상당히 닳은 상태여서 새 형태의 활자를 조카에게 지원해주기도 했다. 이렇게 조카를 도움으로써 나는 형의 곁을 서둘러 떠난 까닭에 도움을 주지 못했다는 아쉬움을 조금이나마 달랠 수 있었다.

1736년 나는 아들을 천연두로 잃었다. 당시 네 살에 불과하던 예쁜 아이였는데 그때도 그랬지만 지금까지도 아이에게 종두를 접종하지 않은 걸 후회한다. 아이가 종두 접종으로 죽으면 자신을 결코 용서하지 못하리라 생각해 아이에게 접종을 시키지 않는 부모들에게 조언하자면, 접종을 하든 하지 않든 간에 후회할 일이 생긴다면 더 안전한 쪽을 선택하는 편이 낫다는 걸 내 사례가 말해준다.

우리 클럽 준토는 매우 유익했고 회원들도 상당히 만족해했다. 따라서 몇몇 회원이 친구들을 가입시키고 싶어 했다. 새 회원을 받아들이면 우리가 가장 바람직한 숫자로 정해놓았던 12명을 초과해야 했다. 게다가 우리는 처음부터 모임을 비밀로 유지하는 걸 원칙으로 삼았고 비교적 잘 지켜졌다. 모임을 비밀리에 한 이유는 부적절한 사람이 입회하는 걸 원천적으로 차단하려는 것이었고, 그들 중 우리가 거절하기 힘든 사람이 있을지도 모른다는 염려 때문이었다.

나는 회원 수 늘리는 걸 반대했지만 회원들이 각자 책임하에 종속적인 클럽을 결성하자며 대안을 제안했다. 물론 조건이 있었다. 준토와 동일한 규칙을 준수하지만 준토와의 관련성은 인정하지 않는다는 조건이었다. 내 제안에는 몇 가지 이점이 있었다. 첫째는 준토와 유사한 조직을 활용해 많은 시민을 계몽할 수 있다는 것이었고, 둘째는 준토 회원들이 각자 자신이 운영하는 종속적인 클럽 분위기를 파악해 정보를 주고받으면 언제라도 주민 여론을 더 정확하게 파악할 수 있다는 것이었다. 셋째로는 우리가 공적 사업에 조언하며 영향력을 행사하면 사업 이익을 증진할 수 있고, 넷째로는 다수의 종속 클럽을 통해 준토의 기본 이념을 확산함으로써 사회에 도움을 줄 수도 있다는 점이었다.

내 제안이 받아들여졌고 모든 회원에게 각자 종속 클럽을 조직하라는 임무가 주어졌다. 그러나 모두가 개인 조직을 결성하는 데는 성공하지 못했다. 대여섯 개의 클럽이 조직되었고, 그 조직들에는 '바인', '유니언', '밴드' 등 각기 다른 이름이 붙여졌다. 클럽은 나름대로 조직원들에게 유익한 역할을 해냈고, 우리에게도 많은 즐거움과 정보와 교훈을 주었을 뿐 아니라 특정 사건에 대한 여론을 파악하고 여론에 영향을 미치려던 우리 목적에도 상당 정도 부응했다. 어떤 사건이었는지에 대해서는 뒤에서 실제 사례를 들어 설명하도록 하겠다.

11장

공적인 일에 관심이 생기다

1736년 주의회 서기로 선출되면서 난 처음으로 공직을 맡게 되었다. 그해 선출될 때는 한 명의 반대도 없었다. 그러나 이듬해 다시 후보가 되었을 때는 한 초선 의원이 다른 후보를 지원하며 나를 반대하는 긴 연설을 했다(서기도 의원과 마찬가지로 임기 1년이었다). 하지만 다시 내가 선출되었다. 나로서는 매우 기분 좋은 결과였다. 대가를 받기도 했지만 서기로 일하며 의원들의 관심사를 공유하는 더 좋은 기회를 얻었고, 투표용지와 법안, 지폐와 공문서 등을 인쇄하는 일거리, 즉 전체적으로 수익성 높은 일거리를 따내는 데도 꽤 도움이 되었다.

따라서 그 초선 의원의 반대가 신경 쓰였다. 그는 재산도 많고 제대로 된 교육도 받아 때가 되면 하원에서 상당한 영향력을 지닐 가능성이 큰 유능한 사람이었다. 실제로 훗날 그런 의원으로 성장했다. 그렇다고 그에게 굽실거리면서까지 환심을 얻고 싶지는 않았다. 그래서 얼마간 시간이 지난 뒤 나는 다른 방법으로 그에게 접근했다. 그가 무척 희귀하고 진귀한 책을 서재에 진열해두었다는 소문을 듣고 나는 그 책이 정말 읽고 싶으니 며칠간 빌려줄 수 있겠느냐고 청하는 편지를 보냈다. 그는 그 책을 곧바로 보내주었고 나는 일주일 뒤에 그 책을 되돌려주며 감사한 마음을 전하는 쪽지도 함께 보냈다.

우리가 하원에서 다시 만났을 때 (그전에는 나를 아는 척도 하지 않았던) 그가 나에게 아주 정중하게 말을 걸어왔다. 그 뒤로 그는 모든 일에서 나를 기꺼이 도와주려는 마음을 감추지 않았다. 우리는 둘도 없는 친구가 되었고 우리의 우정은 그가 죽을 때까지 이어졌다. 이 사례는 내가 오래전에 배운 "네가 도움을 준 사람보다, 너에게 한 번이라도 친절을 베푼 사람이 너에게 또다시 친절을 베풀 가능성이 크다"라는 격언이 맞는다는 걸 보여주는 또 하나의 증거였다. 또한, 적대적인 관계를 지속하며 앙심을 품고 보복을 꿈꾸는 것보다 그 관계를 신중하게 재정립하는 게 훨씬 더 이익임을 보여준 사례이기도 하다.

1737년에는 버지니아 총독을 지냈고 당시 우정장관이던 고(故) 알렉산더 스포츠우드(Alexander Spotswood, 1676~1740) 대령이 필라델피아 우체국 관리자의 태만과 부정확한 회계를 못마땅하게 생각해 그를 해고하고 그 일을 나에게 제안했다. 나는 그 제안을 기꺼이 받아들였고 큰 이익을 얻을 수 있었다. 보수는 적었지만 좋은 정보를 얻기가 용이해 내가 발행하는 신문의 질을 향상시킬 수 있었다. 그러자 구독자 수가 늘어났고 광고 수요가 증가한 덕분에 상당한 수입을 거두었다. 반면에 옛 경쟁자의 신문은 질적으로나 구독자 수에 있어 매우 뒤떨어졌다. 그가 우체국을 관리하는 동안 내 신문을 배달부에게 배달하지 못하게 한 악의적 행동에 보복하지 않고도 나는 만족스러운 결과를 얻었다. 그렇게 그는 회계를 등한시한 대가를 호되게 치렀다. 내가 이 사건을 언급하는 이유는 다른 사람을 대신해 일을 처리하고 관리하는 역할을 맡게 될 젊은이들에게 "정확하게, 늦지 않게 회계를 보고하고 송금해야 한다"라는 교훈을 주고 싶기 때문이다. 새 일자리를 구하고 사업을 확장할 때 이 원칙을 지키는 것만큼 좋은 추천장은 없다.

그때부터 나는 공적인 일에 조금씩 관심을 돌리기 시작했다. 처음에는 매우 작은 일부터 시작했다. 가장 먼저 바로잡아야겠다고 생각한 문제는 도시의 치안 문제였다. 당시에는 경찰관들이 담당 구역을 돌아가며 관리했고, 경찰관이 상당수의 세대주를 지명해 야간에 자신을 지원토록 했다. 순찰에 참석하지 않는 사람은 1년에 6실링씩 내고 야간 순찰을 면제받았고 그 돈은 그들을 대체할 인력 고용에 쓰게 되어 있었다. 하지만 대체 인력에 필요한 액수 이상의 많은 돈이 걷혔음에도 경찰서에는 부랑자에게 쥐꼬리만 한 술값 정도만 찔러주고 야경 일을 시키는 경우가 잦았다. 점잖은 세대주들은 부랑자들과 뒤섞이는 걸 좋아하지 않았고, 게다가 부랑자들은 야간 순찰을 팽개치고 밤새 술집에서 지내기 일쑤였다. 그래서 나는 준토 클럽에서 발표할 요량으로 그런 부정행위를 고발하는 글을 썼다. 그리고 야간 순찰을 면제받는 조건으로 경찰에 돈을 납부해야 하는 사람들의 형편을 고려하면 액수가 매우 불공정하다는 지적도 빠뜨리지 않았다. 전 재산의 가치가 50파운드를 넘지 않는 가난한 미망인 세대주가 상점에 수천 파운드의 상품을 쌓아둔 부유한 상인과 똑같이 돈을 내는 것은 불합리하다는 지적이었다.

그리고 나는 좀 더 효과적인 야경 순찰법을 제안했다. 첫째로는 그 일에 지속해서 종사할 사람을 고용하자는 것이었고, 둘째로는 재산 규모에 비례해 세금을 부과해 비용을 형평성 있게 조절하자는 것이었다. 내 제안은 준토 회원들의 동의를 얻어 종속 클럽에도 전달되었고 각 클럽에서 개별적으로 발의한 것처럼 꾸몄다. 그 제안은 즉각 시행되지는 않았지만, 사람들에게 변화가 필요하다는 인식을 심어주었고, 준토 회원들이 더 큰 영향력을 갖게 된 수년 뒤에는 법제화되었다.

그즈음 나는 이런저런 사고와 부주의로 일어나는 주택 화재에 관한 글도 썼다. 처음에는 준토에서 발표하고 나중에 정식 출간한 그 글에서 나는 주택 화재에 대한 경각심을 불러일으키고 주택 화재를 피할 여러 방법을 제안했다. 내 제안은 유용하다고 평가받았고, 곧이어 언제라도 화재를 즉각 진압하고 위험한 상황에서 서로 협력해 물건들을 신속히 옮겨 안전하게 지켜주는 조직을 결성하자는 계획으로까지 이어졌다. 그래서 그 조직에 참여할 사람들을 구했고 30명이 확보되었다. 우리가 합의한 규정에 따르면 모든 회원은 상당수 가죽 물통, (물건을 담아 옮기는 데 사용할) 튼튼한 가방과 양동이를 언제든지 화재 현장으로 가져가 사용할 수 있도록 잘 정비해두어야 했다. 회원들은 한 달에 한 번 정기적으로 만나 함께 저녁 시간을 보내며 화재 진압에 유용한 다양한 생각들을 논의하고 각자 떠오른 생각을 주고받았다.

이 조직의 효용성은 금세 나타났다. 그러자 우리 조직이 감당하기 어려울 만큼 많은 사람이 가입하길 원했다. 그래서 그들에게 따로 똑같은 조직을 결성하라고 조언했고 그리하여 새 조직이 결성되었다. 이런 가지치기식 조직은 그 뒤에도 계속 결성되어 나중에는 상당한 재산을 지닌 주민이면 거의 모두 가입할 정도로 소방대가 많아졌다.

이 글을 쓰는 지금 '유니언 소방대Union Fire Company'라고 불렸던 첫 조직이 결성된 지 50년 이상 흘렀고, 나와 나보다 한 살 많은 또 한 명을 제외하고는 초기 회원 모두 사망했지만, 그 소방대는 아직도 왕성하게 활동하고 있다. 정기 월례 모임에 참석하지 못하는 회원이 납부한 소액의 벌금은 소방차, 사다리, 소방용 갈고리 등 소방대에 필요한 장비 구입에 사용한다. 이 세상에서 우리 도시만큼 화재를 초기 진압하는 조직을 잘 갖춘 곳이 또 있을지 의문이다. 실제로 소방대 창설 이후 우리 도시에서는 화재로 한두 채 넘게 주택이 소실되는 일은 완전히 사라졌다. 불길이 시작되고 주택이 절반 정도 타기 전에 불길을 진화하는 경우가 많았기 때문이다.

1739년에는 아일랜드에서 조지 휫필드(George Whitefield, 1714~1770) 목사가 우리 도시로 왔다. 휫필드는 아일랜드에서도 순회 설교자로 명성을 떨치던 목사였다. 그는 처음에 몇몇 교회의 허락을 얻어 설교했지만 얼마 지나지 않아 모든 성직자가 그를 탐탁지 않게 여겨 교회 설교단에 서는 것을 허용하지 않았다. 그래서 어쩔 수 없이 그는 야외에서 설교해야 했다. 종파와 교파를 가리지 않고 많은 신자가 그의 설교를 들으려고 구름처럼 모여들었다. 나는 이런 현상이 신기해 그의 웅변적인 설교가 신자들에게 미치는 특별한 영향력이 있는지 확인해보려고 그의 설교를 들어보았다. 그는 신자들을 향해 “반은 짐승이고 반은 악마”라며 독설을 퍼부었지만, 이상하게도 사람들은 그를 무척 칭송하고 존경했다. 게다가 곧이어 주민들의 행동거지에서도 눈에 띄는 변화가 나타나기 시작했다. 저녁에 시내를 걷다 보면 어디에서나 찬송가를 부르는 소리가 들릴 정도로 종교에 무심하고 무관심하던 세상이 온통 종교적으로 변한 것 같았다.

야외 집회는 날씨에 영향을 많이 받기 때문에 불편한 점이 많다. 따라서 설교를 위한 건물을 짓자는 제안이 있기가 무섭게 기금 모금을 위한 사람들이 임명되었다. 금세 땅을 구입하고 건물을 세우기에 충분한 돈이 모였다. 건물은 길이 30미터, 폭 20미터로 웨스트민스터 연회장 크기 정도로 설계되었다. 작업은 놀랍도록 빠른 속도로 진행되어 예상보다 훨씬 빨리 완성되었다. 필라델피아

주민에게 무언가 말하고 싶은 설교자라면 교파를 막론하고 누구라도 자유롭게 사용할 수 있도록 건물과 땅을 관리 위원들에게 위탁했다. 특정 종파가 아닌 주민 전체를 위한 공간이었기 때문에 콘스탄티노플 이슬람 교단이 무함마드의 가르침을 전하라고 파견한 선교사라도 그곳에 설 수 있어야 한다는 생각이었다.

휫필드는 필라델피아를 떠나 동부 식민지 전역을 돌아다니며 설교했고 급기야 조지아까지 가서도 설교했다. 조지아는 최근에서야 정착이 시작되어 강인하고 근면한 농부나 힘든 노동이 익숙한 사람이 필요했다. 그러나 그곳에는 대부분 파산한 가정의 가장, 빚을 갚지 못한 채무자, 게으르고 나태한 습관에 물든 사람, 감옥에서 갓 출소한 사람들뿐이었다. 숲속으로 갔지만 그들에게는 땅을 개간할 만한 능력이 없었고, 새로 정착한 땅에서도 혹독한 환경을 견뎌내지 못했다. 그래서 그들은 무수히 죽어 나갔으며 아무런 도움도 받지 못하는 무력한 아이들만 남았다. 이런 비참한 상황을 목격하고 나서 선량한 휫필드는 그곳에 고아원을 세워 아이들을 지원하고 가르쳐야겠다고 생각했다. 북쪽으로 돌아오자마자 휫필드는 고아원 설립이란 구제 사업에 관해 설교했고 대대적인 모금에 나섰다. 그의 설교에는 심금을 울리는 강력한 힘이 있어 사람들은 자진해서 지갑을 열었다. 나도 그런 사람 중 하나였다.

나는 고아원을 설립하겠다는 계획 자체에는 반대하지 않았지만, 당시 조지아에는 마땅한 건축 자재와 숙련된 인부가 없어 자재와 인부를 그곳까지 보내려면 상당한 비용이 필요했다. 그래서 필라델피아에 고아원을 짓고 조지아에 방치된 아이들을 이곳으로 데리고 오는 게 더 낫겠다는 의견을 냈지만 휫필드 목사는 자신의 계획만을 고집하며 내 조언을 일축했다. 그래서 나는 기부금을 내지 않았다.

얼마 지나지 않아 다시 그의 설교를 듣게 되었고 설교를 끝낼 때쯤 기부금을 걷을 것이란 느낌을 받았다. 나는 한 푼도 내지 않겠다고 마음속으로 다짐했다. 그때 내 주머니에는 한 줌의 동전, 서너 개의 1달러짜리 은화, 다섯 개의 금화가 있었다. 그의 설교를 듣는 동안 나는 마음이 부드러워졌고 동전 정도는 기부금으로 내도 되겠다고 마음먹었다. 그런데 그의 벼락같은 꾸짖음에 그런 생각이 부끄러워졌고 동전으로 끝내겠다던 결심이 은화를 기부하겠다는 생각으로 바뀌었다. 그가 얼마나 멋지게 설교를 마무리했던지 나는 주머니에 있던 금화까지 모두 기부함에 넣었다. 그날 설교장에는 준토 회원이 한 명 더 있었다. 나처럼 조지아에 고아원을 세우는 걸 반대하던 그는 모금이 있을 것을 예상하고 집에서 나올 때부터 주머니를 비우고 왔지만 설교가 끝나갈 무렵에는 기부금을 내야겠다는 강렬한 욕망에 사로잡혀 옆에 서 있던 이웃에게 돈을 빌려줄 수 있느냐고 물었다. 안타깝게도 그는 많은 청중 가운데 휫필드의 감동적인 설교에 전혀 흔들리지 않은 유일한 사람이었던 모양인지 이렇게 말했다. "홉킨스 군, 자네에게는 언제든 돈을 빌려줄 수 있네. 하지만 지금은 안 되겠어. 지금은 자네가 제정신이 아닌 것처럼 보이니까."

모금한 돈을 휫필드가 개인적으로 착복할 것이라고 험담하는 이들도 적지 않았다. 그러나 내가 그의 설교와 일지를 인쇄하기도 했거니와, 개인적으로도 잘 알고 지냈던 경험에 따르면, 당시에도 그의 진실됨을 조금도 의심하지 않았지만, 지금도 그가 말과 행동이 완벽하게 일치하는 정직한 사람이었다는 생각에는 전혀 변함이 없다. 우리 둘 사이에는 종교적인 연결 고리가 없으므로 그를 호의적으로 평가하는 내 증언은 더욱 설득력 있을 것이다. 때때로 그는 내가 회심하기를 바라며 기도한 것 또한 사실이지만 그의 기도가 응답을 받았다고 믿을 만한 증거는 없다. 우리 관계는 순전히 인간적인 우정이었고, 둘 다 진실했으며, 그가 세상을 떠날 때까지 이러한 관계는 지속되었다.

우리가 어떤 관계였는지 짐작하게 해줄 만한 사례를 하나 들어보겠다. 그는 영국을 떠나 보스턴에 도착하자마자 나에게 편지를 보냈다. 곧 필라델피아에 들어갈 예정인데 오랜 친구인 베네젯 씨가 저먼타운으로 이주해 필라델피아에 들어가면 어디에서 묵어야 할지 모르겠다는 편지였다. 그래서 나는 다음과 같이 답장을 보냈다. "우리 집은 어떻습니까? 누추한 곳도 괜찮다면 언제라도 우리 집에 오십시오. 진심으로 환영합니다." 그러자 휫필드는 나에게, 그리스도를 위해 그런 친절을 베풀어주니 반드시 보상받을 것이라 했다. 그래서 나는 다시 답장을 보냈다. "저런, 오해하지 마십시오. 그리스도를 위한 게 아니라 당신을 위한 것입니다." 이때 우리 둘 다 잘 아는 한 지인은 장난스레 말했다. "성직자는 도움을 받으면 그 도움에 보답하는 짐을 하늘나라에 떠넘기는 습관이 있다는 걸 알고 그 짐을 자네가 이 땅에 묶어버렸군."

휫필드를 마지막으로 만난 곳은 런던이었다. 그때 그는 고아원 설립 문제와 그 기금을 대학 설립에 전용하려는 계획에 대해 내 의견을 물었다.

휫필드는 목소리가 크고 맑았고, 단어 하나하나까지 무척 또렷하게 발음해서 상당히 멀리서도 들릴 정도였다. 특히 청중이 아무리 많더라도 그들이 완벽하게 침묵을 지켰기 때문이기도 했다. 어느 날 저녁, 그는 마켓 스트리트 중간쯤에 있는 법원 계단 위에 올라가 설교했다. 동쪽으로는 마켓 스트리트와 직각으로 교차하는 2번가가 있었다. 두 거리는 그의 설교를 들으려는 사람들로 가득 찼다. 당시 나는 마켓 스트리트에서도 뒤쪽에 있어서 그의 목소리가 어디까지 들리는지 알고 싶어 강 쪽으로 조금씩 내려갔다. 놀랍게도 프론트 스트리트에 가까워지면서 그곳 소음과 섞이기 직전까지 그의 목소리는 또렷하게 들렸다. 그가 연설하는 곳부터 내가 서 있는 곳까지의 거리를 반지름으로 잡고 반원을 그린 뒤에 한 명이 차지하는 공간을 0.2제곱미터로 가정하고 그곳을 청중으로 가득 채우면 3만 명 이상이 그의 설교를 들을 수 있겠다는 계산이 나왔다. 그가 야외에서 2만 5천 명을 상대로 설교했다는 신문 기사와 군대 장병들을 앞에 두고 열변을 토했다는 이야기를 들으면 한때 의심하기도 했지만, 그렇게 계산하고 직접 확인한 뒤부터는 그 소문을 믿었다.

그의 설교를 자주 들은 까닭에 새로 준비한 설교와 순회 과정에서 자주 되풀이하는 설교를 쉽게 구분하는 경지에까지 이르렀다. 자주 되풀이하는 설교는 억양과 강세, 목소리 조절 등에 있어 완벽하게 다듬어져 무척 깔끔하게 들렸고 그래서 설교 주제에 관심이 없는 사람조차도 귀를 열고 경청할 수밖에 없었다. 그의 설교를 듣는 즐거움은 훌륭한 연주를 들을 때 느끼는 희열과 유사했다. 한 곳에서만 봉사하는 목사는 반복을 통해 설교 내용을 전달하는 실력을 향상시킬 수 없으므로 이런 현상은 순회 설교자들만 누리는 이점이었다.

휫필드는 때때로 글을 써서 발표했지만 그런 글은 반대하는 이들에게 좋은 공격 거리가 되었다. 설교에 부주의한 표현이나 잘못된 내용이 있다면 덧붙여야 했을 말을 빼놓았다는 식으로 해명하거나 아예 그렇게 말한 적 없다고 부인할 수도 있다. 그러나 글은 남는다. 따라서 평론가들은 그의 글을 신랄하게 공격했고, 겉으로는 그 공격이 타당하게 보인 까닭에 그를 지지하는 사람 수가 줄더니 좀처럼 늘지 않았다. 따라서 내 생각에는 그가 어떤 글도 쓰지 않았더라면 상당한 규모의 종파가 생겼을 것이고 그가 세상을 떠난 뒤에도 명성이 점점 더 높아졌을지도 모른다. 그가 한 편의 글도 남기지 않았더라면 그를 비난하거나 인격을 폄훼할 근거가 없었을 것이고 따라서 추종자들이 온갖 탁월한 장점들로 그를 멋들어지게 포장할 수 있었을 테니까 말이다.

내가 하는 사업은 나날이 번창했고 형편도 하루하루 나아졌다. 내가 발행한 신문 또한 한동안 지역과 인근에서 거의 유일한 신문이었기 때문에 상당한 수익이 났다. "처음 백 파운드를 모으고 나면 그다음 백 파운드를 모으기는 더 쉽다." 즉 돈이 돈을 낳는다는 속설이 맞는다는 걸 실감했다.

캐롤라이나에서 시도한 동업이 성공한 데 고무되어 나는 다른 지역으로까지 동업을 확대할 생각이 들었다. 이미 상당한 실력을 갖추고 올바르게 처신하던 몇몇 직공들에게 독립과 동업을 권하며 캐롤라이나 인쇄소와 동일 조건으로 각각 다른 지역에 인쇄소를 차려주었다. 대부분 일을 잘 해냈고 6년이란 계약 기간이 끝난 뒤에는 나에게 활자를 사서 완전히 독립했다. 달리 말하면 여러 가정이 인쇄업을 생활 수단으로 삼게 되었다는 뜻이다. 동업이 다툼으로 끝나는 경우도 많지만, 이 점에서 나는 운이 좋은 편이었다. 내가 맺은 동업 관계는 모두 순조롭게 진행되었고 원만히 끝났으니 말이다. 내 생각에는 각자 해야 할 일과 상대방에게 기대할 수 있는 것을 빠짐없이 계약서에 적어 명확히 규정해둔 덕분인 듯싶다. 따라서 분쟁이 있을 수 없었다. 동업하려는 모든 사람에게 이런 예방책이 필요하다고 조언하고 싶다. 계약을 맺을 때는 동업자들이 서로 존중하고 신뢰하지만, 시간이 지나고 일을 하면서 책임져야 할 문제가 생기면 서로 마음가짐과 부담감이 똑같지 않다는 생각에 시기와 미움이 생기기 마련이다. 그럼 우정에 금이 가고 결국에는 법정 소송이나 다른 불미스러운 결과로 파국을 맞게 된다.

12장

주 방위군을 조직하다

전반적으로 나는 펜실베이니아에 정착한 것에 만족스러워했다. 하지만 두 가지 면에서는 아쉬웠다. 하나는 방위 수단이 없다는 것이었고, 다른 하나는 젊은이를 가르칠 고등교육 기관이 없다는 것이었다. 다시 말해 민병대와 대학이 없었다. 그래서 1743년, 나는 대학을 설립하자는 제안서를 작성했다. 그리고 대학 관리에 적합한 사람으로 당시 잠시 쉬고 있던 피터스 목사를 염두에 두고 그에게 계획을 알렸다. 그러나 피터스 목사는 칙허 영주proprietor들을 돕는 게 더 이익이라 생각했는지 내 제안을 정중히 거절했다. 당시 그 일을 맡기기에 적합한 다른 사람을 알지 못해 이 계획은 한동안 보류되었다. 이듬해 1744년, 철학학회Philosophical Society 설립을 제안해 큰 성공을 거두었다. 내가 쓴 글을 모으다 보면 이러한 목적으로 쓴 글도 찾아낼 수 있을 것이다.

방위 수단이 없어 아쉬웠던 이유를 말하자면, 스페인이 영국과 수년 전부터 전쟁 중이었고 마침내 프랑스가 스페인 편에 서며 우리까지 위험에 처하게 되었기 때문이다. 당시 토머스 총독은 퀘이커교도가 다수를 차지한 의회를 설득해 펜실베이니아의 안전을 지키기 위해 민병대 법을 통과시키려고 애썼고, 그 밖에도 다양한 수단 마련을 위해 끈질기게 노력했지만 별다른 결실을 얻지 못했다. 그래서 나는 시민들로 구성된 자원 단체가 할 수 있는 일을 해보기로 마음먹었다.

그 계획을 추진할 목적으로 먼저 「명백한 진실Plain Truth」이란 소논문을 써서 발표했다. 이 논문에서 나는 무방비 상태인 펜실베이니아 상황을 가감 없이 서술하며 방위를 위한 화합과 훈련의 필요성을 역설했고, 수일 내에 이러한 목적을 위한 조직 설립을 제안하고 서명 또한 받겠노라고 약속했다. 내 소논문은 짧은 시간에 놀라운 결과를 낳았다. 나는 그 조직을 결성하는 구심점이 되어달라는 요청을 받고 몇몇 친구와 함께 계획안을 작성했다. 그리고 앞에서 언급한 큰 건물에서 시민 모임을 개최했다. 그 큰 건물에는 시민들로 꽉 들어찼다. 나는 상당량의 인쇄물, 펜과 잉크를 건물 곳곳에 미리 준비해두었다. 나는 시민들 앞에서 민병 조직의 필요성에 대해 짤막하게 연설한 뒤 계획안을 읽어가며 설명했다. 그러고는 민병대 가입서를 나눠 주었다. 모두가 적극적으로 서명했고 반대는 단 한 명도 없었다.

집회가 끝나고 가입서를 수거했는데 1,200장이 넘었다. 다른 지역에도 가입서가 배포되었고, 최종 가입자가 1만 명을 넘어섰다. 그들은 신속히 무기로 무장하고, 자체적으로 중대와 연대를 편성해 지휘관을 선출했으며, 매주 한 번씩 집총 훈련을 비롯해 다양한 군사 훈련을 받았다. 여성들도 자체적으로 모금한 돈으로 내가 제공한 다양한 문장(紋章)과 구호를 새겨넣은 깃발을 모든 중대에 보냈다.

필라델피아 연대에 속한 중대 지휘관들이 모여 나를 연대장으로 선출했다. 그러나 나는 그 역할을 맡기에 적합하지 않다는 생각에 사양하고 대신 로렌스 씨를 추천했다. 그는 매력적인 사람인데다 영향력도 상당해 쉽게 연대장으로 임명되었다. 얼마 뒤 도심 앞쪽에 포대를 설치하고 대포를 갖추는 데 필요한 비용을 마련하기 위해 복권을 발행하자고 제안했다. 필요한 비용이 신속히 모였고 곧이어 포대가 설치되었다. 총안 사이 방벽에 통나무로 틀을 만들고 틈새를 흙으로 채웠다. 몇 문의 구형 대포를 보스턴에서 사들였지만 그것만으로는 충분하지 않아 더 많은 대포를 구입하려고 영국으로 편지를 보냈다. 그와 동시에 칙허 영주들에게도 금전적 지원을 부탁했지만 크게 기대하지는 않았다.

그사이에 민병대의 요구로 로렌스 대령과 윌리엄 앨런, 에이브럼 테일러 경 및 내가 뉴욕에 가서 클린턴 총독으로부터 대포를 빌려오는 임무를 맡게 되었다. 클린턴은 처음에는 우리 부탁을 단호히 거부했지만, 그곳 자문위원들과 점심을 먹던 중 당시 그 지방 풍습대로 마데이라 포도주를 잔뜩 마시고는 마음이 약간 누그러졌는지 우리에게 여섯 문의 대포를 빌려주겠다고 했다. 술잔이 몇 번 더 오간 뒤에는 10문으로 늘었고 최종적으로는 18문까지 내주겠다고 허락했다. 대포는 받침틀이 있는 8킬로그램짜리 포로 성능이 상당히 좋았다. 우리는 신속히 대포를 옮겨 포대에 설치했다. 전쟁이 계속되는 동안 민병대원들이 그곳에서 밤새 경계를 섰고, 나도 내 순서가 되면 병졸로 보초병 역할을 했다.

나의 이런 활동이 총독과 자문위원들에게 좋게 보였는지 그들은 나를 신뢰했다. 그래서 그들이 동의한다면 민병 조직에 도움이 될 만한 모든 조치에 대해 내 의견은 어떠한지 묻곤 했다. 나는 그들에게 종교계의 도움을 받기 위해 사람들에게 회개를 촉구하고 우리 일에 대한 하나님의 축복을 바라는 마음으로 금식을 선포하자고 제안했다. 그들은 내 제안을 받아들였다. 그러나 그 지역에서는 금식을 시행하는 일이 처음이라 금식 선언문 작성에 참조할 만한 전례가 없었다. 다행히 나는 매년 금식이 선포되는 뉴잉글랜드에서 자라고 교육받은 까닭에 조금이나마 도움을 줄 수 있었다. 내가 영어로 초안을 작성했고 누군가가 독일어로 번역했다. 금식 선언문은 두 개의 언어로 인쇄되어 전 지역에 배포되었다. 이를 계기로 여러 종파의 성직자들이 신도들에게 민병 조직에 가입하도록 영향력을 행사할 기회를 얻을 수 있었다. 전쟁이 빨리 끝나지 않았다면 퀘이커 교파를 제외하고 모든 교파가 민병 조직에 참여했을지도 모를 일이다.

내가 이런 문제들에 깊숙이 개입하자 퀘이커교도에게 밉보여 의회에서 얻을 수 있는 이익을 빼앗기지는 않을까 염려하는 친구들이 적지 않았다. 퀘이커교도가 의회에서 다수를 차지하고 있었기 때문이다. 나처럼 하원에 몇몇 친구가 있어 내 후임으로 서기직을 맡고 싶어 하던 한 젊은이가 나에게 선의의 조언을 해주었다. 다음 선거에서 나를 해임하기로 결정이 내려졌으니 쫓겨나는 것보다는 사임해 명예를 지키는 쪽을 선택하라는 것이었다.

그때 나는 이렇게 대답했다. "어떤 공직자에 대한 글을 읽은 적이 있습니다. 그분은 공직을 구걸하지도 않았지만 공직이 맡겨지면 거절하지도 않겠다는 원칙을 세웠다고 합니다. 나는 그 원칙에 전적으로 동의하며 한 가지를 덧붙이고자 합니다. 공직을 구걸하지도 거절하지도 않지만, 절대 사직하지도 않겠다는 겁니다. 의원들이 서기직을 다른 사람에게 주려 한다면 나에게서 그 직책을 빼앗아야 할 겁니다. 나 스스로 포기함으로써 언젠가 상대에게 보복할 권리까지 버리지는 않을 겁니다."

하지만 그 이후로 서기직과 관련된 소문은 들리지 않았고, 나는 다음 선거에서도 평소처럼 다시 만장일치로 서기직에 선출되었다. 어쩌면 하원의원이 오래전부터 골머리를 앓던 군사 문제에 대한 모든 논쟁에서 총독 편에 섰던 자문위원들과 내가 가깝게 지내는 걸 못마땅하게 생각했을 수도 있다. 내가 자진해서 그만두었다면 그들이 좋아했겠지만 내가 민병 조직에 열의를 보인다는 이유만으로 나를 쫓아낼 정도로 그들이 그렇게 무모하지는 않았다.

게다가 그들에게는 나를 쫓아낼 만한 합당한 이유가 없었다.

퀘이커교도 의원들에게 국가 방위에 협조하라고 요구하지 않는 한 그들이 국가 방위에 반대하지 않으리라고 생각하는 데는 여러 이유가 있었다. 내가 파악한 바에 따르면 퀘이커교도는 공격적인 전쟁에는 반대했지만 생각보다 훨씬 많은 퀘이커교도 의원이 국가 방위만큼은 명백히 찬성하는 입장을 보였다. 국가 방위를 위한 민병 조직을 다룬 소논문이 많이 발표되었는데 그중에는 독실한 퀘이커교도들이 국가 방위의 필요성을 역설한 논문도 적지 않았다. 이런 논문들이 젊은 퀘이커교도의 마음을 돌려놓는 데 큰 역할을 하지 않았을까 싶다.

나는 소방대에서 있었던 한 사건을 바탕으로 퀘이커 교단의 지배적인 분위기를 감지할 수 있었다. 소방대에서도 당시 보유한 기금 약 60파운드로 복권을 구입하는 형식으로 포대 건설 계획을 지원하자는 제안이 있었다. 우리는 내부 규칙에 따라 제안이 있고 나서 다음 모임까지는 한 푼의 기금도 사용할 수 없었다. 소방대원은 모두 30명이었고 그중 22명이 퀘이커교도, 나머지 여덟 명은 다른 교파였다. 우리 여덟 명은 시간에 맞추어 모임에 참석했다. 물론 퀘이커교도 회원은 일부만 참석하리라 생각했지만 그럼에도 우리가 다수를 차지할 가능성은 거의 없었다. 그런데 제임스 모리스 씨 한 명만 참석해 그 제안에 반대하는 의견을 표명했다. 그는 '친구들'(퀘이커교는 친우회Society of Fiends라고도 불렸다—옮긴이)이 모두 그 제안에 반대한다며 그런 안건이 제기된 것 자체가 무척 유감스럽고 그 때문에 소방대가 해체되는 불화가 있을까 봐 걱정이라고 했다. 우리는 그에게 그렇게까지 걱정할 이유가 없으며 우리가 소수이기 때문에 '친구들'이 그 조치에 반대해 투표에서 승리하면 우리는 사회적 관례에 따라 그 결과에 승복할 것이라고 했다. 마침내 투표 시간이 되었고 투표를 하자는 동의가 있었다. 그는 우리에게 규칙에 따라 투표하는 걸 막을 수는 없지만 많은 회원이 그 제안에 반대하고자 참석하겠다는 의도를 밝혔다며 그들이 도착할 때까지 조금 더 기다리는 게 공평하지 않겠느냐고 말했다.

우리가 이 문제를 두고 옥신각신하는 동안 급사가 나에게 다가와 신사 두 분이 아래층에서 나를 만나고 싶어 한다고 전했다. 나는 아래층으로 내려갔다. 놀랍게도 그곳에서 나를 기다리고 있던 이들은 우리 소방대의 퀘이커교도 회원이었다. 그들은 바로 옆 술집에 여덟 명의 퀘이커교도가 모여 있다며 꼭 그래야 한다면 모임에 참석해서 찬성하는 쪽에 투표하겠다고 말했다. 하지만 그럴 일이 없기를 기대하며 그들의 지원이 없더라도 우리가 투표에서 이길 것 같으면 그들에게 도움을 청하지 않길 바란다고도 덧붙였다. 그들이 그 제안에 찬성한 것이 밝혀지면 장로들이나 친구들과의 관계가 난처해질 수 있다는 게 이유였다. 이렇게 다수표를 확보한 나는 위층에 올라가 조금 머뭇거리는 척하고는 한 시간을 더 기다리는 것에 동의했다. 모리스 씨도 그 정도면 충분히 공평하겠다고 인정했다. 결국, 한 명의 퀘이커교도도 나타나지 않았고 그는 어찌할 바를 몰라했다. 그렇게 한 시간이 지난 뒤 그 제안은 8대

1로 통과되었다. 결국, 22명 중 여덟 명의 퀘이커교도가 우리를 지지한다는 의견을 밝혔고, 나머지 13명은 아예 모임에 참석하지 않음으로써 그 조치에 반대하지 않는다는 뜻을 간접적으로 표명한 것이었다. 따라서 그 제안에 진심으로 반대한 퀘이커교도는 한 명에 불과했던 것이다. 나머지 13명은 모두 소방대 정회원이었고 회원들 사이에서 평판도 좋아 그날 모임에서 어떤 안건이 올라올 것인지 알고 있었기 때문에 참석하지 않은 것으로 추정된다.

인품과 학식을 겸비한 제임스 로건(James Logan, 1674~1751) 씨는 독실한 퀘이커교도였지만 방어 전쟁을 찬성한다고 선언하며 강력한 논증으로 자신의 의견을 뒷받침하는 글을 퀘이커교도들에게 보냈다. 그는 포대 건설을 위한 복권을 사라며 60파운드를 내 손에 쥐여주었고, 복권 구입을 통해 얻는 당첨금 모두를 포대 건설에 기부하라고 지시했다. 그러고는 그의 옛 주인이던 윌리엄 펜(William Penn, 1644~1718)과 관련된 일화를 들려주었다.

로건은 젊었을 때 펜의 비서로 영국에서 건너왔다. 당시는 전시 중이어서 그들이 탄 배가 적으로 보이는 무장 선박에 쫓겼다. 선장은 적함과의 일전을 준비하면서도 윌리엄 펜과 그의 퀘이커교도 일행에게는 도움을 받지 못할 것이란 생각에 선실에 들어가 있어도 괜찮다고 말했다. 모두가 선장의 권고를 따랐지만 제임스 로건은 갑판에 남는 쪽을 택했고 총까지 받아들었다. 그러나 적인 줄 알았던 전함이 우군으로 밝혀졌고 따라서 아무런 충돌도 일어나지 않았다. 로건은 선실로 내려가 그 상황을 펜에게 알렸다. 그러자 펜은 선장이 도와달라고 요청하지도 않았는데 로건이 친우회의 원칙을 어기면서까지 갑판에 남아 선박 방어를 도와주려 했다는 이유로 로건을 매섭게 꾸짖었다. 일행 앞에서 그런 질책을 받자 로건은 다음과 같이 대꾸하며 언짢은 마음을 감추지 않았다.
"저는 주인님의 비서인데 어째서 저에게 선실로 내려오라고 명하지 않으셨습니까? 주인님도 위험한 상황이라 생각하고 제가 갑판에 남아 싸움을 돕길 바라셨던 것 아닙니까?"

내가 의회에서 오랫동안 일하는 동안 항상 퀘이커교도가 다수를 차지했다. 하지만 전쟁에 반대하는 원칙 때문에 그들은 곤란한 지경에 빠지는 경우가 많았다. 특히 군사적 목적에 협조하라는 왕의 명령을 받을 때마다 곤혹스러운 상황에 마주해야 했다. 직접 거절하며 정부의 뜻을 외면하기 쉽지 않았고, 그렇다고 정부 요구에 응함으로써 퀘이커 교단과 친구들의 따가운 눈총을 외면할 수도 없었다. 이런 이유에서 이런저런 방법으로 정부의 명령을 회피하며 얼버무리거나 정부의 요구에 응하지 않을 수 없으면 어떻게든 감추려고 애썼다. 결국, 가장 흔히 사용된 방법은 '왕의 요구에 따라'라는 명목으로 돈을 보내고 어디에 사용했는지 묻지 않는 것이었다.

그러나 왕이 직접 요구하지 않는 한 그 구절을 사용하는 게 적절하지 않다는 지적에 다른 방법을 고안했다. 루이스버그 요새로 기억하는데, 화약이 떨어지자 뉴잉글랜드 정부는 펜실베이니아 정부에 화약 구입 자금을 지원해달라고 요청했다. 토머스 총독이 강력하게 촉구했지만 펜실베이니아 의회는 화약이 전쟁에 쓰이는 물건이므로 화약 구입을 위한 돈을 지원할 수 없었다. 그러나 의회는 투표를 통해 뉴잉글랜드에 3천 파운드를 지원하겠다는 안건을 통과시켰고 그 돈을 총독에게 넘기며 빵과 밀가루, 통밀 혹은 '다른 곡물'을 구입하는 데 사용하라며 사용처를 제한했다. 자문위원인 하원에서는 총독을 곤혹스럽게 만들고 싶었는지 애초에 요구했던 물건이 언급되지 않았다는 이유로 그 조건을 받아들이지 말라고 조언했다. 그러나 총독은 다음과 같이 대답했다. "아니요, 그 돈을 받을 겁니다. 그들이 내건 조건에 담긴 뜻을 잘 알고 있으니까요. '다른 곡물'은 바로 화약을 뜻하는 겁니다." 실제로 총독은 그 돈을 화약 구입에 썼고 어떤 의원도 이의를 제기하지 않았다.

포대 설치를 지원할 목적으로 발행된 복권을 구입하자는 투표를 앞두고 나는 소방대 회원이자 친구인 싱 씨에게 이 일화를 넌지시 언급하며 이렇게 말했다. "우리 제안이 부결되면 그 돈으로 '파이어 엔진'(fire engine, 소방차란 뜻이지만 직역하면 무기를 뜻하는 '화기'도 될 수 있다—옮긴이)을 사겠다고 합시다. 퀘이커교도들도 그 제안에는 반대하지 않을 겁니다. 그다음에는 그 일을 추진할 위원으로 당신이 나를 지명하고 나는 당신을 지명하는 겁니다. 그러고는 대포를 사는 겁니다. 대포도 엄연히 파이어 엔진이니까요." 그러자 싱 씨는 맞장구치면서 이렇게 말했다. "당신도 의회에서 오래 일하더니 요령이 많이 늘었네요. 당신의 모호한 계획은 그들의 통밀이나 '다른 곡물'에 필적할 만합니다."

퀘이커교도가 "어떤 종류의 전쟁도 정당하지 않다"라는 원칙을 정하고 공표한 까닭에 곤란한 상황들을 이런 식으로 감수해야 할 수밖에 없었다. 나중에 생각이 바뀌었는지는 몰라도 세상에 그렇게 공표한 마당에 그 원칙을 쉽게 무시할 수는 없지 않겠는가! 그들이 곤혹스러워하는 모습을 볼 때마다 던커파(Dunkers, 독일계 침례교파—옮긴이)의 처신이 더 신중했다는 생각이 들었다. 그 교파가 생긴 직후부터 나는 창립자 중 한 명인 마이클 웰페어(Michael Welfare, 1687~1741)와 알고 지냈다. 그는 다른 교파의 열성분자들이 자신들을 중상모략하고 그들과는 아무런 관계도 없는 교리와 관습을 들먹이며 자신들을 비난한다며 내게 불만을 털어놓았다.

그때 나는 새로운 종파라면 항상 겪는 현상이라며 그런 비방을 멈추게 하려면 그들의 교리와 규율을 대외적으로 발표하는 게 좋지 않겠느냐고 그에게 조언했다. 그러나 내부에서도 그런 의견이 있었지만 다음과 같은 이유로 통과되지 않았다고 했다.

"우리가 처음 조직을 꾸렸을 때 새로운 깨달음을 얻었고 그것이 하나님을 기쁘시게 했습니다. 한때 진리라고 존중했던 교리가 잘못된 것이고 잘못된 것으로 생각했던 교리가 오히려 진리가 될 수 있다는 깨달음이었지요. 때때로 하나님이 우리를 더 밝은 빛으로 인도하실 때 우리의 원칙은 더 나아졌고 오류는 줄었습니다. 이제 우리가 진리의 끝에 도달했고 영적으로 신학적인 지식을 완벽하게 완성했다고 확신할 수 있을까요? 그렇지 않을 겁니다. 따라서 우리가 신앙 고백을 글로 표현해 인쇄해둔다면 그 순간부터 문서화된 고백에 묶이고 구속될 것이며 더는 변화를 받아들이려 하지 않을 것입니다. 아마도 우리 후손은 그것에 더더욱 구속되어 그들의 조상이며 종파의 창시자로서 우리가 행하고자 한 것을 신성하게 생각하며 그 틀에서 조금도 벗어나려 하지 않을 것입니다."

던커파의 겸손함은 인류 역사상 유일한 사례일지도 모른다. 다른 종파는 한결같이 자기 교리만이 진리를 담고 있고, 다른 종파는 어떻게든 잘못되었다고 주장하기 때문이다. 이처럼 완고한 종파는 안개로 자욱한 날씨에 여행하는 사람과도 같다. 그에게는 앞뒤로 조금 떨어져 걷는 사람들뿐만 아니라 멀리 떨어져 있는 사람들도 안개에 둘러싸인 것처럼 보이지만 가까이 있는 것은 또렷하게 보인다. 그러나 다른 사람들 눈에는 그도 안개에 뒤덮인 듯 보인다. 이런 곤란한 상황을 피하고자 퀘이커교도들은 얼마 전부터 의회와 치안 판사직 등 공직을 떠나기 시작했다. 달리 말하면 그들은 교리를 포기하는 쪽보다 권력을 버리는 쪽을 선택했다.

시간순으로 보면 앞에서 언급했어야 했던 것인데, 1742년에 나는 방을 좀 더 효율적인 방식으로 덥힐 수 있는 난로를 발명했다. 바깥의 신선한 공기가 들어올 때 데워지게 해 연료를 절약하는 개방형 벽난로를 설계했던 것이다. 오랜 친구인 로버트 그레이스(Robert Grace, 1709~1766)에게 설계도를 보여주었다. 그러자 그레이스는 자기에게 용광로가 있으니 난로의 금형을 만들자고 제안했다. 그러면 똑같은 형태의 난로를 얼마든지 제작할 수 있으니 수요가 있으면 큰돈을 벌 수 있을 것 같았다. 나는 수요를 촉진하고

자 『새롭게 발명된 펜실베이니아 벽난로, 그 구조와 사용법에 대한 자세한 설명. 방을 따뜻하게 덥히는 어떤 방법보다 효율적인 이유를 증명하고 기존 난로들의 단점을 모두 해결하고 보완했다』라는 긴 제목의 소책자를 발간했다. 반응은 대단했다. 토머스 총독은 이 난로의 구조가 무척 마음에 들었는지 수년 동안 그 난로를 독점 판매할 수 있도록 특허를 내주겠다고 제안했다. 하지만 나는 그런 경우 항상 고려했던 원칙, 즉 "우리가 다른 발명들로부터 큰 이점을 누리고 있듯 우리 발명품으로 다른 사람들을 도울 기회를 흔연히 승낙하고, 아무런 조건 없이 아낌없이 줘야 한다"라는 원칙에 따라 그 제안을 정중히 거절했다.

하지만 런던에서 한 철물 장수가 내 소책자 내용을 그대로 베껴 순전히 자기가 창작한 것처럼 꾸미고는 난로를 약간 변형하여 특허를 냈다. 내가 발명한 난로보다 효율성은 떨어졌지만 적잖은 돈을 벌었다는 소문을 들었다. 내 발명품으로 다른 사람이 특허를 낸 것이 이번만은 아니었지만 항상 성공했던 것도 아니다. 그럼에도 나는 특허로 이득을 얻을 생각이 조금도 없었고, 그에 따른 분쟁을 마뜩잖게 생각했기 때문에 그런 특허 도용에 한 번도 이의를 제기한 적이 없었다. 우리 지역만이 아니라 다른 지역의 많은 가정에서 내가 만든 난로를 사용해 많은 땔감을 절약할 수 있었다.

13장

필라델피아 대학교를 설립하다

평화조약이 체결되고 민병대를 동원한 방어 활동이 끝나자 나의 관심사는 대학 설립 문제로 향했다. 이를 위한 첫 단계로 나는 대학 설립에 적극적인 친구들을 상당수 모았고 그들 대부분은 준토 회원이었다. 다음 단계로 「펜실베이니아의 청년층 교육에 대한 제안」이란 제목으로 소논문을 써서 지역 유지들에게 무상 배포했다. 그 글을 읽고 그들이 마음 준비를 끝냈으리라는 생각이 들 때쯤 나는 바로 대학 설립과 유지를 위한 모금을 시작했고 5년간 매년 일정 액수를 납부할 수 있게 했다. 이렇게 기부금을 분납해 낸다면 기부금 총액이 늘어나리라 판단했고 내 판단은 틀리지 않았다. 내 기억이 맞는다면 그렇게 모은 기부금이 5천 파운드보다 적지는 않았다.

그 제안서 서문에서 나는 독단적으로 제안하는 게 아니라 '공공정신에 투철한 신사들'과 함께 제안하고 있음을 분명히 했다. 내가 정한 규칙에 따라 다수의 이익을 위한 계획을 세운 주역으로 나 자신이 대중에게 부각되는 것을 피하려 했다.

기부자들은 즉각 계획을 시행하기 위해 그들 중에서 24명의 관리 이사를 선출했고 당시 법무국장이던 프랜시스 씨와 나에게 대학 운영을 위한 학칙을 제정하라는 임무를 맡겼다. 모든 서류를 꾸미고 서명한 다음, 학교로 사용할 건물을 임대했으며 교수들도 채용했다. 그리하여 같은 해, 즉 1749년 대학을 개교하기에 이르렀다.

매년 학생 수가 급격히 늘어나면서 학교는 금세 비좁아졌다. 우리는 학교를 지을 적절한 부지를 찾아다녔는데 하나님의 섭리로 이미 지어진 건물이 우리 앞에 나타났다. 약간만 개조하면 학교 건물로 쓸 만했다. 휫필드 씨의 추종자들이 세운, 앞에서 언급한 바로 그 건물이었다. 우리가 그 건물을 확보하게 된 과정은 다음과 같았다.

그 건물은 여러 종파의 기부로 지어졌으므로 어떤 종파에도 지배적 위치를 허용하지 않기 위해 관리 이사를 선출할 때도 매우 조심스러웠다. 어떤 종파가 지배적 위치에 있게 되면 그 종파가 건물 전체를 독점적으로 사용하며 원래 의도를 위배할 가능성이 있었기 때문이다. 따라서 각 종파에서 관리 이사를 한 명씩 선출했다. 구체적으로 성공회 한 명, 장로교 한 명, 침례교 한 명, 모라비아 형제단 한 명 … 이런 식으로 관리 이사를 선출했던 것이다. 또 기존 이사의 사망으로 결원이 생기면 그들이 기부자 중에서 선거를 통해 빈자리를 채웠다. 그런데 모라비아 형제단이 다른 종파와 사이가 좋지 않았다. 마침 모라비아 형제단에 소속된 관리 이사가 사망하자 다른 이사들이 그 종파에서 후임을 뽑지 않기로 합의를 보았다. 하지만 모라비아 형제단이 아닌 다른 종파에서 새 이사를 선출하게 되면 어느 종파든 한 곳에서 두 명의 이사가 나오는 셈이므로 그 문제를 해결해야 했다.

여러 사람의 이름이 거론되었지만 그런 이유로 인해 누구도 전체 동의를 얻지 못했다. 마침내 누군가가 나를 언급했고, 내가 정직한 데다 어느 종파에도 속하지 않았다는 이유로 나를 후임 이사로 선출했다. 건물이 세워졌을 때의 열정은 사라진 지 이미 오래였다. 관리 이사들은 토지 임대료를 납부하고 건물을 짓는 동안 발생한 빚을 갚는 데 필요한 기부금을 제대로 받아내지 못해 큰 곤경을 겪고 있었다. 나는 건물과 대학 양쪽 모두의 관리 이사였기에 양쪽 모두와 협상할 좋은 기회를 얻었고 마침내 합의를 끌어냈다. 건물 관리자 측은 대학에 건물을 양도하고, 대학은 건물 관리자 측의 빚을 떠안는 동시에 원래 취지에 따라 특별한 경우 설교자에게 대강당을 개방하고 가난한 아이들을 위한 무료 강습소를 운영하기로 합의했다. 그 합의를 기초로 서류가 작성되었고 대학 이사회는 빚 대납과 동시에 건물과 땅을 소유하게 되었다. 널찍하고 높은 강당을 두 층으로 나눠 위아래에 전부 학년별 교실을 만들었고 땅도 추가로 사들였다. 그렇게 하자 전체적으로 우리 목적에 부합하는 대학의 모습이 갖추어졌고, 교수들도 한둘씩 들어오기 시작했다. 인부들과 협상해 자재를 사들이며 공사를 감독하는 번거로운 임무가 내게 맡겨졌다. 당시 나는 개인적인 일로 얽매인 데가 없어 그 임무를 아주 즐겁게 해냈다. 전년에 매우 유능하고 부지런하며 정직한 데이비드 홀을 동업자로 받아들인 덕분이었다. 데이비드는 내 밑에서 4년 동안 일했기 때문에 나는 그의 됨됨이를 잘 알고 있었다. 그는 인쇄소 일을 도맡아 처리했고 내 몫의 이익을 정확하게 보내주었다. 우리의 동업 관계는 18년 동안 계속되었고 둘 다 만족스러워했다.

얼마 후 학교 이사회는 총독의 허가를 얻어 법인이 되었다. 영국의 기부금, 칙허 영주들의 토지 양도 등으로 학교 기금이 크게 늘어났고, 의회도 상당한 몫을 보탰다. 현재의 필라델피아 대학교는 이렇게 태어났다. 나는 창립 당시부터 지금까지 거의 40년 동안 이사회 임원으로 재직해왔다. 그곳에서 교육받은 젊은이들이 탁월한 능력을 과시하며 공직에서 봉사하고 우리나라를 빛내는 걸 볼 때마다 나는 한없이 기쁘다.

14장

필라델피아에서의 정치 이야기

앞에서 언급했듯이 내가 사업에서 손을 뗐을 때 그때까지 벌어둔 돈이 많지는 않았지만 먹고살기에는 충분했으므로, 공부하며 여생을 즐길 여유를 갖게 된 것이 무엇보다 자랑스러웠다. 그래서 당시 영국에서 강의하려고 온 스펜스 박사의 실험 기구를 빠짐없이 사들인 뒤에 온갖 전기 실험을 했다. 그러나 사람들은 내가 한가하게 시간을 보낸다고 생각했는지 일거리가 있을 때마다 나에게 연락했다. 예컨대 정부의 모든 부서가 거의 동시에 나에게 직책을 부여했다. 총독은 일차적으로 갈등을 조정하는 치안판사로 나를 임명했고, 시 정부는 시의원으로 선출한 뒤에 곧이어 시 참사회 회원으로 임명했다. 게다가 시민들은 의회에서 자신을 대표할 의원으로 나를 선출했다. 서기로 일할 때는 아무런 역할도 하지 못한 채 재미도 없는 토론을 묵묵히 들으며 사각형이나 원을 그리는 등 지루함을 달래려고 온갖 짓을 다 해야 했던 까닭에 하원의원 직책이 가장 마음에 들었다. 나는 의원이 되면 좋은 일을 하는 힘도 커질 것으로 생각했다. 내가 그런 성공으로 우쭐했던 것은 사실이다. 내 보잘것없던 과거를 생각하면 정말 대단히 성공한 것이었고, 더구나 내가 부탁하지도 않았는데 많은 사람의 자발적인 호의로 그런 자리에 올랐다는 것이 더욱 기뻤다.

치안판사로는 잠시만 근무했다. 몇 번 법정에 들어가 판사석에 앉아 소송 사건을 청문했지만, 그런 위치에서 일하려면 관습법에 폭넓은 지식이 필요하다는 걸 깨닫고는 의회에서 입법가로 더 중요한 의무를 충실히 해내겠다는 구실로 치안판사직은 그만두었다. 유권자에게 나를 뽑아달라고 부탁한 적도 없었고 의원이 되고 싶다는 욕망을 직간접적으로도 내비친 적 없었지만 나는 10년 동안 한 해도 빠지지 않고 매해 선출되었다. 내가 의원이 된 뒤에는 아들이 서기로 임명되었다.

이듬해에는 칼라일에서 인디언들과 협상을 시작했다. 총독은 협상에 참여해 도움을 줄 만한 의원을 보내달라는 공문을 의회에 보냈다. 의회는 당시 의장이던 노리스 씨와 나를 지명했다. 우리는 협상 위원 임무를 띠고 칼라일에 가서 인디언들을 만났다.

그곳 인디언들은 걸핏하면 잔뜩 술에 취해 시끄럽게 다투고 난동을 부렸다. 그래서 우리는 인디언에게 한 잔의 술도 팔지 못하도록 엄격히 금지했다. 그들은 그런 조치에 거세게 항의했고 우리는 그들에게 협상하는 동안이라도 맨정신을 유지하면 협상이 끝난 뒤에 럼주를 잔뜩 주겠다고 했다. 그들은 그렇게 하겠다고 약속했고 어디서도 술을 구할 수가 없었던 까닭에 약속을 지킬 수밖에 없었다. 따라서 협상은 순조롭게 진행되었고 쌍방 모두 만족스러운 결과를 얻어냈다. 협상이 끝나자마자 그들은 럼주를 요구했고 우리는 약속대로 럼주를 잔뜩 안겨주었다. 그때가 오후였다. 인디언은 남녀노소 모두 합해 백 명가량이었고 시내 외곽에서 사각형 모양으로 지은 임시 오두막에 거주하고 있었다. 저녁이 되자 그들 거주지에서 시끄러운 소리가 들렸다. 협상 위원들이 무슨 일인가 싶어 그곳으로 달려갔다. 널찍한 공터 한복판에는 커다란 모닥불이 활활 타올랐고 남녀 불문하고 잔뜩 취해 맹렬하게 싸우고 있었다. 모닥불의 어둑한 빛에서도 반쯤 벗은 검은 몸뚱이들이 서로 쫓고 쫓기는 게 보였다. 불이 붙은 막대기를 서로에게 휘두르며 섬뜩하게 고함을 질러댔다. 그야말로 우리가 흔히 지옥을 상상할 때 떠올리는 모습과 무척 유사한 장면이 펼쳐졌다. 소동이 가라앉을 낌새가 보이지 않아 우리는 숙소로 돌아갔다. 한밤중에 그들이 우리 숙소까지 찾아와 문을 두드리며 술을 더 달라며 고함을 쳤지만 우리는 모른 체하고 아무런 대꾸도 하지 않았다.

이튿날에는, 전날 소동을 피우며 잘못했다는 걸 의식해서였는지 그들은 세 명의 원로를 보내 사과했다. 대표자들은 잘못을 인정하면서도 럼주 탓을 했고 럼주를 대신해 변명이라도 하듯 말했다. “주신(主神)께서 만물을 만드실 때는 어떤 용도가 있지 않았겠습니까. 그분께서 무언가를 어떤 용도로 만드셨든 간에 그대로 사용되어야 마땅합니다. 신께서는 럼주를 만드실 때 '사람들이 마시고 취하게 하라!'라고 말씀하셨으니 그대로 따라야 하지 않겠습니까." 경작자들에게 땅을 마련해주기 위해 야만인들을 제거하는 게 하나님의 계획이라면 럼주를 그 수단으로 정했을 것이란 추측이 전혀 터무니없진 않은 듯하다. 실제로 럼주는 과거에 해안 지역에 살았던 모든 부족을 절멸시킨 전력이 있으니 말이다.

1751년에 내 절친 토머스 본드(Thomas Bond, 1713~1784) 박사가 필라델피아에 병원을 세워 지역에 상관없이 가난하고 병든 사람들을 치료하겠다는 계획을 세웠다(자선적인 성격을 띤 계획으로 내가 먼저 그런 생각을 했다고 알려졌지만 실제로는 그의 제안으로 시작되었다). 그는 열정적이고 헌신적으로 병원 건설에 필요한 기금을 모금하고 다녔지만 그런 종류의 제안은 미국에서 완전히 새로운 것이어서 큰 호응을 얻지 못해 별 성공을 거두지 못했다.

마침내 그가 나를 찾아와 내가 관여하지 않으면 공적 성격을 띤 사업을 진척시키기 어렵다는 걸 깨달았다며 은근히 나를 추켜세웠다. "기부금을 부탁하면 '이 사업을 두고 프랭클린과 상의해 보았습니까?'라고 묻는 사람이 한둘이 아닙니다. 이 사업이 선배님 전문 분야가 아니라는 생각에 상의하지 못했다고 대답하면 모두가 생각해보겠다고만 할 뿐 기부하려고 하지 않습니다." 나는 병원 설립 계획 목적과 효용성에 관해 물었고 그에게서 매우 만족스러운 설명을 들을 수 있었다. 그래서 내가 먼저 기부금을 냈을 뿐만 아니라 다른 사람들로부터 기부금을 받아낼 방법까지 고민하고 나섰다. 내가 공적 사업을 추진한 과정을 돌이켜보면 사람들에게 기부금을 내라고 부탁하기에 앞서 그와 관련된 계획과 문제를 여러 신문에 기고함으로 사람들에게 그 문제에 관해 미리 고민할 기회를 주곤 했다. 하지만 본드는 그 과정을 건너뛰는 실수를 범했던 것이다.

그 이후로는 기부금이 순조롭게 걷혔지만 다시 시들해지기 시작했다. 그때 나는 의회 보조 없이 기부금만으로는 병원 설립에 충분하지 않으리라 생각해 의회 보조를 청원했고 승인을 얻어냈다. 시골 지역을 대표하는 의원들도 처음에는 병원 설립 계획을 무척 반겼지만, 나중에는 병원이 도시인들에게만 도움이 될 것이므로 도시에 사는 사람들이 그 비용을 전적으로 부담해야 한다고 주장하며 도시인들이 여기에 전반적으로 찬성하는지 의문이라고도 말했다. 나는 그 계획이 높은 지지를 받아 자발적인 기부로 2천 파운드를 모금할 수 있음을 조금도 의심하지 않는다고 반론을 펼쳤지만 시골 지역 의원들은 내 반론을 과장되고 불가능한 일이라고 생각했다.

그래서 나는 병원 설립을 위한 계획안을 짰다. 기부자들의 청원 내용에 따라 그들 중심으로 법인을 설립하고 그들에게 동일한 액수의 보조금을 지급하자는 법안을 제출할 수 있게 해달라며, 법안이 마음에 들지 않으면 나중이라도 폐기할 수 있지 않겠느냐며 의회를 설득했다. 마침내 의회의 허락을 받아냈고 법안 작성 시 중요한 조항을 다음과 같이 조건부로 첨가했다.

"전술한 의회의 허락을 받아 다음과 같이 규정한다. 앞서 언급한 기부자들이 모임 후 관리자와 회계를 선출하고, ○○○ 상당의 기부금(연간 이자로 가난한 사람들을 상기 병원에 수용하며 그들의 식비와 간병, 진료비와 약값 등을 충당한다)을 모금하면, 또 그렇게 모금된 기부금 액수에 의회 의장이 만족한다면 상기 의장은 병원 설립과 건축에 사용할 2천 파운드를 2회에 걸쳐 상기 병원 회계과에 지급하라고 주 정부에 보내는 지시서에 서명하라는 요청을 받을 때 합법적으로 서명할 수 있고, 그렇게 해야 한다."

이 조건 덕분에 법안이 통과되었다. 보조금 지급에 반대하던 의원들도 실제로는 돈을 쓰지 않고 자선을 베풀었다고 인정받을 기회라 생각하며 그 법안에 찬성했다. 법안이 통과되자마자 우리는 기부금 모금에 나섰고 사람들에게 법의 조건부 조항을 들먹이며 각자의 기부금이 두 배가 된다는 걸 기부를 위한 동기로 강조했다. 그 조항은 양쪽 모두에 효과를 발휘했다. 다시 말하면, 그 조항 덕분에 기부금이 금방 목표액을 넘어섰고 그 결과를 근거로 우리는 의회에 보조금을 신청해 받아냈다. 그리하여 우리는 계획을 실행에 옮겼고 편리하면서도 멋진 병원이 곧바로 세워졌다. 그 병원은 많은 사람에게 도움을 주어 그 유용성을 증명했으며 지금까지도 잘 운영되고 있다. 그때의 성공은 나에게 많은 기쁨을 주었고 나의 정치적 책략 중 그때처럼 멋지게 성공한 것은 없다. 훗날 이 사건을 돌이켜 생각해봐도 교활한 수법을 썼다는 죄책감이 전혀 들지 않았다.

이즈음 길버트 테넌트(Gilbert Tennent, 1703~1764) 목사가 나를 찾아와 새로운 교회를 세우고자 하는 데 필요한 기부금 모금을 도와달라고 요청했다. 그가 모금을 추진하긴 했지만, 사실은 휫필드 목사를 따르던 장로교인들이 사용하려는 교회였다. 하지만 너무 빈번하게 기부금을 부탁하면 시민들이 불쾌해할 수 있다는 생각에 나는 단호히 거절했다. 그러자 테넌트 목사는 나에게 경험상 알고 있는 너그럽고 공공심이 투철한 사람들 명단이라도 알려주길 원했다. 내 부탁에 친절히 응했다는 이유로 그들을 또다시 기부금 요청에 시달리게 하는 것은 나답지 않은 짓이라고 생각했기에 그런 명단을 주는 것도 거절했다.

그러자 테넌트 목사는 나에게 조언이라도 해주길 바랐다. "조언이라면 기꺼이 해드리지요. 첫째로 목사님 생각에 기부금을 낼 만한 사람들을 빠짐없이 찾아가 부탁하십시오. 다음에는 기부금을 낼지 안 낼지 확실하지 않은 사람을 찾아가 기부금을 낸 사람들 명단을 보여주십시오. 마지막으로는 기부금을 전혀 낼 것 같지 않은 사람도 무시하지 마십시오. 그들 중에는 목사님이 잘못 판단한 사람도 있을 수 있으니까요." 테넌트 목사는 호탕하게 웃고는 나에게 고맙다며 내 조언을 따르겠다고 대답했다. 그는 정말 내 조언을 그대로 실행에 옮겨 모두 찾아다니며 기부를 부탁했고, 예상보다 훨씬 많은 돈을 모았다. 그 돈으로 지은 교회가 지금 아치 스트리트에 있는 웅장하고 아름다운 교회다.

우리 도시는 예부터 넓고 똑바르게 뻗은 도로들이 서로 직각으로 교차하며 아름답게 배치되어 있었다. 그러나 그런 도로들이 오랫동안 포장되어 있지 않을 때가 있었다. 비가 내리면 묵직한 마차들의 바퀴에 도로가 진창으로 변해 도로를 건너다니기가 힘들 지경이었다. 반면에 건조한 날씨에는 먼지가 풀풀 날렸다. 나는 저지 시장 근처에서 살았던 적이 있다. 시장에 오는 사람들은 진창과 싸우며 먹을 것을 사러 다녀야 했다. 마침내 시장 한복판을 따라 흙바닥이 벽돌로 포장되었다. 시장에 들어서면 단단한 바닥이 있었지만 시장까지 가기 전에 신발이 더러워지는 것은 어쩔 수 없었다. 그 문제를 언급하고 글까지 써서 발표함으로써 시장과 벽돌 포장한 인도 사이 길을 돌로 포장하는 데 어느 정도 역할을 했다. 도로 양옆으로는 주택들이 늘어서 있었다. 한동안 신발을 더럽히지 않고 시장에 들어설 수 있었지만, 도로의 나머지 부분은 포장되어 있지 않아 마차가 진창에서 포장길로 올라설 때마다 흙덩어리를 떨어뜨리며 포장된 길을 더럽혔다. 그래서 포장된 길도 금세 질퍽한 흙으로 뒤덮였다. 당시 도시에는 환경미화원이 없어 더러운 흙이 치워지지 않았다.

나는 곳곳에 문의한 뒤 일주일에 두 번씩 포장길을 청소하고 동네 사람들의 집 앞에 쌓인 흙을 치워주는 대가로 집집에서 한 달에 6펜스를 받는 조건으로 주변 길을 깨끗하게 유지해줄 가난하지만 부지런한 사람을 찾아냈다. 그 뒤에 나는 소액으로 그런 사람을 고용하는 게 동네 전체에 이익이라고 주장하는 글을 써서 인쇄해 배포했다. 신발에 흙을 묻혀 오지 않으므로 집을 깨끗하게 유지하기가 더 쉽고, 구매자가 쉽게 상점에 들어올 수 있어 고객이 증가하면 상점에도 이득이며, 바람 부는 날에도 물건에 먼지가 쌓이지 않는 등 여러 이점을 그 글에 나열했다. 나는 이 글을 집마다 보냈고 하루 이틀 지난 뒤 곳곳을 돌아다니며 6펜스 지불에 기꺼이 동의하는 사람이 있는지 살펴보았다. 모두가 그 계획에 찬성해 일은 일사천리로 진행되었고 한동안 별 차질없이 실행되었다. 시장을 둘러싼 포장길이 항상 깨끗한 것을 보고 도시 주민 모두가 좋아했다. 깨끗한 포장길이 모두에게 편리하다는 걸 알게 되자 모든 도로가 포장되기를 바랐으며 그걸 위해 기꺼이 세금을 내겠다는 사람도 늘어났다.

얼마 뒤 나는 도시 포장 법안을 작성해 의회에 제출했다. 그때가 1757년 내가 영국에 가기 직전이었는데 내가 출발하기 전까지는 법안이 통과되지 않았다. 그러다가 과세 방법에 관한 수정을 거친 뒤에 통과되었다. 내가 제시한 법안보다 낫다고 생각하지는 않았지만 그래도 도로 포장에 그치지 않고 가로등 관련 조항을 추가해 크게 나아진 것 또한 사실이었다. 평범한 시민 고(故) 존 클리프턴 씨가 자기 집 문 앞에 램프를 밝혀두고 램프의 효용성을 직접 보여준 덕분이었다. 그 램프를 보고 사람들이 도시 전체를 밝히자고 생각했던 것이다. 많은 사람에게 혜택을 준 이 일도 내 공으로 여겨졌지만 실제로는 클리프턴 씨의 공이다. 나는 그의 선례를 따랐을 뿐이다. 굳이 내 공을 따지자면 처음 런던에서 들여온 둥근 형태의 램프를 다른 형태로 바꾼 것이 전부였다. 둥근 램프는 몇몇 부분에서 불편했다. 첫째로는 아래쪽에서 공기가 유입되지 못했다. 둘째로는 그 때문에 연기가 쉽게 위로 빠져나가지 못하고 램프 안에서 맴돌며 안쪽을 꽉 채워 빛이 밖으로 발산되는 걸 막았다. 게다가 매일 안쪽에 낀 그을음을 닦아내야 하는 번거로움이 있었고 그 과정에서 자칫 잘못 건드리면 유리가 깨져 램프가 쓸모없어지기 십상이었다. 그래서 나는 램프를 사방이 각진 평평한 판유리로 만들고 위쪽에 긴 깔때기를 설치해 연기를 빼내고 아래쪽에는 공기를 빨아들이는 틈을 두어 연기가 위로 쉽게 빠져나가게 하자고 제안했다. 이렇게 하자 램프가 깨끗하게 유지되었고 런던의 램프처럼 몇 시간 만에 어두워지지 않고 아침까지 밝은 빛을 발했다. 게다가 잘못 건드려 깨지더라도 판유리 하나만 교체하면 됐다.

런던 복스홀 구역에서 사용하는 둥근 램프에는 아래쪽에 구멍이 있어 램프가 깨끗한 편이었다. 런던 사람들이 그 사례를 보고도 모든 가로등에 그런 구멍을 내지 않는 이유가 궁금했다. 알고 보니 그 구멍은 다른 목적이 있어서 만든 것이었다. 구멍을 통해 늘어뜨린 가는 끈으로 심지에 신속하게 불을 붙이려는 목적이었고 공기 유입 용도로 생각해본 적은 없는 듯했다. 그 때문에 램프를 밝히고 몇 시간이 지나면 런던 거리는 다시 어두컴컴해졌다.

이렇게 도시 개선한 업적들에 관해 이야기하다 보니 런던에서 지낼 때 포더길 박사에게 제안했던 것이 떠오른다. 포더길 박사는 내가 알고 지낸 최고의 인물로 유용한 공공사업을 적잖게 추진한 기획자이기도 했다. 내가 관찰한 바에 따르면 런던 거리는 마른 날에는 청소하지 않아 늘 먼지가 날아다녔다. 그러다 비가 내리면 그동안 쌓였던 먼지가 진창으로 변했다. 그런 상태로 며칠 지나면 도로에 진흙이 두껍게 쌓여 도무지 길을 건널 수 없었고, 가난한 사람들이 빗자루로 쓸어낸 길로만 겨우 다녔다. 진흙을 긁어내 덮개가 없는 수레에 옮겨 싣는 일은 무척 힘든 노동이었다. 더구나 수레가 덜컥거리며 흔들릴 때마다 수레 양옆 틈새로 질퍽한 진흙이 흘러내렸고, 때로는 길을 걷는 사람들을 짜증 나게 했다. 도로에서 먼지를 쓸어내지 않는 이유는 비질을 하면 먼지가 주변 상점이나 주택 창문을 통해 안으로 들어가기 때문이었다.

우연한 기회에 나는 짧은 시간에 효과적으로 비질하는 방법을 알게 되었다. 어느 날 아침, 나는 크레이븐 스트리트에 있던 우리 집 앞에서 한 가난한 여인이 자작나무 빗자루로 우리 집 앞길을 쓰는 걸 보았다. 그녀는 조금 전 병석에서 일어난 사람처럼 무척 창백하고 허약해 보였다. 그래서 누가 그녀에게 그곳을 쓸라고 했는지 물어보았다. "아무도 시키지 않았습니다. 너무 가난하고 먹고 살기 힘들어 부잣집 문 앞을 청소하며 먹을 것이라도 얻길 바라는 마음에서 하는 거지요." 나는 그녀에게 우리 집 앞길 전체를 다 쓸면 1실링을 주겠다고 약속했다. 그때가 아침 9시였다. 정오쯤 그녀가 나를 찾아와 1실링을 달라고 했다. 처음에는 그녀가 무척 느릿느릿 일했기 때문에 그렇게 빨리 끝냈다는 게 도무지 믿기지 않았다. 그래서 나는 하인에게 정말 청소가 다 됐는지 점검해보라고 했고, 하인은 집 앞길을 살펴본 뒤에 길 전체가 반짝거릴 정도로 깨끗해졌고 흙먼지는 전부 도로 중앙에 있는 배수로로 옮겨져 있더라고 보고했다. 얼마 뒤 비가 내리면서 그 흙먼지가 쓸려 내려가자 도로는 물론 배수로까지 아주 깨끗해졌다.

그렇게 허약한 여자가 그 넓은 길을 3시간 만에 청소했으니 튼튼하고 힘센 남자라면 그 절반만 쓰면 같은 일을 해낼 수 있을 것 같았다. 이쯤에서 좁은 도로는 인도 양옆에 배수로를 하나씩 두는 것보다 가운데 하나만 두는 게 편하다는 걸 말해두고 싶다. 길에 비가 내려 양쪽에서 가운데로 모이면 물살이 빨라지면서 그곳에 쌓인 흙먼지를 모두 쓸어갈 수 있기 때문이다. 하지만 배수로가 양쪽으로 나뉘어 있으면 물살이 약해져 흙먼지가 충분히 쓸려 내려가지 않고 질퍽하게 변해 마차 바퀴와 말발굽에 의해 인도 쪽으로 튀면서 인도가 더럽고 미끄러워질 뿐 아니라 길을 건던 사람이 진흙 세례를 받는 봉변을 당할 수도 있었다. 그래서 나는 그 선량한 포더길 박사에게 이렇게 제안했다.

"런던과 웨스트민스터 거리를 한층 효과적이고 깨끗하게 유지하는 방법을 제안해보려 합니다. 소수의 관리인과 계약을 맺어 건조 시기에는 흙먼지를 쓸어내게 하고 비가 내리는 계절에는 진흙을 긁어내게 하십시오. 한 명의 관리인에게 여러 구역을 담당하도록 배정하고 그들에게 빗자루 등 청소에 필요한 도구를 제공하십시오. 또 그들이 고용하는 가난한 사람들에게도 그 도구를 사용할 수 있도록 하십시오.

건조한 여름에는 상점이나 주택에서 창문을 열기 전에 흙먼지를 그곳으로부터 적절한 거리를 두고 쌓아두고, 환경미화원이 덮개 달린 수레를 가져와 그 흙먼지를 실어가도록 하십시오. 긁어모은 진흙은 수북하게 쌓아두면 안 됩니다. 마차 바퀴와 말발굽에 짓눌리면 다시 흩어지기 때문입니다. 환경미화원에게 다른 형태의 수레, 즉 바닥이 바퀴 위로 높이 설치되지 않고 바퀴대 위에 낮게 설치된 수레를 제공하면 수월하게 일할 수 있습니다. 또 바닥을 격자 모양으로 만들어 짚으로 덮으면 진흙은 그대로 유지되고 물은 밑으로 빠져 수레 무게가 훨씬 가벼워질 겁니다. 물이 진흙 무게에서 가장 많은 부분을 차지하기 때문입니다. 수레는 적당한 거리에 두고 진흙을 외바퀴 수레에 옮긴 후에 다시 수레에 옮겨 싣고 물이 빠진 뒤 말에 연결해 멀리 가져가 버리게 하십시오."

나중에 이 제안의 뒷부분이 현실적이지 못하다는 생각이 들었다. 길이 좁아 통행을 방해하지 않고 물이 빠질 때까지 수레를 놓아둘 만한 장소가 없었기 때문이다. 그러나 앞부분, 즉 상점이 문을 열기 전에 흙먼지를 치우게 하자는 제안은 지금도 낮의 길이가 상대적으로 긴 여름에는 꽤 현실적이라 생각한다. 언젠가 아침 7시에 스트랜드 스트리트와 플리트 스트리트를 걸을 때 보니 문을 연 상점은 아직 한 곳도 없었지만 해는 세 시간 전에 떠올라 사방이 환했다. 런던 시민들은 촛불에 의지해 생활하면서 햇살이 비쳐 환해질 때까지 잠을 자길 자발적으로 선택했으면서도 양초세와 비싼 수지(樹脂) 값은 불평하는 모순된 모습을 보인다.

이런 사소한 문제들을 신경 쓰거나 언급할 가치조차 없다고 생각하는 사람도 있을 것이다. 물론, 바람이 부는 날 먼지가 사람들 눈이나 상점 안으로 날아드는 건 별로 중요하지 않지만, 인구가 많은 도시에서 이런 사례가 빈번하게 발생하면 관심거리가 되고 중요성을 띤다. 개별적으로는 지극히 사소해 보이더라도 이 문제에 관심을 기울이는 걸 심하게 질책할 사람은 없을 것이다.

인간은 드물게 찾아오는 커다란 행운보다 일상의 작은 이익에서 더 큰 행복을 느낀다. 예컨대 가난한 사람에게 면도하고 면도칼을 깨끗이 보관하는 방법을 가르쳐주는 게 한꺼번에 천 기니를 주는 것보다 그의 행복에는 더 크게 기여할 수 있다. 금세 돈이 없어진다면 낭비한 걸 평생 후회하겠지만 면도하는 법을 배우면 이발소에서 한없이 기다려야 하는 짜증 나는 시간을 피할 수 있고 때로는 더러운 손가락, 역겨운 입 냄새, 무딘 면도칼을 피할 수 있기 때문이다. 면도하는 법을 배우면 가장 편리한 시간에 면도할 수 있고 좋은 면도칼로 면도하는 즐거움을 매일 누릴 수 있다. 내가 많은 지면을 할애하며 인용한 사례들이 매우 사소해 보이겠지만 내가 사랑하는 도시, 또 내가 오랫동안 행복하게 살았던 도시를 비롯해 미국의 여러 도시에 언젠가 도움이 되기를 바라는 마음에서 얘기한 것이다.

나는 한동안 미국 우정장관을 보좌하는 회계 감사관으로 일하며 여러 우체국을 감사한 끝에 적잖은 관리자들에게 책임을 물었다. 그 우정장관이 1753년 세상을 떠나자 영국 우정장관은 나와 윌리엄 헌터를 그의 공동 후임으로 임명했다. 그때까지 미국 우정성은 영국 우정성에 한 번도 이익금을 보낸 적이 없었다. 우리는 보수로 연간 6백 파운드를 받을 수 있었지만, 그렇게 하려면 우정성 운영에서 그만큼 이익을 거두어야 했다. 이렇게 이익을 남기려면 많은 부분에서 개선이 필요했다. 따라서 처음에는 몇몇 부분을 개선하기 위해 어쩔 수 없이 많은 돈을 써야 했다. 때문에 4년 동안 우정성은 거의 8백 파운드의 빚을 졌다. 그러나 4년이 지나자 이익을 거두기 시작했다. 뒤에서 자세히 이야기하겠지만 장관들의 못된 장난으로 내가 쫓겨나기 전까지 미국 우정성은 아일랜드 우정성보다 세 배나 많은 수익금을 영국에 보냈다. 그러나 그 무모한 짓을 저지른 뒤로는 영국은 미국 우정성으로부터 한 푼도 받지 못했다!

1753년 우체국 업무차 뉴잉글랜드를 방문할 기회가 있었다. 그때 그곳의 케임브리지 칼리지가 자체 결정으로 나에게 문학 석사 학위를 주었다. 전에도 코네티컷의 예일 대학교에서 비슷한 예우를 받은 적이 있었다. 그래서 나는 대학에서 공부한 적이 한 번도 없지만 대학 졸업장을 갖게 되었다. 내가 전기 분야에서 이루어낸 업적과 발명에 대한 보답으로 그런 명예 학위를 수여한 듯하다.

15장

올버니 연합 계획

1754년 영국과 프랑스가 다시 충돌할 것 같은 전운이 짙게 감돌았다. 영국 상무장관의 명령에 따라 일곱 곳의 식민지 대표들이 올버니에 모여 회의하기로 했다. 그곳에서 여섯 인디언 종족 대표들과도 만나 그들의 땅과 우리 땅을 방어할 방법을 상의할 예정이었다. 해밀턴 총독은 이 명령을 받은 뒤 곧바로 의회에 알리며 인디언들에게 건넬 적절한 선물을 준비해달라고 부탁했다. 또 당시 의장이던 노리스 씨와 나, 토머스 펜(Thomas Penn, 1702~1775)과 총독 비서실장이던 리처드 피터스(Richard Peters, 1704~1776)를 펜실베이니아 대표로 지명했다. 의회는 총독 대표단 지명을 승인하고 인디언을 위한 선물도 준비했지만 다른 식민지들까지 대접하는 건 달갑게 생각하지 않았다. 우리는 올버니에서 6월 중순께에 다른 식민지 대표단을 만났다.

올버니로 가는 길에 나는 국토방위를 비롯해 다른 중요한 사안 등에서도 필요하다면 모든 식민지가 하나의 정부로 뭉쳐 연방을 구성하는 것에 대해 생각했다. 그리고 그와 관련된 내용을 구상하고 관련 계획안을 짰다. 우리 대표단이 뉴욕을 지날 때 나는 공공사업에 대해 해박한 지식을 가진 전문가 제임스 알렉산더(James Alexander, 1691~1756)와 케네디 씨에게 나의 계획을 골자만 알렸다. 그들은 내 계획에 크게 공감했고 그들의 동의에 용기를 얻은 나는 그 계획을 과감하게 올버니 회의에 제출했다. 그런데 적잖은 대표가 똑같은 형태의 계획을 이미 구상한 듯했다. 연방 구성 문제가 우선 다루어졌고 만장일치로 통과되었다. 그리하여 식민지마다 한 명의 대표를 파견하는 형식으로 여러 계획안을 심의하고 결과를 보고하기 위한 위원회가 구성되었다. 내가 제시한 계획안이 채택되어 약간의 수정을 거친 뒤 보고되었다.

그 계획안에 따르면 연방정부를 지휘하는 행정 수반은 영국 국왕이 임명하고, 최고 협의회는 각 식민지 의회에서 선택한 대표자들에 의해 선출하기로 했다. 올버니 회의에서는 이 문제와 인디언 문제를 두고 매일 열띤 토론을 벌였다. 처음에는 많은 반대와 어려움이 있었지만 시간이 지남에 따라 모든 난관이 해결되었고 계획안은 만장일치로 가결되었다. 그리고 계획안을 여러 부 만들어 영국 상무성과 각 식민지 의회에 보내라는 지시가 뒤따랐다.

그러나 계획안은 완전히 상반된 운명을 맞았다. 식민지 의회들은 연방정부의 권한이 지나치게 많다고 생각해 계획안을 채택하지 않았고, 영국에서는 계획안이 지나치게 '민주적'이라고 판단내렸다. 따라서 상무성은 우리 계획안을 승인하지 않았고, 국왕에게 보내 승인 요청을 하지도 않았다. 그래서 같은 목적으로 이 일을 원만하게 처리해보자며 대안을 제시했다. 각 지역 총독이 자문위원들을 대동하고 주기적으로 만나 군대 모집과 요새 건설 등을 명령하고 그에 필요한 비용은 영국 정부가 부담하지만, 나중에 법령으로 미국에서 부과한 세금으로 상환하자는 것이었다. 나는 이 수정안을 지지했다. 내가 처음에 제시한 계획안과 이 수정안은 앞으로 출간하려는 정치와 관련한 글 모음집에 수록할 예정이다.

그해 겨울을 보스턴에서 보내며 나는 두 계획안을 두고 셜리 총독과 많은 대화를 나누었다. 그때 우리가 나눈 대화의 일부도 모음집에 수록하려 한다. 식민지와 영국은 서로 다른, 정반대되는 이유로 내 계획안을 반대했다. 그 때문에 내 계획안이야말로 적절한 중재안이 아니었을까 싶다. 내 계획안이 채택되었다면 대서양 양쪽 모두가 만족했을 것이라고 지금도 생각한다. 그랬더라면 식민지들이 강력한 연방을 구성해 스스로 방어할 수 있었을 것이고 영국이 군대를 파견할 필요도 없었을 것이다. 이후 미국에 세금을 부과할 구실도 없었을 것이고 많은 피를 흘린 전쟁도 피할 수 있었을 것이다. 그러나 그런 실수는 새삼스러운 것이 아니다. 역사는 국가와 군주가 저지른 그런 실수들로 가득하니까 말이다.

사람들이 살아가는 세상을 둘러보라,

자신에게 무엇이 이익인지를 아는 사람은 극소수에 불과하고

설령 알더라도 그 방향을 추구하는 사람도 극소수다!

지배자들은 눈앞에 문제가 닥치면 번거롭게 새 계획을 숙고해 실행하려고 하지 않는다. 따라서 다수를 위한 최상의 정책이 축적된 경험과 지혜를 거쳐 사전에 채택되지 않고 임박해서 어쩔 수 없이 선택되는 경우가 비일비재하다.

펜실베이니아 총독은 우리 계획안을 의회에 보내며 개인적으로 그 안에 찬성하는 이유까지 첨부했다. "명확하고 냉철한 판단으로 작성된 듯하므로 면밀하고 진지하게 검토해볼 필요가 있다는 생각에 이 계획안을 추천합니다." 하지만 어떤 의원의 농락으로 내가 의회에 출석하지 않은 날 우리 계획안을 회의에 상정했고 토론도 없이 그 계획안을 부결시켰다. 공정하지 않기도 했지만 내가 느낀 굴욕감도 작지 않았다.

16장

독점 경영자들과의 분쟁

그해 보스턴으로 가는 길에 신임 필라델피아 총독 모리스(Robert Morris, 1700~1764) 씨를 뉴욕에서 만났다. 그는 영국에서 부임한 지 며칠 되지 않았지만, 예전부터 친하게 지내던 사람이었다. 본국의 지시로 의회에서 싸우기만 했던 것에 지쳐 사직한 해밀턴 씨의 후임으로 부임했기 때문인지, 모리스 씨는 앞으로 불편함을 각오해야 하는 건 아니냐고 나에게 물었다. 그래서 나는 이렇게 대답했다. "꼭 그렇지만은 않을 겁니다. 의회와 대립각을 세우지 않도록 조심하면 아주 편하게 지낼 수 있을 겁니다." 그러자 그는 웃으며 말했다. "이보게 친구, 의회와 대립하지 않으려면 어떻게 하는 게 좋겠나? 자네도 알겠지만 나는 논쟁하는 걸 좋아하잖나. 논쟁을 가장 즐기기도 하고. 하지만 자네 조언을 존중하는 의미에서 가능하면 논쟁을 피하겠다고 약속하겠네."

그가 논쟁하는 걸 좋아하는 데는 그럴 만한 이유가 있다. 그는 말솜씨가 뛰어났고 능수능란한 궤변가여서 말싸움에서 지는 법이 없었다. 어렸을 때부터 그렇게 자랐다. 내가 듣기로는 그의 아버지가 저녁 식사를 끝낸 뒤 자식들에게 말싸움을 시키고 자신은 의자에 느긋하게 앉아 그 모습을 즐겁게 지켜보았다고 한다. 그러나 내 생각에 그런 습관은 결코 바람직한 것이 아니다. 이렇게 반박하고 논박하며 말싸움을 즐기는 사람들은 대체로 일도 잘 풀리지 않는 편이다. 간혹 승리를 거두더라도 그들에게 가장 필요한 좋은 감정은 얻지 못한다. 우리는 헤어져서 그는 필라델피아로, 나는 보스턴으로 향했다.

필라델피아로 돌아오는 길에 나는 뉴욕에 들러 의회 의사록을 살펴보았다. 나와 약속까지 했음에도 모리스 총독은 이미 의회와 한바탕한 듯했다. 그가 총독으로 재직하는 내내 의회와 다툼이 끊이지 않았다. 나도 그 싸움에서 완전히 자유롭지는 못했다. 의회에 복귀하자마자 나는 총독의 연설과 교서에 답하기 위해 구성된 온갖 위원회에 속했고, 모든 위원회가 나에게 답변 초안을 작성해 주길 원했다. 그의 교서도 그랬지만 우리의 답변 역시 대체로 신랄했고 때로는 무례할 정도로 모욕적이었다. 많은 사람이 우리가 얼굴을 마주치면 서로 죽일 듯 싸웠으리라고 생각했는지도 모르겠다. 모리스 총독은 천성적으로는 온후한 사람이었다. 그는 내가 의회를 대표해 답변을 작성한다는 걸 알았으므로 그와 나는 서로 반대편에 있다는 이유로 다툰 적은 없었고 오히려 자주 점심 식사를 함께하는 사이였다.

양측의 다툼이 한창이던 어느 날 오후 우리는 길에서 마주쳤다. 그가 말했다. "프랭클린, 우리 집에 가서 저녁 시간을 함께 보내지 않겠나? 몇몇 친구들이 오기로 했는데 자네도 좋아할 만한 사람들이야." 그러고는 내 팔을 끌고 자기 집으로 데려갔다. 저녁 식사를 끝낸 뒤 포도주를 마시며 즐겁게 대화하던 중 우리에게 농담조로 그는 산초 판자의 생각에 전적으로 공감한다고 말했다. 돈키호테가 나라 하나를 주겠다고 하자 산초 판자가 가능하면 흑인이 사는 나라를 달라고 하지 않았느냐는 의미였다. 그의 뜻을 따르지 않는 국민이 있으면 팔아서 돈이라도 벌 수 있으니까 말이다. 그때 내 옆자리에 앉아 있던 그의 친구가 말했다. "프랭클린, 그 빌어먹을 퀘이커교도들을 편드는 이유가 대체 뭡니까? 팔아버리는 편이 더 낫지 않습니까? 칙허 영주라면 당신에게 좋은 값을 드릴텐데." 내가 대답했다. "총독님이 아직 그들을 충분히 검게 만들지 못해 그렇습니다." 실제로 모리스 총독은 교서를 보낼 때마다 의회를 '먹칠'하려고 애썼지만, 의회는 총독이 '먹칠'을 씌우기가 무섭게 지워버리고는 총독의 얼굴에 여지없이 되돌려주었다. 따라서 자칫하면 그가 검게 변하지 않을까 하는 두려움도 있었지만 해밀턴 씨처럼 그런 실랑이에 지쳐 총독직을 사임했다.

이런 다툼의 근본 원인은 식민지에 드넓은 땅을 보유한 지배자들인 세습 총독들에게 있었다. 지역 방어 비용을 마련하기 위해 세금 문제가 거론될 때마다 그들은 믿기지 않을 정도로 인색하게 반응했다. 요컨대 그들의 방대한 땅이 과세 대상에서 제외되지 않으면 대리인들에게 과세 법안을 통과시키지 말라는 지시를 내렸고 심지어 대리인들에게 반드시 지시를 따르겠다는 각서를 받기도 했다. 의회는 3년 동안 이런 부당한 행위에 맞서 싸웠지만 결국에는 굴복하고 말았다. 하지만 모리스의 후임으로 펜실베이니아 총독에 오른 데니 대위가 대담하게 그들의 지시를 어기는 사태가 벌어졌다. 이에 대해서는 뒤에서 자세히 이야기하겠다.

내가 이야기를 지나치게 빨리한 듯하다. 모리스 총독 시대에 일어났지만 거론되는 몇몇 사건에 대해 언급할 필요가 있겠다.

어떤 이유로든 프랑스와의 전쟁이 시작되자 매사추세츠 식민지 정부는 크라운 포인트를 공격하기로 마음먹고 퀸시 씨를 펜실베이니아로, 나중에 총독이 되는 포널 씨를 뉴욕에 파견해 도움을 청했다. 당시 나는 펜실베이니아 의원이어서 분위기를 그런대로 알았고, 퀸시 씨와는 동향이어서 그는 나에게 영향력을 행사해 지원을 받을 수 있게 해달라고 부탁했다. 나는 그의 청원을 의회에 전달했고 의회는 호의적인 반응을 보였다. 펜실베이니아 의회는 식량 구입에 쓸 1만 파운드를 지원하는 법안을 통과시켰다. 하지만 그 법안에는 영국 국왕에게 보내는 돈도 포함되어 있어 총독은 그 법안을 승인하지 않았으며 칙허 영주들의 토지에 세금을 부과하는 걸 면제하는 조항을 삽입해야 한다는 조건을 내걸었다. 의회는 나름대로 뉴잉글랜드를 지원하고 싶어 했지만, 총독의 반대에 부딪히자 어찌할 바를 몰랐다. 퀸시 씨는 총독의 승낙을 얻어내려고 백방으로 노력했지만, 총독의 반대는 완강했다.

그래서 나는 총독의 승인 없이 그 문제를 해결하고자 공채국 명의로 환어음을 발행하자고 제안했다. 의회에는 환어음을 발행한 권리가 있었기 때문이다. 그런데 당시 공채국에 돈이 거의, 아니 전혀 없다는 게 문제였다. 따라서 나는 1년 후에 5퍼센트 이자를 더해 갚는 환어음을 발행하자고 제안했다. 나는 그런 조건이면 환어음으로 식량을 쉽게 구입할 수 있으리라 생각했다. 의회는 조금도 지체하지 않고 내 제안을 받아들였고 환어음을 즉시 발행하였다. 나는 환어음을 책임지고 관리하는 위원회의 일원으로 임명되었다. 환어음 상환 기금은 당시 지역에 유통되던 지폐에서 얻는 대출 이자와 소비세 등에서 발생하는 세수였다. 이런 기금만으로 환어음을 상환하기에 충분하다는 게 알려지자 우리 의회가 발행한 환어음은 즉각 신용을 얻어 기꺼이 식량 구입비로 받아들여졌을 뿐만 아니라 돈을 쌓아두고 있던 현금 부자들도 환어음만 있어도 이자가 붙고 언제라도 현금처럼 사용할 수 있어 이익이라 생각했던지 우리 환어음에 투자했다. 그래서 환어음은 불티나게 팔렸고 몇 주 지나지 않아 한 장도 남지 않았다. 그리하여 그 중요한 문제는 내 방식대로 완전히 해결되었다. 퀸시 씨는 정중하게 우리 의회에 감사의 뜻을 표했고 사절로서 임무를 성공적으로 끝낸 걸 무척 기뻐하며 귀향길에 올랐다. 그 후로 그는 나를 다정하고 진실한 친구로 대했다.

17장

브래독 탐험대

영국 정부는 올버니 회의 결과 제안했던 식민지 연방을 허락하지 않았고 식민지 연방이 자체적으로 방어할 능력을 갖추는 것 또한 반대했다. 그렇게 하면 식민지 연방이 지나치게 군사화되고 자기 힘을 과신할 위험이 있다는 염려 때문이었다. 영국 정부는 의심과 질투에 사로잡혀 식민지들을 지켜주겠다며 에드워드 브래독(Edward Braddock, 1695~1755) 장군 지휘하에 영국 정규군으로 구성된 2개 연대를 파견했다. 브래독은 버지니아의 알렉산드리아에 상륙한 뒤 메릴랜드의 프레더릭 타운까지 행진했다. 그리고 그곳에서 진군을 잠시 멈추고 짐마차를 구했다. 그런데 우리 의회는 한 소식통을 통해 그가 우리에게 적대감을 갖고 있다는 걸 알게 되었다. 그 때문인지 의회는 내가 의회 대표가 아니라 우정장관 자격으로 그를 맞아주길 바랐다. 그가 식민지 총독들과 계속 서신을 주고받을 것이므로 총독들과의 공문을 신속 정확하게 교환할 방법을 상의하고 그 비용을 의회가 부담하기로 했다는 걸 알려주겠다는 구실을 내세우면 되지 않겠냐는 것이었다. 그래서 나는 아들을 데리고 브래독 장군을 만나러 갔다.

우리는 프레더릭 타운에서 장군을 만났다. 장군은 짐마차를 구하려고 메릴랜드와 버지니아 벽촌으로 보낸 병사들이 돌아오길 초조하게 기다리고 있었다. 나는 장군과 함께 며칠을 지내며 매일 점심 식사를 함께했다. 그리고 기회가 닿을 때마다 그가 도착하기 전에 의회가 어떤 일을 했고 앞으로 그가 쉽게 작전을 전개할 수 있도록 어떤 도움을 줄 수 있는지에 대한 정보를 제공하며 의회에 대한 편견을 걷어내려 애썼다. 내가 돌아가려 할 때쯤 파견했던 병사들이 돌아왔다. 하지만 그들이 구한 짐마차는 스물다섯 대밖에 되지 않았고 그것도 전부 즉시 사용 가능한 상태가 아니었다. 장군과 장교들은 아연실색했고 원정은 그것으로 끝난 것이나 다를 바 없다며 한숨을 내쉬었다. 그러고는 식량과 군사 장비를 운반할 수단도 없는 땅에 그들을 보낸 장관들을 탓했다. 그들 말로는 적어도 짐마차 150대가 필요했다.

그때 나는, 펜실베이니아에는 거의 모든 농가마다 짐마차가 한 대씩 있는데 그들이 거기 상륙하지 않은 게 유감이라고 무심코 말했다. 장군은 내 말을 듣더니 간청하는 투로 말했다. "그렇다면 당신은 거기에서 영향력이 있으니까 우리를 대신해 짐마차를 구해줄 수 있겠군요. 당신이 그렇게 해주면 좋겠습니다." 그러면 짐마차 주인에게 어떤 조건을 제시할지 묻자, 장군은 내가 필요하다고 생각하는 조건을 문서로 작성해달라고 했다. 내가 제시한 조건들은 그대로 받아들여졌다. 그리고 짐마차를 구해달라는 의뢰와 지시는 즉시 실행에 옮겨졌다. 조건들은 내가 랭커스터에 도착하는 즉시 발표할 공고문에 그대로 실릴 예정이었다. 흥미롭게도, 발표되자마자 공고문은 엄청난 파장을 일으켰다. 전문을 옮기면 다음과 같다.

공고

1755년 4월 26일 랭커스터

곧 윌스 크릭에 집결할 국왕의 군대에 네 마리의 말이 끄는 짐마차 150대와 승용마나 짐말 1,500마리가 필요한바 브래독 장군께서 그 물품을 임차할 권한을 나에게 위임하셨다. 그리하여 나는 그 목적을 위해 오늘부터 수요일 저녁까지는 랭커스터에, 목요일부터 금요일 아침까지는 요크에 머물며 짐마차와 말을 다음과 같은 조건으로 빌리는 계약을 체결할 것임을 알린다.

1. 네 마리의 건강한 말과 마부를 갖춘 짐마차는 하루 15실링, 짐을 싣는 안장이나 다른 안장과 마구를 갖춘 건강한 말에는 하루 2실링, 안장이 없는 건강한 말에는 하루 18페니를 지불한다.

2. 임대료는 윌스 크릭 주둔지에 합류한 시점부터 계산되고, 합류 시점은 5월 20일이나 혹은 그 이전이어야 한다. 윌스 크릭까지 도착하고 임무를 끝낸 뒤에 고향에 돌아가는 데 소요되는 경비에 대해서도 합리적인 비용을 지불한다.
3. 짐마차와 그에 딸린 말들, 승용마와 짐말의 등급은 나와 소유자가 선택한 사람에게 객관적으로 평가하게 한다. 임무를 수행하는 동안 짐마차나 말을 잃어버리는 경우 등급에 따라 보상하기로 한다.
4. 짐마차와 말을 계약할 때 소유자가 요구하면 그에게 일주일치의 임대료를 내가 선금으로 소유자에게 직접 지불하고, 나머지는 브래독 장군이나 군 회계관이 임무가 끝난 뒤나 정해진 시기에 지불한다.
5. 짐마차를 부리는 마부와 말을 관리하는 사람은 어떤 경우에도 짐마차를 운행하고 말을 관리하는 의무 이외의 일을 강요받거나 요구받지 않는다.
6. 짐마차와 말이 주둔지까지 가는 동안 먹고 남은 귀리와 옥수수는 군용으로 구입하고 합리적인 가격을 지불한다.

주지사항: 내 아들 윌리엄 프랭클린에게 컴벌랜드의 주민과 동일한 조건으로 계약할 수 있는 권한을 위임한다.

벤저민 프랭클린

랭커스터, 요크, 컴벌랜드 주민들에게

친구이자 동포에게

며칠 전 제가 영국군의 프레더릭 진지를 방문했을 때 장군과 장교들이 말과 짐마차를 구하지 못해 격분해 있는 걸 보았습니다. 그래서 이 지역에서 말과 짐마차를 구하기 쉬울 거라 판단해 이곳에서 구하고자 했습니다. 그러나 총독과 의회 간의 알력으로 돈이 마련되지 않았고 그에 필요한 어떤 조치도 없었습니다.

즉각 군대를 세 지역으로 보내 질 좋은 짐마차와 말을 원하는 만큼 징발하고 짐마차를 관리하고 말을 돌보는 데 필요한 사람을 강제 동원하자는 제안도 있었습니다. 그러면 영국군이 세 지역을 지나 진군할 것이고 현재 그들의 기분이나 우리에게 품은 반감을 고려하면 주민들에게 불이익이 있지 않을까 염려됩니다. 그래서 제가 조금 고생스럽더라도 공평하고 공정한 수단으로 할 수 있는 것을 먼저 시도해보려 합니다. 세 지역은 외진 곳이어서 최근 주민들이 유통되는 통화가 부족하다고 의회에 항의했습니다. 그런데 여러분이 상당히 큰돈을 얻을 기회가 온 것입니다. 이번 원정은 120일 이상 지속될 가능성이 크고 마차와 말을 빌려주고 받는 돈이 3만 파운드를 넘을 것이며 그 돈은 영국 은화와 금화로 지불될 것이기 때문입니다.

군대가 하루에 20킬로미터 이상 행군하는 경우는 극히 드물기 때문에 여러분이 해야 할 일도 편하고 쉬울 것입니다. 더구나 짐마차와 말은 군인 복지에 절대적으로 필요한 식량을 싣고 가는 일이므로 결코 군대보다 빨리 행군하지 않습니다. 또한, 군대를 위해서도 행군이나 야영 시 가장 안전한 곳에 있지 않겠습니까.

제가 생각하는 것처럼 여러분이 국왕의 선량하고 충성스러운 백성이라면 지금이야말로 그들이 필요로 하는 도움을 줄 때이고 그래야 여러분도 편안할 것입니다. 농장 일로 한 집에서 짐마차와 말 네 마리, 마부를 한꺼번에 내놓을 여유가 없으면 서너 집이 힘을 합쳐도 괜찮습니다. 어떤 집에서는 짐마차, 어떤 집에서는 한두 필의 말, 어떤 집에서는 마부가 참여하고 그에 대한 대가는 여러분끼리 적절히 나누어 가지면 되지 않겠습니까. 이렇게 좋은 보상과 합리적인 조건이 제시된 지금, 여러분이 국왕과 모국에 자발적으로 도움을 주지 않는다면 여러분의 충성심은 심히 의심받을 것입니다.

왕의 목적은 반드시 성취되어야 합니다. 그리고 용맹한 병사들이 여러분을 지켜주려고 멀리서부터 왔는데 여러분에게 기대하는 것을 외면하고 뒷짐 지고 있어서야 되겠습니까. 짐마차와 말은 꼭 필요합니다. 자발적인 참여가 없으면 강제적인 조치가 취해질 수도 있습니다. 그럼 배상받을 곳을 찾아다니는 수고는 전적으로 여러분 몫이 될 것이고 그때 여러분에게 연민과 관심을 보일 사람은 아무도 없을 것입니다.

이 일을 한다고 저에게 특별한 이득이 있는 건 아닙니다. 좋은 일을 한다는 만족감을 제외하면 힘들고 성가신 일일 뿐입니다. 이러한 방법으로도 짐마차와 말을 충분히 확보하지 못하겠다면 보름 내에 장군에게 보고해야 합니다. 그럼 경기병인 존 세인트 클레어 경이 즉시 이 지역에 군대를 끌고 와서 짐마차와 말을 징발해갈 것입니다. 여러분의 진실하고 진정한 친구로서 여러분의 행복을 바라기 때문에 저는 그런 소식을 듣게 되면 가슴이 무척 아플 것입니다.

벤저민 프랭클린

나는 브래독 장군으로부터 짐마차 주인들에게 지불할 돈 8백 파운드를 받았다. 그러나 그것만으로는 충분하지 않아 내 돈 2백 파운드 이상을 보태 선급금으로 지불해야 했다. 보름 뒤에 150대의 짐마차와 259필의 짐말이 주둔지를 향해 출발했다. 공고에서 짐마차와 말을 잃어버릴 경우 등급에 따라 보상하기로 약속했지만, 주인들은 브래독 장군이 어떤 사람인지 모르고 그가 한 약속을 어느 정도까지 믿어야 하는지도 모르겠다며 나에게 약속을 지키겠다는 보증을 서라고 요구했다. 그래서 나는 브래독 장군의 보증인이 될 수밖에 없었다.

주둔지에서 지내는 동안 하루는 던바 대령 연대 장교들과 함께 저녁 식사를 했다. 그때 던바 대령은 하급 장교들에 대한 걱정을 나에게 숨김없이 드러냈다. 하급 장교들은 대체로 풍족하지 않은 편인데 모든 것이 비싼 이 나라에서 게다가 아무것도 매매가 되지 않는 황야 지대를 오랫동안 행군하면서 필요한 물품들을 구입할 여유가 없으리라는 것이었다. 나는 하급 장교들의 처지가 딱하다고 생각해 그들에게 약간의 구호품을 구해주어야겠다고 마음먹었다. 던바 대령에게는 아무 말도 하지 않고 이튿날 아침 의회에 편지를 보내 하급 장교들의 딱한 형편을 고려해 원기 회복에 필요한 물품들을 선물로 보내주면 어떻겠냐고 제안했다. 의회에는 적잖은 공금을 자유롭게 사용할 재량권이 있었다. 야전군으로 생활하며 물자 부족을 경험한 적이 있는 내 아들이 야전에 필요한 물품 목록을 작성해주었고, 나는 의회에 보내는 편지에 그 목록을 동봉했다. 위원회는 내 제안을 승인한 후 부지런히 물품을 모았다. 내 아들의 지휘 아래 구호품은 짐마차와 거의 같은 시기 주둔지에 도착했다. 구호품은 모두 20개의 꾸러미로 이루어져 있었는데 그 꾸러미에는 다음과 같은 물품이 있었다.

각설탕 6파운드(2.7킬로그램)

양질의 버터 1통 20파운드(9킬로그램)

양질의 흑설탕 6파운드(2.7킬로그램)

오래된 마데이라 포도주 24병

양질의 녹차 1파운드(450그램)

자메이카 증류주 2갤론(7.5리터)

양질의 무이암차(武夷巖茶) 1파운드(450그램)

잘 훈연된 햄 2개

양질의 분말 커피 6파운드(2.7킬로그램)

겨자 자루 1병

초콜릿 6파운드(2.7킬로그램)

건조한 우설 6개

최상급 흰 비스킷 50파운드(22.6킬로그램)

쌀 6파운드(2.7킬로그램)

후추 0.5파운드(226그램)

건포도 6파운드(2.7킬로그램)

최상급 백포도주 식초 1쿼터(1리터)

글로스터 치즈 1개

그 20개의 꾸러미가 단단히 꾸려져서 말 등에 올려졌고 하급 장교들은 꾸러미 하나씩을 선물로 받았다. 하급 장교들은 무척 감사한 마음으로 그 선물을 받았고, 두 연대장은 더없이 고마워하며 식민지 주민의 친절에 감사하다는 편지를 나에게 보냈다. 브래독 장군도 짐마차 등을 확보해준 나의 수고에 무척 만족해하며 내가 선급금으로 지급한 돈을 선뜻 정산해주었다. 또 나에게 고맙다는 말을 몇 번이고 되풀이하며 앞으로도 군수 물품을 주둔지로 보내는 걸 계속 지원해달라고 부탁했다. 나는 그 일을 도맡아 처리했고 장군의 패전 소식을 듣기 전까지 부지런히 했다. 이때도 내 돈 천 파운드 이상을 미리 당겨썼고 그에 대한 청구서를 장군에게 보냈다. 내가 보낸 청구서는 천만다행으로 운명의 전투가 벌어지기 며칠 전 그에게 도착했다. 장군은 즉시 나에게 천 파운드를 갚으라는 명령서를 회계관에게 보냈고 나머지 액수는 다음 기회로 미뤄졌다. 지금 생각하면 천 파운드를 받은 것만도 행운이었다. 나머지는 영원히 되돌려받지 못했기 때문이다. 이에 대해서는 뒤에서 더 자세히 이야기하겠다.

브래독 장군은 용감한 사람이었다. 유럽에서 일어난 전쟁에서 활약했다면 훌륭한 장군으로 명성을 떨쳤을지도 모르겠다. 그러나 자신감이 지나쳤고 정규군의 역량을 너무 높이 평가했으며, 미국인과 인디언으로 구성된 군대는 대수롭지 않게 생각했다. 우리의 인디언 통역인 조지 크로건은 백여 명의 인디언을 데리고 장군 진영에 합류했다. 장군이 그들을 안내인이나 정찰병 등으로 활용했다면, 또 그들에게 조금이라도 자상하게 대했더라면 큰 도움이 되었을 것이다. 그러나 장군은 그들을 무시하고 얕잡아보았다. 그리하여 인디언들은 하나둘씩 그의 곁을 떠났다.

언젠가 장군은 나와 대화하던 중에 진군 계획을 대략 설명했다. “두케인 요새를 점령한 뒤에 나이아가라로 진군하려고 합니다. 나이아가라를 점령한 뒤에는 프론트낙까지 진군할 겁니다. 날씨가 허락해야 하겠지만 두케인 점령까지 사나흘 이상 걸리지 않으리라 생각합니다. 그러고 나면 우리가 나이아가라까지 진군하는 길을 그 무엇도 방해하지 못합니다.”

그의 군대가 숲에서 좁은 길을 진군할 때 피할 수 없는 나무나 덤불 지대를 만나면 기나긴 행렬이 끊어질 수 있다는 생각이 들었고, 이로쿼이족 땅을 침입한 1,500명의 프랑스군이 처참하게 패했다는 글을 읽은 적이 있었기 때문에 나는 장군의 진군 작전이 약간 의심쩍고 우려되었다. "물론 장군님의 군대가 제때 두케인에 도착하면 계획대로 될 겁니다. 장군님의 군대는 잘 훈련되어 있고 대포도 갖추었지만 두케인은 아직 요새화되어 있지 않고, 들리는 소문에 의하면 수비대가 강력하지도 않다고 하니 저항이 있더라도 오래 버티지 못할 겁니다. 다만 제가 걱정하는 한 가지는 인디언의 매복입니다. 인디언들은 매복해 있다가 기습적으로 공격하는데 무척 능숙합니다. 좁은 숲길은 병사들이 한 명씩 줄지어 설 수밖에 없어 6킬로미터에 이르는 행렬을 측면에서 기습 공격하면 실처럼 몇 토막으로 끊어질 염려가 있습니다. 그렇게 간격이 벌어지면 서로 제때 도움을 주기 쉽지 않을 겁니다."

브래독 장군은 내 말에 빙그레 웃으며 대답했다. "그 야만인들이 미국 민병대에는 무서운 적군일 수 있지만 잘 훈련된 국왕 정규군에는 별다른 위협이 되지 않을 겁니다." 나는 직업 군인과 논쟁하는 게 주제넘은 짓이라 생각해 더는 말하지 않고 입을 다물었다. 다행히 적군은 내가 염려하던 영국군의 약점을 이용하지 않았다. 긴 행렬은 적에게 노출되었지만 요새를 15킬로미터쯤 남겨 놓고 진군할 때까지 아무런 방해를 받지 않았다. 선봉대가 강을 건너고 후속 부대가 넘어오기를 기다리느라 진군은 잠시 멈췄다. 그들이 멈춘 곳은 지금까지 지나온 길보다 더 넓은 곳이었다. 그때

갑자기 적군이 나무와 덤불 뒤에서 선봉대를 향해 집중적으로 총을 쏘아댔다. 장군은 그제야 적군이 가까이 와 있다는 걸 깨달았다. 선봉대가 혼란에 빠지자 장군은 서둘러 지원군을 보냈다. 그러나 지원군도 짐마차와 짐과 마소 등과 뒤엉키며 갈가리 흩어져 갈피를 잡을 수 없었다. 게다가 그들 측면에서 총격이 시작되었고 장교들은 말을 타고 있어 더 쉽게 눈에 띄었다. 따라서 적군의 표적이 되어 속절없이 쓰러졌다. 병사들은 아무런 명령도 받지 못한 채 옹기종기 모여 있다가 총격을 받았고 3분의 2 가까이 죽어 나갔다. 모두 두려움에 사로잡혀 허겁지겁 달아나기 바빴다.

마부들은 말을 짐마차에서 풀어내고 재빨리 말에 올라타 달아났다. 그 모습을 보고는 모두가 뒤따랐다. 그리하며 짐마차와 식량, 대포와 군수품이 고스란히 적군 손에 넘어갔다. 브래독 장군도 부상을 당했지만 겨우 빠져나왔고 부관이던 셜리 씨는 그의 옆에서 숨을 거두었다. 장교 86명 중 63명이 죽거나 다쳤고, 병사 1,100명 중에는 714명이 죽었다. 1,100명은 군대에서 선발된 병사들이었다. 나머지 병사는 던바 대령의 지휘하에 후방에서 상대적으로 무거운 군수품, 식량과 짐을 싣고 뒤따라올 예정이었다. 도망친 병사들이 던바 대령의 진지에 도착했을 때 적군이 그들을 추적해 오지는 않았지만, 그들이 몰고 온 공포심이 순식간에 던바 대령과 그의 병사들을 사로잡았다. 당시 그에게는 병력이 천 명 이상 있었고 브래독을 물리친 적군의 병력은 인디언과 프랑스군을 다 합쳐도 4백 명이 넘지 않았다. 그럼에도 던바 대령은 진격해서 잃어버린 명예를 조금이나마 회복하려 하지 않고 군수품과 탄약 등을 모두 파괴하라는 명령을 내렸다. 짐이 될 물품들을 줄이고 더 많은 말을 확보해 신속하게 정착지까지 후퇴하려는 조치였다. 안전한 곳으로 후퇴한 던바 대령은 버지니아, 메릴랜드, 펜실베이니아 총독들로부터 전방에 병사들을 배치해 주민들을 보호해달라는 요청을 받았다. 그러나 자신이 보호받을 수 있는 필라델피아까지 후퇴하기 전까지는 자신도 안전하지 않다고 생각했던지 서둘러 세 지역을 지나쳐 버렸다. 우리 미국인들은 이 과정을 처음부터 끝까지 지켜본 까닭에 아무런 근거도 없이 영국 정규군의 용감무쌍함을 찬양해온 것이 아닌가 하는 의심을 처음으로 품게 되었다.

게다가 영국은 미국 땅에 상륙한 때부터 정착지까지 행군하는 내내 주민들을 약탈했다. 심지어 이런 만행에 항의하는 사람들을 모욕하고 욕하는 데 그치지 않고 가두기까지 했다. 그 때문에 완전히 쑥대밭이 된 가정이 한둘이 아니었다. 우리를 지켜줄 군대가 필요한 것은 사실이었지만 그런 군대는 차라리 없으니만 못할 정도였다. 1781년 우리를 도와준 프랑스군은 얼마나 달랐던가! 그들은 로드아일랜드부터 버지니아까지 거의 1,130킬로미터를 행군할 때까지 사람들이 많이 사는 지역을 지나면서도 돼지 한 마리, 닭 한 마리, 심지어 사과 하나도 건드리지 않아 주민들로부터 조금의 불만도 나오지 않았다.

브래독 장군의 부관 중 한 명인 옴 대위는 심하게 다쳐 장군과 함께 후송되었고, 며칠 뒤 장군이 숨을 거둘 때까지 그와 함께 지냈다. 옴 대위가 나에게 해준 말에 따르면 장군은 첫날 온종일 아무 말도 하지 않다가 밤이 되자 불쑥 “이런 지경이 될 거로 누가 생각이나 했겠나?”라고 내뱉고는 다시 깊은 침묵에 빠졌다고 한다. 그의 침묵은 이튿날에도 이어졌고 마침내 “다시 그놈들과 맞붙으면 더 잘 해낼 수 있을 텐데”라고 말하고는 몇 분 뒤 숨을 거두었다.

브래독 장군의 모든 명령과 지시 및 통신을 기록한 부관의 서류도 적군 손에 들어가고 말았다. 적군은 상당수의 자료를 프랑스어로 번역해 인쇄했다. 선전포고하기 전에 영국 정부가 자신들에게 적대감이 있었다는 걸 증명하려는 조처였다. 그렇게 번역된 자료 중에는 브래독 장군이 내각에 보낸 편지가 있었다. 내가 군대에 제공한 도움을 극구 칭찬하며 나를 배려해달라고 부탁하는 편지였다. 프랑스 대사 하트퍼드 경의 비서였고 나중에는 국무장관 에드워드 콘웨이 장군의 비서를 지낸 데이비드 흄(David Hume, 1711~1776)도 나에게 그 서류 중에서 브래독 장군이 나를 적극 추천한 편지를 본 적이 있다고 수년 뒤에 말해주었다. 하지만 원정 자체가 실패했기 때문에 내 도움은 크게 인정받지 못했다. 결국, 브래독 장군의 추천은 내게 아무런 도움이 되지 않았다.

내가 장군에게 유일하게 요구한 보상은 우리가 돈을 주고 산 연한(年限) 계약 노동자를 더는 징집하지 말라고 장교들에게 명령하고 이미 징집한 계약 노동자들도 풀어달라는 부탁뿐이었다. 장군은 내 부탁을 순순히 들어주었고, 따라서 많은 계약 노동자가 원래 주인에게로 돌아갔다. 그러나 장군의 뒤를 이어 지휘권을 물려받은 던바 대령은 그리 너그럽지 않았다. 그가 후퇴해서, 더 정확히 말하면 도망쳐서 필라델피아에 머물 때 나는 그에게 랭커스터의 세 가난한 농가에서 징집한 계약 노동자들을 풀어달라고 부탁하며 고인이 된 브래독 장군의 명령을 상기시켰다. 던바 대령은 뉴욕으로 가는 길에 트렌턴에 며칠 동안 머물 예정이라며 주인들이 그곳으로 찾아오면 그들에게 계약 노동자들을 인계하겠다고 나에게 약속했다. 그래서 그들은 적잖은 비용을 들여가며 트렌턴까지 가는 수고를 아끼지 않았지만 던바 대령은 약속을 지키지 않았고 그들에게 큰 실망감만 안겼다.

짐마차와 말을 적군에게 빼앗겼다는 사실이 알려지자 주인들은 나에게 몰려와서는 내가 지불하기로 보증한 돈을 내놓으라고 요구했다. 그들의 요구로 나는 큰 곤경에 빠졌다. 나는 회계관이 그에 해당하는 돈을 준비해두었지만 셜리 장군의 명령이 있어야만 그 돈을 지급할 수 있으며, 이미 셜리 장군에게 편지로 지급요청을 했다고 그들에게 전달했다. 다만 셜리 장군이 멀리 떨어진 곳에 있어 즉시 답장을 받을 수 없는 것뿐이니 참고 기다려 달라고 부탁했다. 하지만 이 모든 조치가 만족스럽지 않았던지 몇몇이 나를 고소했다. 셜리 장군이 위원들에게 청구서를 조사한 뒤에 지급하라고 명령함으로써 결국 나는 그 끔찍한 상황에서 풀려날 수 있었다. 보상액이 거의 2만 파운드에 달했기에 내가 그 돈을 떠안았더라면 파산하고 말았을 것이다.

브래독 장군이 패전했다는 소식이 전해지기 전에 두 명의 본드 박사(필라델피아에 병원을 세우려던 토머스 본드와 물리학자인 본드 박사를 말한다—편집자)가 나를 찾아와 장군이 두케인 요새를 점령했다는 소식이 들리면 곧바로 대대적인 불꽃놀이를 개최할 수 있도록 비용을 모금하자고 제안했다. 나는 정색하며 승리를 축하해도 괜찮다는 걸 알고 나서 준비해도 시간이 충분할 것이라고 대답했다. 내가 그들의 제안에 바로 동의하지 않자 그들은 약간 놀라는 듯했다. "어, 설마 요새를 점령하지 못할 수도 있다고 생각하진 않겠지요?" 그들 중 한 명이 나에게 물었다. "확실히 단정할 순 없지요. 전쟁에서는 확실하게 단정할 수 있는 건 없다는 것만 확실합니다." 그리고 나는 그렇게 의심하는 이유를 몇 가지 말해주었다. 결국, 모금 계획은 취소되었고 그리하여 불꽃놀이가 준비되었더라면 그들이 감수했을 굴욕도 피할 수 있었다. 그런 일이 있고 나서 언젠가 본드 박사는 내 육감이 섬뜩할 정도라고 말했다.

브래독의 패전이 있기 전부터 모리스 총독은 성가실 정도로 의회에 교서를 보내 지역 방어를 위한 재정 마련 법안을 만들더라도 칙허 영주에게는 과세하지 말라고 의원들을 괴롭혔고, 그런 예외 조항이 없는 법안은 예외 없이 거부했다. 브래독의 패전 뒤에는 지역 방어의 위험과 필요성이 더욱 커진 까닭에 총독은 자기 뜻대로 될 것이라 확신하며 의회를 더 심하게 공격했다. 하지만 의회는 정의가 그들 편이라 굳게 믿으며 완강히 버텼고, 총독이 징세 법안을 수정하도록 허용하게 된다면 기본 권리를 포기하는 정도로 생각했다. 의회가 5만 파운드를 지원하는 법안을 최종 제시하자 총독은 한 단어만 수정하자고 제안했다. 원 법안은 "모든 동산과 부동산에 과세되며, 칙허 영주의 재산도 예외가 아니다"였는데 총독은 not을 only로 바꾸자고 제안했던 것이다. 그러면 "칙허 영주의 재산만은 예외다"가 되므로 겨우 한 단어였지만 엄청나게 다른 의미였다. 우리는 총독의 교서에 대한 의회의 답변을 우리에게 우호적인 영국 인사들에게 신중하게 전하던 터였다. 그래서 이런 억지가 영국에 전해지자 그곳에 있는 우리 친구들은 총독에게 그런 지시를 내린 칙허 영주들의 비열하고 부당한 행위를 신랄히 비난했다. 몇몇 친구는 칙허 영주들이 지역 방어를 훼방하므로 그들의 권리를 박탈해야 한다고 주장하기도 했다. 이런 반응에 칙허 영주들은 위협을 느꼈던지 의회가 지역 방어를 위해 얼마를 내든 간에 자신들의 돈을 5천 파운드 더하라고 세입 징수관에게 지시했다.

그 소식이 통지되자 의회는 그 돈을 원래 그들이 납부해야 할 국세의 일부로 전환하기로 했다. 따라서 국세에서 그 액수만큼 면제한다는 새 법안이 제정되고 통과되었다. 또 그 법안을 근거로 나는 6만 파운드에 달하는 돈을 사용할 수 있는 위원 중 한 명으로 임명되었다. 나는 그 법안을 기초할 때부터 관계했고 법안 통과를 위해서도 적극 활동했다. 또한, 자발적인 민병 조직을 구성해 훈련시키는 법안도 기초했다. 퀘이커교도에게 참여 여부를 결정하는 자율권을 주었기 때문에 그 법안은 의회에서 별다른 어려움 없이 통과되었다. 민병대 조직에 필요한 협회의 필요성을 알리기 위해 나는 민병대에 관해 제기될 수 있는 반론들을 언급하고 그에 대답하는 문답집을 만들어 인쇄해 배포했다. 예상했듯 그 문답집은 엄청난 파급 효과를 일으켰다(문답집과 민병대조직법은 1756년 2월과 3월에 『젠틀맨스 매거진 *The Gentleman's Magazine*』에 수록되었다).

18장

프랭클린의 국경 방어

도시와 농촌에서 몇몇 조직이 결성되어 훈련받고 있을 때 총독은 북서쪽 전방에 적군이 뻔질나게 출몰한다며 나에게 민병대를 조직하고 요새를 지어 그곳 주민들을 지키는 책임을 떠안기려 했다. 나는 그런 일을 하기에 적임자가 아니라고 생각했지만 결국 그 임무를 떠맡고 말았다. 총독은 내게 적합하다고 생각하는 사람을 장교로 임명할 수 있는 전권을 주었다. 민병대원 모집에는 큰 어려움이 없어 금세 560명을 내 지휘하에 둘 수 있었다. 전에 있었던 캐나다와의 전쟁에서 군 장교로 복무했던 내 아들이 보좌관으로 활동하며 큰 도움을 주었다. 인디언들이 모라비아 형제단이 정착한 마을 그나덴헛을 불사르고 그곳 주민들을 학살한 적이 있었지만, 그곳이 요새를 세우기엔 가장 적합한 곳으로 생각되었다.

그곳까지 행군하기 위해 나는 모라비아 형제단 주요 정착지인 베들레헴에 그들을 집결시켰다. 그나덴헛에서 벌어진 학살에 따른 위험을 깨달아서였지 베들레헴에 갖추어진 방어 시설은 놀라울 정도였다. 주요 건물들에는 방책이 둘러쳐져 있었다. 또한, 뉴욕에서 상당량의 무기와 탄약을 구입해두었고 높은 석조 주택의 창문과 창문 사이에 작은 포장용 돌을 잔뜩 쌓아두어 여성도 막무가내로 밀고 들어오려는 인디언들의 머리를 향해 돌을 던질 수 있도록 했다. 수비대가 주둔한 어느 마을이나 그렇듯이 그곳에서도 무장한 교인들이 조직적으로 교대하며 경계를 섰다.

스판겐버그 주교와 대화하던 중 나는 모라비아 형제단이 무장한 게 놀랍다고 말했다. 모라비아 형제단은 영국 의회의 법령에 따라 식민지에서 의무적인 군 복무가 면제되었기 때문이다. 이런 사실을 알았으므로 나는 그들 양심에 반해 무기를 들길 주저하리라 생각했다. 그러나 주교의 설명에 따르면 반전(反戰)은 애초부터 그들의 확정된 교리가 아니라 영국 의회에 군 면제 허락을 받을 때 다수의 교인에게 교리로 여겨진 것에 불과하다고 했다. 당시에는 놀랍게도 소수에게만 그 믿음이 교리로 받아들여졌다. 그들이 자신을 속인 게 아니라면 의회를 속인 게 분명한 듯했다. 그러나 위험이 눈앞에 닥치면 변덕스러운 의견보다 상식적 판단이 훨씬 더 강력한 힘을 발휘하는 법이다.

1월이 되자 우리는 요새 건설 작업에 착수했다. 나는 부대 하나를 미니싱크에 보내 그곳을 지키는 요새를 위쪽과 아래쪽에 각

각 하나씩 세우라고 했고, 그나덴헛에도 요새가 화급히 필요하다는 생각에 남은 병력을 이끌고 직접 그곳으로 가기로 했다. 모라비아 형제단은 나에게 연장과 군수품, 짐 등을 싣도록 다섯 대의 짐마차를 구해주었다.

우리가 베들레헴을 떠나기 직전에 농부 11명이 나를 찾아왔다. 그들은 인디언들의 공격을 받아 농장에서 쫓겨났다며 농장에 돌아가 가축을 가지고 나올 수 있도록 무기를 달라고 했다. 나는 그들 각자에게 총 한 자루와 적당한 양의 탄약을 주었다.

우리가 행군을 시작하고 얼마 지나지 않아 비가 내리기 시작했는데 종일토록 그치지 않았다. 길 주변에는 비를 피할 만한 인가가 한 곳도 없었다. 밤이 가까워서야 독일인이 사는 집을 한 채 발견했다. 우리는 비에 흠뻑 젖어 있었기 때문에 온기를 빼앗기지 않으려고 그의 헛간에 몸을 웅크린 채 옹기종기 모여 있었다. 행군 중에 공격을 받지 않은 것만도 천만다행이었다. 우리가 가지고 있던 무기는 지극히 평범했고 병사들은 방아쇠를 마른 상태로 유지할 수 없었기 때문이었다. 인디언들은 빗속에서도 무기를 젖지 않게 하는 데 능숙했지만, 우리에게는 그런 재주가 없었다. 앞에서 언급한 11명의 농부는 그날 인디언들과 마주쳤고, 10명이 죽었다. 가까스로 탈출한 한 명이 전한 소식에 따르면 동료들과 자신의 총도 점화 장치가 비에 젖어 발사되지 않았다.

다음 날은 화창해서 행군을 계속한 끝에 우리는 황량하게 변한 그나덴헛에 도착했다. 근처에 제재소가 있었고 그곳 주변에는 판자들이 쌓여 있었다. 우리는 그 판자로 임시 막사를 지었다. 우리에게 천막이 없었기 때문에 날씨가 나쁜 계절에 행군할 때는 더욱더 이런 작전이 필요했다. 그전에 가장 먼저 마을 사람들이 대강 묻어둔 시신들을 찾아내 제대로 묻어주었다.

이튿날에는 요새를 설치할 곳을 결정하고 표시해두었다. 둘레가 약 140미터여서 지름이 30센티미터가량 되는 나무 말뚝이 460개쯤 필요했다. 우리에게는 70개의 도끼가 있었고 곧바로 나무를 베기 시작했다. 병사들은 도끼를 능수능란하게 다루었으며 신속하게 나무를 베었다. 순식간에 나무가 쓰러지는 걸 지켜보던 나는 두 사람이 한 그루의 소나무를 베는 데 몇 분이나 걸리는지 측정해보고 싶었다. 두 사람이 나무를 베기 시작하고 6분 만에 나무가 땅 위로 쓰러졌다. 나무 굵기는 35센티미터 정도였다. 소나무 한 그루에서 한쪽 끝이 뾰족한 5미터가량의 말뚝 3개가 만들어졌다. 이렇게 말뚝이 준비되는 동안 다른 병사들은 90센티미터 깊이로 참호를 팠다. 말뚝을 박을 곳이었다.

또 짐마차에서 본체를 떼어낸 뒤 연간(連杆) 두 부분을 연결하는 핀을 벗겨 앞바퀴와 뒷바퀴를 분리했다. 그렇게 두 마리의 말이 끄는 10개의 수레를 만들어 숲에서부터 요새까지 말뚝을 옮겼다. 말뚝이 다 세워지자 목수 일을 맡은 병사들이 울타리를 빙 둘러가며 1.8미터 높이로 발판을 만들었다. 병사들이 그 위에 올라서서 말뚝에 몸을 가린 채 구멍을 통해 총을 쏠 수 있었다. 포신이 완전히 회전하는 소형 대포가 있어서 우리는 한쪽 모퉁이에 선회포를 설치하고 고정한 뒤에 시험 삼아 발포해보았다. 인디언들이 그 소리를 듣게 해 우리가 그런 대포를 지니고 있다는 걸 알림으로써 겁먹게 하기 위해서였다. 그런 보잘것없는 방책에도 요새라는 멋진 이름을 붙일 수 있다면, 여하튼 우리는 일주일 만에 요새를 완성했지만 그 일주일간 하루건너 비가 억수로 내린 까닭에 병사들은 제대로 일을 할 수 없었다.

이 과정에서 나는 사람들이 일할 때 가장 행복해한다는 걸 알게 되었다. 일하는 날에는 온화하고 활달하게 지냈으며 하루 일을 멋지게 끝냈다는 생각에 저녁 시간을 즐겁게 보냈다. 그러나 빈둥거리며 낮 시간을 보내면 먹을 것과 빵 등에서 사소한 트집을 잡아가며 짜증을 부리거나 걸핏하면 싸우려 들었다. 요컨대 언짢은 기분을 노골적으로 드러냈다. 그런 그들을 지켜볼 때 선원들에게 끊임없이 일을 시키는 걸 원칙으로 삼았던 어떤 선장이 떠올랐다. 항해사에 따르면, 선원들이 모든 일을 끝내 더는 시킬 일이 없다고 하자 그 선장은 "그럼 닻을 끌어올려 박박 문질러 닦으라고 하게"라고 말했다고 전했다.

우리 요새는 초라하기 짝이 없었지만, 인디언들에게는 대포가 없었기 때문에 그들을 막기에는 충분했다. 안전한 요새가 완성되고 여차하면 퇴각할 곳이 마련된 까닭에 우리는 수색대를 편성해 인접한 지역을 정찰하러 나갔다. 인디언들과 마주치지는 않았지만 인근 언덕에서 그들이 우리의 일거수일투족을 감시하며 남긴 흔적을 찾아냈다. 그 흔적들에서 그들의 재주를 엿볼 수 있었는데 여기에 짤막하게 언급해보려 한다.

그때는 겨울이어서 그들에게는 불이 필요했다. 그러나 지표면에 모닥불을 피우면 불빛 때문에 멀리서도 위치가 발각될 염려가 있어 그들은 직경 0.9미터 정도의 구덩이를 팠다. 또 숲 곳곳에 쓰러진 불탄 통나무 테두리에서 숯을 손도끼로 긁어낸 흔적을 발견했다. 그들은 그 숯으로 구덩이에 불을 피웠을 것이고, 구덩이 주변의 잡초와 풀에는 눌린 흔적이 있었던 것으로 보아 자기 발을 구덩이 안에 넣고 둥그렇게 누웠을 것으로 추정했다. 그렇게 발을 따뜻하게 하는 게 몸의 보온을 위해 무엇보다 중요하기 때문이다. 이렇게 모닥불을 조심스레 관리한 까닭에 불빛과 불꽃 혹은 연기로 그들 위치가 발각되지 않았던 것이다. 그들의 수는 그리 많지 않은 것 같았다. 우리가 압도적으로 많아 공격해봤자 손해라고 판단한 듯했다.

우리 부대에는 열성적인 장로교 목사 비티 씨가 군목으로 있었다. 언젠가 병사들이 기도회와 예배에 제대로 참석하지 않는다며 그는 나에게 불평을 쏟아냈다. 병사들을 징집할 때 급료와 식량 외에 하루에 럼주 4분의 1파인트(약 120밀리리터)를 제공하겠다고 약속했다. 그 약속은 아침에 절반, 저녁에 절반씩 어김없이 지켜졌고 병사들은 럼주를 받을 시간이 되면 어김없이 제시간에 나타났다. 그래서 나는 비티 목사에게 그것에 대해 말하고는 이렇게 덧붙였다. "럼주를 나눠 주는 일이 목사의 위신을 깎아내리는 듯 보이지만 목사님이 기도회 직후에 럼주를 나눠 준다면 병사들이 기도

회에 참석할 겁니다." 비티 목사는 내 생각이 동의하며 그 역할을 기꺼이 도맡았다. 럼주의 양을 계량하느라 몇몇 사람의 도움을 받아야 했지만 비티 목사는 그 임무를 만족스럽게 해냈고 기도회에 참석하지 않거나 늦는 병사 또한 거의 없었다. 따라서 예배에 참석하지 않았다고 군법으로 처벌하는 것보다는 이런 방법이 더 낫다는 생각이 들었다.

요새 건설을 끝내고 식량도 상당히 비축해두었을 때쯤 총독이 나에게 보낸 편지가 도착했다. 그가 의회를 소집했는데, 전방 상황이 내가 더 머물 필요가 없을 정도로 안정되었다면 의회에 참석해주길 바란다는 편지였다. 의회 동료들도 나에게 가능하면 회의에 참석하라고 독촉하는 편지를 잇달아 보냈다. 나는 계획대로 요새 세 곳 건설을 끝냈고 주민들도 우리 군대의 보호 아래 각자 농장에 머물고 싶어 했기 때문에 돌아가기로 했다. 때마침 뉴잉글랜드 출신 장교로 인디언과의 전쟁 경험이 있는 클래펌 대령이 우리 요새를 방문 중이었다. 나는 그에게 그곳을 지휘해달라고 부탁했고 그는 내 부탁을 받아들였다. 그리하여 나는 병사들을 사열한 뒤 그에게 권한을 위임하는 행사를 했다. 병사들에게는 그가 전투 경험이 많은 노련한 장교여서 나보다 요새를 지휘하는 데 더 적합할 거라고 했다. 그리고 병사들에게 짤막한 당부의 말을 남긴 뒤 요새를 떠났다. 병사들은 나를 베들레헴까지 호위했다. 나는 그곳에서 며칠 머물며 그동안 쌓였던 피로를 풀었다. 그나덴헛에서 딱딱한 바닥에 담요 한두 장만 깔고 자던 때와 너무나 달랐기 때문이었을까 첫날 밤에는 푹신한 침대에 누웠는데도 쉽게 잠들지 못했다.

베들레헴에 머무는 동안 나는 모라비아 형제단의 관습에 관해 알아보았다. 몇몇 형제가 동행해 내 조사를 도왔고 그들 모두 무척 친절했다. 그들은 함께 일하며 재산을 공유했고 식사도 모두 다 함께 하며 공동 숙소에서 잠을 잤다. 다수가 함께 생활하는 공동 숙소 천장 바로 앞에는 일정한 간격을 두고 구멍이 나 있었다. 내 생각에는 공기 환기를 위한 현명한 조치인 듯했다.

그들의 교회에도 가보았다. 오르간과 바이올린, 오보에와 플루트, 클라리넷 등이 어우러져 빚어낸 멋진 연주가 내 귀를 즐겁게 했다. 그들은 우리처럼 남녀노소 뒤섞여 설교를 듣지 않고 결혼한 남자끼리, 결혼한 여자끼리, 젊은 남자끼리, 젊은 여자끼리, 혹은 어린아이끼리 별도로 모여 설교를 들었다. 어린아이들을 위한 설교를 들어보았다. 아이들은 차례로 들어와 길쭉한 의자에 줄지어 앉았다. 남자아이들은 교사인 듯한 청년의 인도를 받았고, 여자아이들은 젊은 여성의 인도를 받았다. 설교는 아이들 눈높이에 맞춘 재밌고 친숙한 방식으로 진행되었고 아이들에게 착하게 행동해야 한다고 가르쳤다. 아이들은 무척 질서 있게 행동했지만, 왠지 힘이 없고 병약해 보였다. 오랫동안 너무 실내에서만 지내고 충분히 뛰어놀지 못한 탓이 아닌가 싶었다.

모라비아 형제단의 결혼 방식에 관해 물었다. 제비뽑기로 배우자를 선택한다는 소문이 사실인지 확인하고 싶었다. 그들은 특별한 경우에만 그렇게 한다고 대답했다. 예컨대 한 청년이 결혼하고 싶으면 자신이 속한 모임의 원로에게 알리고 그 원로들이 아가씨를 관리하는 여성 원로들과 상의한다. 그 원로들은 자신들이 맡는 젊은이들의 성격과 성향을 잘 파악하고 있어서 어떻게 짝지어 주는 게 이상적인지 잘 판단할 수 있다고 인정해 대체로 그들 결정을 따랐다. 그러나 그 청년의 짝으로 두세 명의 아가씨가 똑같은 정도로 적절하다고 판단되면 제비뽑기로 결정한다는 것이다. 그런 짝짓기는 당사자들의 자연스러운 선택이 아니어서 불행한 결혼이 될 수 있지 않겠느냐고 반박하자 나를 안내하던 형제가 "당사자들이 스스로 선택하더라도 그럴 수 있지 않나요?"라고 되물었다. 나는 부인할 수 없었다.

필라델피아에 돌아와 보니 순조롭게 민병대가 조직되고 있었다. 퀘이커교도가 아닌 주민들이 참여해 중대를 결성했고 새 법령에 맞추어 대위와 중위와 소위를 뽑았다. 그즈음 B 박사가 나를 찾아와 새 법령을 잘 받아들일 수 있도록 주민들을 설득하느라 무진 힘들었다며 스스로 공치사했다. 나는 내가 쓴 대화집 덕분이라 생각하며 우쭐했지만, 그가 맞을지도 모른다는 생각도 들어 계속 그렇게 여기도록 내버려 두었다. 내 경험상 그런 경우에는 딴지를 걸지 않는 게 최선이다. 장교들이 모여 나를 연대장으로 선출했고 이번에는 나도 그들의 선택을 받아들였다. 지금은 우리 연대에 중대 몇 개가 있었는지 기억나지 않지만, 우리는 약 1,200명의 늠름한 병사와 여섯 문의 놋쇠 야전포를 갖춘 포병 중대를 사열했다. 포병들은 어느새 전문가가 다 되어 1분에 12발을 포격할 수 있을 정도였다.

연대 사열 첫날, 그들은 나를 집까지 데려다주었고 집에 도착해서는 문 앞에서 여러 발의 축포를 쏘아 올려 나에게 경의를 표했다. 그때의 충격으로 내 전기 실험 기구가 흔들리면서 유리관 서너 개가 깨지고 말았다. 내가 새로 얻는 직책 또한 유리관과 크게 다를 바 없었다. 영국에서 관련법이 폐지되며 우리 임무도 끝났기 때문이다.

대령으로 재직한 짧은 기간에 나는 버지니아에 갈 일이 있었다. 연대 장교들은 나를 도시 외곽 로어 페리까지 호위하는 게 마땅하다고 생각했는지, 집을 나와 말에 오르려고 하는데 삼사십 명 가량의 장교가 말을 타고 우리 집 앞에 나타났다. 모두 제복을 갖춰 입은 모습이었다. 그런 계획에 대해 전혀 알지 못한 터였다. 어떤 경우라도 그처럼 유난 떠는 걸 혐오했기 때문에 미리 알았더라면 틀림없이 못 하게 막았을 것이다.

그들이 그렇게 나타난 것이 지극히 못마땅했지만 그렇다고 그들이 동행하겠다는 걸 막을 수도 없는 노릇이었다. 설상가상으로 내가 움직이기 시작하자 그들 모두가 칼을 뽑아 들고 번뜩이는 칼날을 드러낸 채로 끝까지 따라왔다. 누군가 이 사건을 칙허 영주에게 편지로 알렸고, 그는 몹시 화를 냈다. 그가 우리 지역에 왔을 때 그런 대접을 받아본 적이 없었고 총독들도 마찬가지였기 때문이다. 그리고 그의 말에 따르면 그것은 왕족의 왕자들이나 받을 법한 대우라고 했다. 예나 지금이나 그런 예법에 대해 아는 게 없는 나로서는 그런 지적이 맞는 듯하다.

그 어리석은 사건으로 나에 대한 칙허 영주들의 반감이 더욱 커졌다. 내가 의회에서 칙허 영주의 토지에 대한 면세를 집요하게 반대하고, 칙허 영주가 면세를 요구하는 행위는 천박하고 부당하다고 신랄하면서도 맹렬하게 비난했던 까닭에 전부터 나에 대한 감정이 좋지 않은 터였다. 결국, 한 칙허 영주는 내가 왕을 위해 일하는 데 큰 걸림돌이 되고 의회의 영향력을 악용해 기금 모금 법안 통과를 방해한다는 이유로 내각에 고발했다. 게다가 장교들이 도심 밖까지 나를 호위한 사건은 이 지역의 지배권을 무력으로 탈취하려는 증거로 삼았다. 그 칙허 영주는 우정장관 에버라드 포크너 경(Everard Fawkener, 1694~1758)에게도 나에게서 우정 사업 업무와 관련된 직책을 박탈하라고 탄원했다. 하지만 에버라드 경은 나에게 가볍게 경고하는 데 그쳤을 뿐 다른 피해는 받지 않았다.

총독과 의회는 끊임없이 다투었음에도 의회에서 상당한 영향력을 지니고 있던 나와 총독의 관계는 여전히 우호적이었다. 개인적으로는 우리 사이에는 어떤 불화도 없었다. 그 이후에 내가 그의 교서에 대한 답변을 쓴다는 걸 알았음에도 그가 나에게 전혀 혹은 거의 반감을 갖지 않았던 이유를 생각해보면 직업적인 성향 때문이 아니었을까 싶다. 그는 변호사로 잔뼈가 굵었기 때문에 우리 둘의 관계를 소송에서 고객을 대리한 변호인, 요컨대 그는 칙허 영주들을 대리하고 나는 의회를 대리하는 변호인쯤으로 생각했기 때문인지도 모른다. 그래서 그는 가끔 나를 불러 까다로운 쟁점에 대해 친근한 태도로 조언을 요청했고 자주는 아니었지만 간혹 내 조언을 받아들이기도 했다.

우리는 브래독 장군의 군대에 식량과 군수품을 공급하는 일에 긴밀히 협력했고, 그가 패했다는 충격적인 소식이 전해졌을 때 총독은 황급히 나에게 사람을 보내 벽촌 지역에서 정착자들이 빠져나오지 않도록 예방할 대책이 있는지 의견을 구했다. 그때 내가 어떻게 조언했는지는 잊었지만, 던바 대령에게 가능하면 병사들을 전방에 주둔시켜 그곳을 지키고 있다가 여러 식민지에서 증원군이 도착하면 그때 계속 전진하면 되지 않겠느냐고 설득하는 편지를 쓰라고 조언했던 듯하다. 그때 내가 전방에서 돌아왔다면 총독은 던바 대령과 그의 병사들에게는 다른 임무가 있다는 이유로 나에게 지역 군대를 이끌고 두케인 요새를 탈환하라는 임무를 맡겼을 것이다. 실제로 총독은 나를 장군에 임명하겠다고 제안하기도 했다. 하지만 나는 그의 생각만큼 군사 능력이 탁월하지 않았다. 지금 생각해보면 그도 내 군사 능력에 대한 실제 판단보다 과장해 말했던 것이 분명한 듯하다. 그러나 내 인기를 이용하면 병사를 모집하기가 한결 쉽고 내 영향력을 이용해 칙허 영주의 토지에 과세하지 않고도 의회에서 병사들을 지원할 돈을 받아낼 수 있을지 모른다고 생각했을 것이다. 그러나 내가 그의 생각대로 호락호락 움직이지 않자 위에서 언급한 모든 계획은 중단되었고 곧이어 그는 총독직을 내려놓았다. 그리고 데니 대위가 그 뒤를 이어받았다

19장

과학 실험

새 총독이 부임한 이후 맡은 공적 임무에 대해 말하기 전에 내가 자연과학 분야에서 발명가로서 명성을 얻게 된 과정을 잠깐 언급하는 것도 나쁘지는 않을 듯싶다.

1746년 보스턴에 있을 때 얼마 전 스코틀랜드에서 온 스펜스 박사를 만났다. 그는 나에게 몇 가지 전기 실험을 보여주었다. 그는 뛰어난 전문가는 아니었던지 실험을 완벽하게 해내지는 못했다. 그러나 나에게는 생소한 실험이었던 까닭에 놀랍기도 하고 재밌기도 했다. 그리고 필라델피아로 돌아간 직후 우리 도서관은 런던 왕립학회 회원 피터 콜린슨(Peter Collinson, 1694~1768)으로부터 전기 실험용 유리관과 사용 설명서를 선물로 받았다. 나는 보스턴에서 했던 실험을 몇 번이고 되풀이할 기회를 놓치지 않았다. 수없이 실험을 반복한 끝에 나는 영국에서 보낸 설명서에 적힌 실험뿐만 아니라 여러 새로운 실험도 능숙하게 해낼 수 있었다. 그 새롭고도 경이로운 구경거리를 보려고 사람들이 한동안 우리 집을 끊임없이 찾아왔고 덕분에 나도 실험을 반복하며 실험 기구들에 익숙해질 수 있었다.

사람들에게 실험을 보여주어야 하는 부담을 친구들과 분담할 목적으로 나는 유리 공장에 의뢰해 비슷한 시험관을 제작해 여러 친구에게 나눠 주었다. 그리하여 서너 명의 실험자가 생겨났다. 그 중에서 가장 두각을 나타낸 재주꾼은 키너슬리 씨였다. 그는 내 이웃으로 뛰어난 재주꾼이긴 했지만, 직업이 없었다. 그래서 그에게 돈을 받고 실험을 보여주는 일을 해보라고 독려하며 그를 위해 두 권의 강의록도 써주었다. 앞엣것이 뒤엣것을 이해하는 데 도움이 되도록 실험 순서를 정리해 실험 방법을 설명해놓은 강의록이었다. 키너슬리 씨는 실험을 상연하기 위해 멋진 실험 기구를 마련했다. 내가 대충 만든 작은 기구들을 전문가들이 좀 더 정교하게 만든 것이었다. 그의 강연은 대단히 인기 있었고 청중들의 만족도 또한 높았다. 얼마 후에는 식민지 전역을 돌아다니며 모든 주요 도시에서 실험을 상연하고 적잖은 돈을 벌어들였다. 그러나 서인도 제도에서는 습한 날씨 때문에 실험하는 데 많은 어려움을 겪어야 했다.

나는 시험관을 선물로 보내준 콜린슨 씨에게 감사의 마음을 전하고 싶었다. 또 우리가 그 시험관을 성공적으로 사용하고 있다는 것을 그에게 알리는 게 마땅하다는 생각에 우리가 새롭게 시도

한 실험들에 대한 설명까지 포함해 그에게 서너 통의 편지를 보냈다. 콜린슨 씨는 왕립학회에 우리가 한 실험들을 소개했지만, 왕립학회 회원들은 우리 실험을 그들의 회보에 실어 회원들에게 알릴 가치가 있다고까지는 생각하지 않았다.

나는 키너슬리 씨에게 번개와 전기의 성질이 같다는 논문을 써서 보냈다. 지인이며 왕립학회 회원이던 미첼 박사에게도 그 논문을 보냈다. 미첼 박사가 내 논문을 학회에 소개했지만 전문가들에게 비웃음만 받았다는 답장을 보내왔다. 하지만 포더길 박사는 내 논문을 읽고는 그냥 묻어두기에는 아깝다며 인쇄해 배포하라고 조언했다. 한편 콜린슨 씨는 내 논문을 에드워드 케이브(Edward Cave, 1691~1754)에게 보내 그가 발행하던 『젠틀맨스 매거진』에 게재해달라고 부탁했다. 그러자 케이브는 내 논문을 소책자로 출간하기로 결정했고 포더길 박사는 추천사를 써주었다. 이익을 추구하는 출판업자 케이브의 판단은 정확히 들어맞았다. 나중에 다른 실험들도 덧붙여지면서 소책자가 4절판 책으로 커졌고 5판까지 발행되었다. 따라서 그는 인쇄비만 부담하고 내 논문으로 적잖은 돈을 벌어들였다.

내 논문은 상당한 시간이 지난 뒤에야 영국에서 비로소 주목을 받았다. 요컨대 영국에서 주목받기 전에 내 논문이 프랑스, 아니 유럽 전역에서 저명한 자연과학자 뷔퐁 백작(Georges-Louis Leclerc, Comte de Buffon, 1707~1788) 손에 들어갔다. 그는 물리학자 달리바르(Thomas-François Dalibard, 1709~1778)를 설득해 내 책을 프랑스어로 번역해 파리에서 출간하게 했다. 왕실 자연과학 분야 조언자이자 당시 대세이던 전기 이론을 구축하고 발표했던 유능한 실험가 놀레(Abbé Nollet, 1700~1770) 신부는 발표된 내 논문에 무척 불쾌해했다. 처음에 그는 그런 논문이 미국 땅에서 쓰였다는 걸 믿지 못하고 파리의 적들이 자신의 이론 체계를 훼손하려고 조작한 게 분명하다고 주변 사람들에게 말했다. 그리고 존재조차 의심하던 프랭클린이란 사람이 필라델피아에 진짜로 살아 있다는 걸 나중에야 확인하고 여러 편의 편지를 묶어 한 권의 책으로 발표했다. 내 실험의 진실성과 그 실험에서 끌어낸 결론을 부정하면서 그의 이론을 옹호하는 내용을 나에게 보내는 편지 형식으로 쓴 것이었다.

언젠가 나도 놀레 신부에게 답장을 쓰려고 했고 실제로 그렇게 하기 시작했다. 그러나 내 논문은 누구나 그대로 시도하면 확인할 수 있는 실험들을 설명한 것이어서 만에 하나라도 다른 결론이 나오면 무슨 수를 쓰더라도 옹호할 수 없었다. 또 이론적으로 내놓은 주장이 아니라 추측에 기반한 관찰이었기 때문에 굳이 옹호할 필요도 없었다. 더구나 두 사람이 다른 언어로 논쟁해야 한다는 걸 고려했을 때 상대방의 글이 잘못 번역되어 오해를 불러일으킨다면 지루하게 길어질 수도 있었다. 실제로 신부의 편지 중에는 번역의 오류에서 비롯된 것도 있었다. 해서 결국 내 논문은 그대로 두기로 했다. 더구나 공적인 일을 하며 아낀 시간으로 이미 끝난 실험을 두고 왈가왈부하는 것보다 새로운 실험을 시도하며 보내는 게 더 낫다고 생각했다. 이런 이유로 나는 놀레 신부에게 답장하지 않았지만, 그런 나의 침묵에 후회하지 않아도 될 만한 흥미로운 사건이 벌어졌다. 프랑스 과학 아카데미 회원이자 내 친구 장 바티스트 르루아(Jean-Baptiste Le Roy, 1720~1800)가 내 논문을 두둔하며 놀레 신부의 이론을 논박하는 사건이 벌어졌다. 곧이어 내 책은 이탈리아어, 독일어, 라틴어로 번역되었고, 그 안에 담긴 주장들은 유럽의 자연과학자들에게 놀레 신부의 이론보다 더 폭넓게 채택되었다. 따라서 놀레 신부는 학생이자 직계 제자이던 파리의 B 씨를 제외하고는 자기 학파에서 마지막 신봉자가 되었다.

그 책에서 제시한 여러 실험 중 하나인 구름에서 번개를 끌어내는 실험을 달리바르 씨와 드로르 씨가 마레에서 시도해 성공한 덕분에 내 책은 갑작스럽게 유명해졌다. 이 실험은 어느 곳에서든 많은 사람의 관심을 불러일으켰다. 특히 드로르 씨는 실험에 필요한 기구들을 갖추고 있었던 데다 그 분야 강의를 하는 전문가여서 "필라델피아 실험"이라고 칭한 실험을 반복해 보여줄 수 있었다. 그 실험이 왕과 대신들 앞에서 시연된 뒤로는 호기심 많은 파리 시민들이 그 실험을 보기 위해 모여들었다. 그 흥미로운 실험을 자세하게 설명하거나 그 직후 내가 필라델피아에서 연을 띄워 번개가 전기 현상이라는 걸 입증하는 데 성공했을 때 느꼈던 즐거움을 덧붙여서 이 글을 무겁게 만들고 싶지는 않다. 그에 관한 이야기는 전기에 관한 역사서에서 만날 수 있을 것이다.

파리에서 지내던 영국인 의사 라이트 씨는 왕립학회 회원인 친구에게, 내 실험이 해외에서는 지식인 사이에서 높은 평가를 받는데 정작 영국에서는 별다른 주목을 받지 못하는 게 이상하다는 편지를 보냈다. 그 편지를 받고 왕립학회는 과거에 받았던 편지들을 다시 살폈다. 그리고 그 유명한 왓슨 박사가 그 편지들과 나중에 내가 그 주제에 대해 영국에 써 보냈던 모든 글을 요약해 학회에 제출했고 그 글들을 쓴 저자에 대한 찬사도 덧붙였다. 그 글은 그들의 회보에 게재되었다. 또 캔턴 씨를 비롯한 몇몇 회원이 런던에서 끝이 뾰족한 장대로 구름에서 번개를 유도하는 실험을 시도해 성공했고 그 소식을 왕립학회에 알렸다. 그러자 왕립학회는 전에 나를 소홀하게 대했던 것을 만회할 정도로 충분히 보상해주었다. 내가 요구하지도 않았는데 그들은 나를 회원으로 선출했고 신입 회원에게 부과하던 거금 25기니도 면제했다. 게다가 그 이후로는 회보도 무료로 보내주었다. 왕립학회는 1753년 나에게 고드프리 코플리 메달을 수여했고 당시 매클스필드 경은 멋진 연설로 나에게 경의를 표했다.

20장

펜실베이니아주를 위해 일하다

펜실베이니아의 새 총독 데니 대위는 나를 대신해 앞에서 언급한 메달을 영국 왕립학회에서 받아와 시 당국이 그를 위해 마련한 연회에서 그 메달을 내게 수여했다. 그러면서 데니 총독은 내 됨됨이를 오래전부터 알고 있었다며 정중하게 나를 향한 존경심을 표현했다. 식사가 끝난 뒤 당시 관례대로 사람들이 여기저기 모여 술을 마셨다. 그때 데니 총독이 나를 옆방으로 슬쩍 데리고 가서는 내가 자신에게 가장 객관적인 조언을 해줄 것이고 자신이 수월하게 통치할 수 있게끔 가장 실질적인 도움을 줄 수 있는 사람이라며 나를 잘 사귀어두라는 조언을 영국인 친구들에게서 들었다고 했다. 따라서 나와 좋은 관계를 유지하기 위해 뭐든 할 것이고, 어떤 경우든 힘닿는 데까지 돕겠다며 자신의 의지를 믿어달라고 했다. 데니 총독은 우리 지역의 칙허 영주에 대해 우호적인 마음이라는 것도 언급했다. 예컨대 자신의 조치로 지루하게 계속되던 반대가 철회되어 칙허 영주와 주민들 사이에 조화로운 관계가 회복되면 자신의 우호적인 마음이 우리 모두에게, 특히 나에게 이득이 되지 않겠느냐고 했다. 그 일에 나만큼 적합한 인물이 없고, 따라서 나에게 적절한 사례와 보상을 하겠다고도 덧붙였다. 우리가 한참 동안 나오지 않자 밖에서 술을 마시던 사람들이 아예 우리에게 마테이라 포도주 한 병을 들여보내 주었다. 총독은 포도주를 꽤 마셨고 취기가 오르자 그의 요구 사항과 약속도 덩달아 늘어났다.

나는 대략 다음과 같은 취지로 대답했다. 하나님께 감사하게도 내가 칙허 영주의 환심을 사야 할 상황도 아니고 의회 의원이기 때문에 칙허 영주로부터 환대를 받을 수도 없다. 하지만 나는 개인적으로 칙허 영주에게 조금도 적대감이 없으므로 그가 제안하는 공공 정책이 주민의 이익을 위한 것이라고 판단되면 나만큼 열렬히 지지하고 추진할 사람도 없을 것이다. 내가 과거에 칙허 영주의 조치를 반대한 이유도 이에 근거한 것이다. 즉, 우리에게 강요된 정책이 명백히 칙허 영주 개인의 이익을 위하고 주민 이익은 해치는 것이기 때문이었다. 그리고 총독이 나에게 보여준 배려에 깊이 감사하고 그가 행정 업무를 조금이라고 수월하게 할 수 있도록 최선을 다해 돕겠지만, 선임자들처럼 칙허 영주의 입장을 대변하다가 곤란을 자초하지 않기를 바란다고 덧붙였다.

내 말에 데니 총독은 아무런 대꾸도 하지 않았다. 그러나 총독과 의회 사이에 줄다리기가 시작되자 그 문제가 다시 불거졌고 둘 사이의 논쟁도 재개되었다. 나는 여전히 반대편에서 활동하며 의회를 대표해 먼저 칙허 영주의 지시부터 밝히라고 요구했고 그런 다음에는 그 지시에 대해 논평했다. 그 논평은 당시 의사록에서 찾아볼 수 있으며 훗날 내가 출간한 『역사 회고*The Historical Review*』에도 실렸다. 그러나 총독과 나 사이에 개인적으로는 어떤 적대감도 없었고 함께하는 시간도 많았다. 그는 책을 많이 읽고 세상의 많은 곳을 둘러본 경험도 있어 그와 함께 대화하는 건 늘 즐겁고 재밌었다. 나의 옛 친구 제임스 랠프가 아직 살아 있다는 걸 알려주기도 했다. 그에 따르면 랠프는 영국에서 손꼽히는 정치 평론가로 존경받고 있으며 프레데릭 왕세자와 왕 사이의 분쟁을 해결한 공로로 매년 3백 파운드의 연금을 받는다고 했다. 또 알렉산더 포프가 『우인 열전*Dunciad*』에서 그의 시를 혹평했듯 시인으로서는 별다른 평가를 받지 못했지만, 산문만큼은 훌륭하다는 평가를 받는다고도 했다.

마침내 의회는 칙허 영주가 주민 권리는 물론이고 국왕의 이익에도 부합하지 않는 지시로 대리인들을 막무가내로 제약한다고 결론 내리고 국왕에게 칙허 영주를 고발하는 탄원서를 올리기로 했다. 그러고는 나에게 대표로 영국에 가서 탄원서를 국왕에게 제출하고 설명하라는 역할을 맡겼다. 그전에 우리 의회는 국왕을 위해 6만 파운드를 사용하는 걸 승낙하는 법안(그중 1만 파운드는 당시 장군이던 라우든 경의 처분에 전적으로 맡겼다)을 총독에게 보냈지만, 총독이 칙허 영주의 지시대로 단호히 거부한 적이 있었다.

나는 모리스 선장의 허락을 얻어 뉴욕에서 우편선을 타기로 하고 내 짐을 뉴욕으로 보냈다. 그때 라우든 경이 일부러 필라델피아까지 찾아왔다. 총독과 의회가 충돌하면 국왕의 통치에 방해가 되므로 둘을 화해시키기 위해 왔다는 것이었다. 라우든 경은 총독과 나를 직접 만나 양쪽 입장을 들어보고 싶어 했다. 우리는 얼굴을 맞대고 앉아 그 문제를 상의했다. 나는 다양한 관점에서 의회의 입장을 적극 대변했다. 그 주장들은 내가 쓴 글의 일부로 당시 공문서에서도 찾아볼 수 있고 의회 의사록에도 수록되어 있다. 한편 총독은 칙허 영주의 지시를 따르기로 약속했고 지시를 거역하는 일은 파멸을 뜻하기 때문에 칙허 영주를 변호할 수밖에 없지만, 라우든 경이 개입한다면 총독이 위험을 무릅쓰는 걸 꺼리진 않을 듯하다고 덧붙였다. 그래서 라우든 경이 내 설득을 받아들여 그렇게 해주리라 기대했지만 그런 일은 일어나지 않았다. 오히려 의회에 칙허 영주의 지시를 따르라고 촉구하는 쪽을 선택했다. 게다가 나에게는 의회를 설득해달라고 부탁하며 미국 전선을 방어하기 위해 국왕의 병사를 추가로 파견할 상황이 아니므로 우리 스스로 전방을 지키지 않으면 적군에게 노출될 수밖에 없다고도 덧붙였다.

나는 그런 상황을 의회에 알리고 내가 작성한 일련의 결의안을 보냈다. 우리 권리를 선언한 결의안, 또 그 권리를 요구할 권리를 포기하는 것이 아니라 이번에는 우리가 저항하는 세력에 굴복해 우리의 권리 행사를 잠시 유예한다는 결의안이었다. 결국, 의회는 그 법안을 폐기하고 칙허 영주의 지시에 부합하는 법안을 제정했다. 물론 총독은 그 법안을 통과시켰고 나는 홀가분한 마음으로 여행을 떠날 수 있었다. 그러나 그사이에 우편선이 이미 내 짐을 싣고 떠난 까닭에 나로서는 손해가 이만저만이 아니었다. 내가 받은 보상이라고는 라우든 경이 내 수고에 감사함을 표한 것이 전부였고 타협을 끌어낸 공로는 전부 그의 몫이 되었다.

라우든 경은 나보다 앞서 뉴욕으로 출발했다. 그런데 우편선의 출항시기 결정은 라우든 경의 관리하에 있었다. 그때 두 척이 남아 있었는데 라우든 경은 그중 한 척을 곧 출항시킬 예정이라고 했다. 그래서 나는 항구에 늦게 도착해 배를 놓치는 불상사를 겪고 싶지 않아 정확한 출항 시간을 알려 달라고 했다. 그러자 그는 이렇게 말했다. "이번 토요일에 출항하라고 명령했습니다. 하지만 우리끼리 이야기지만 월요일 아침까지만 항구에 도착하면 배에 탈 수 있을 겁니다. 여하튼 늦지 않게 오십시오." 그런데 내가 탄 나룻배에 사고가 나서 나는 월요일 정오에야 항구에 도착했다. 마침 바람도 적절하게 불어 이미 우편선이 떠났을까 봐 마음이 조마조마했다. 그러나 우편선은 아직 항구에 있었고 다음 날에야 출항할 거라는 소식을 듣고 걱정을 내려놓을 수 있었다. 그래서 사람들은 내가 곧 유럽으로 출발하리라 생각했을 테고 나도 그랬다.

그러나 그때까지도 나는 라우든 경이 어떤 사람인지 제대로 모르고 있었다. 나중에야 알았지만 그의 가장 큰 특징 중 하나가 '우유부단'이었다. 내친김에 몇 가지 예를 들어보도록 하겠다. 내가 뉴욕에 도착한 때는 4월 초였지만 6월 말이 다 되어서야 유럽으로 출항할 수 있었다. 당시 항구에는 두 척의 우편선이 정박한 상태였다. 항구에 발이 묶인 지 오래였지만 장군의 편지가 하루하루 미뤄지며 우편선은 출항하지 못했다. 그런 와중에 또 한 척의 우편선이 항구에 들어왔고 그 배마저 발이 묶였다. 우리가 출항하기 전에 또 한 척이 들어올 듯했다. 우리 배가 항구에 가장 오랫동안 정박해 있었기 때문에 가장 먼저 출항할 예정이었다. 모든 배가 예약이 끝난 뒤여서 적잖은 승객이 하루라도 빨리 출발하길 학수고대했고 상인들은 (전쟁 중이었던 까닭에) 가을 상품에 대한 주문과 편지가 늦어질까 봐 걱정했다. 그러나 그들의 걱정 따윈 별 소용없었다. 라우든 경의 편지는 여전히 준비되어 있지 않았다. 그렇다고 그가 자기 임무를 등한시하는 것도 아니었다. 누군가 그를 찾아가면 그는 항상 책상에 앉아 펜을 쥐고 있었기 때문에 일거리가 넘치도록 많은 게 분명하다고 생각할 수밖에 없었다.

어느 날 아침, 나는 라우든 경에게 인사차 그의 사무실에 갔다가 대기실에서 이니스라는 사람을 만났다. 데니 총독이 장군에게 보내는 소포를 전달하려고 필라델피아에서 급하게 온 심부름꾼이었다. 이니스는 내 친구들이 나에게 보내는 편지도 가지고 있었다. 그래서 그를 통해 답장을 보내려고 그에게 언제 돌아가고 어디에서 묵느냐고 물었다. 이니스는 장군이 총독에게 보내는 답장을 이튿날 아침 9시에 받으러 오라는 지시를 받았다며 답장을 받으면 곧장 출발한다고 했다. 그래서 나는 친구들에게 보내는 답장을 그날 바로 이니스에게 전해주었다.

그런데 보름 뒤 이니스를 같은 장소에서 다시 만났다. 그래서 "또다시 온 건가, 이니스?"라고 물었고, 이니스는 "다시 왔냐고요? 아니요, 아직 출발도 하지 못했습니다"라고 했다. "어째서?" "지난 보름 동안 아침마다 여기에 왔습니다. 장군님의 답장을 받기 위해서요. 그런데 항상 준비가 안 됐다는 대답만 들었을 뿐입니다." "글을 굉장히 잘 쓰시는 분인데 그럴 리가 있나? 내가 보면 항상 책상에 앉아 계시던데." "맞습니다. 하지만 간판에 그려진 성 조지 같은 분이십니다. 항상 말을 타고 있지만 절대 달리지 않으니까요." 이니스의 평가는 충분히 근거 있는 말이었다. 내가 영국에 있을 때 윌리엄 피트(William Pitt, 1708~1778) 씨가 라우든 장군을 해임하고 애머스트 장군과 울프 장군을 후임으로 파견하며 다음과 같이 말했기 때문이다. "내각은 그에게서 어떤 보고도 듣지 못했고, 그가 무엇을 하고 있는지 알 수도 없었다."

이렇게 매일 출항을 고대하던 중에 세 척의 우편선 모두 샌디훅까지 나가, 그곳에 정박 중이던 함대에 합류했다. 승객들은 갑작스러운 출항 명령에 배를 놓치지 않으려면 선상에 있는 게 낫다고 생각했던지 모두 배에 타고 있었다. 내 기억이 맞는다면 그곳에서 우리는 약 6주를 기다렸고 그사이에 먹을 것이 동나 다시 구입해야 했다. 마침내 함대가 출항하며 장군과 병사들이 루이스버그에 있는 요새를 포위해 공격하려고 그곳으로 향했다. 한편 우편선에는 장군의 배를 호위하면서 장군의 출항 명령서가 준비되는 즉시 받을 준비를 하라는 명령이 떨어졌다. 우리는 그로부터 닷새 후에야 출항을 허락한다는 편지를 받았고 우리 배는 곧바로 함대를 떠나 영국으로 향했다. 다른 두 척은 출항 명령을 받지 못하고 함대를 따라 핼리팩스까지 동행했다. 장군은 그곳에서 한동안 머물며 병사들에게 가상 요새를 가상 공격하는 훈련을 시켰다. 그러다가 루이스버그를 점령하려던 생각을 바꿔 다시 뉴욕으로 돌아와야 했다. 병사들은 물론이고 앞에서 언급한 두 척의 우편선과 승객들까지 전부! 장군이 자리를 비운 틈에 프랑스군과 야만적인 인디언들이 그 지역 전방에 있던 조지 요새를 점령했고 야만인들은 항복한 수비대 병사들을 대거 학살했기 때문이다.

훗날 런던에서 나는 그 우편선 중 한 척을 지휘한 보넬 선장을 만났다. 그의 우편선은 한 달가량 항구에 묶여 있으면서 배 밑바닥은 지저분한 부착물로 더럽혀졌다. 우편선으로서는 필수적인 신속한 항해에 지장이 있는 것이어서 이 사실을 장군에게 보고하며 배를 기울여 바닥을 청소할 시간을 허락해달라고 요청했다. 시간이 얼마나 필요하냐는 질문에 보넬은 사흘이라고 대답했다. 그러자 장군은 "하루에 끝낼 수 있다면 허락하겠네. 그 이상이면 허락할 수 없네. 모레에는 반드시 출항해야 하니까"라고 했다. 그래서 보넬은 바닥 청소를 포기했지만 출항은 하루하루 연기된 끝에 꼬박 석 달을 더 기다려야 했다.

나는 런던에서 보넬 선장의 승객 중 한 명도 만났는데 그는 라우든 경이 자신을 속이고 뉴욕에 오랫동안 붙들어놓더니 핼리팩스까지 끌고 가서는 다시 뉴욕으로 돌아왔다며 얼마나 화가 났는지 장군에게 손해 배상 소송을 제기하겠다고 다짐했다. (여기에 "손해 배상을 받지 못하면 그의 멱을 따버릴 것"이라는 문장을 지운 흔적이 있다.) 그가 실제로 소송을 제기했는지는 확인하지 못했지만 그의 말이 사실이면 그가 입은 손해는 무척 컸을 것이다.

그때 나는 어떻게 그런 사람에게 대군(大軍)을 지휘하는 중대한 과제를 맡겼는지 궁금했다. 그러나 그 이후로 드넓은 세계를 더 경험하고 높은 지위를 얻는 수단과 그런 지위를 쟁취하는 동기에 대해 더 많이 알게 되자 그런 궁금증이 이제는 다 사라졌다. 내 의견에 불과하지만 브래독 장군이 사망하며 군 지휘권을 이어받은 셜리 장군이 그 자리에 계속 있었다면 라우든 장군보다 훨씬 나은 군사 작전을 펼쳤을 것이다. 1757년에 있었던 라우든 장군의 군사 작전은 경박한 데다 비용도 많이 들었고 우리로서는 망신스럽기만 한 작전이었다. 셜리 장군은 타고난 군인은 아니었지만 합리적이고 지혜로워 다른 사람의 조언을 경청했고, 무척 신중하게 계획을 수립하긴 했지만 실행할 때는 신속하고 능동적으로 행동할 줄 알았다. 그러나 라우든은 막강한 대군을 보유하고 있으면서도 식민지 지역들을 방어하기는커녕 핼리팩스에서 빈둥거리며 시간만 보냈다. 그 때문에 식민지 지역들은 적군에게 완전히 노출되었고 결국 조지 요새를 잃고 말았다. 게다가 우리의 상거래마저 방해를 받았다. 예컨대 오랫동안 식량 수출을 금지함으로써 무역에 악영향을 주었다. 식량이 적군에게 탈취될 가능성이 있다는 구실을 내

세웠지만, 실제로는 구매 계약자들 편에 서서 가격을 떨어뜨리기 위한 것이었다. 순전히 의심에 불과하지만, 그 이익 일부를 나누어 받기로 했다는 소문도 있었다. 마침내 수출 금지가 풀렸을 때도 그 소식을 찰스타운에 즉각 통지하지 않아 캐롤라이나 선단은 석 달이나 더 억류되어 있었고, 그 때문에 바닥에 벌레가 들끓어 크게 훼손되어 고향으로 돌아가던 길에 상당수가 침몰하고 말았다.

내 생각이지만 셜리 장군은 군 업무에 밝지 않은 사람이라면 틀림없이 부담스러웠을 군대 지휘라는 짐을 벗을 수 있어서 진심으로 기뻐했던 것 같다. 나는 뉴욕시가 주최한 라우든 경의 군 지휘권 인수를 축하하는 환영식에 참석한 적이 있었다. 셜리 장군도 전임자 자격으로 환영식에 참석했다. 많은 장교와 시민 그리고 외부인이 대거 참석해 주변 동네에서 적잖게 의자를 빌려와야 했다. 그중에는 무척 낮은 의자 하나가 있었는데 공교롭게도 셜리 장군이 그 의자에 앉게 되었다. 그의 옆에 앉아 있던 내가 그걸 보고는 "저런, 장군님에게 너무 낮은 의자를 드렸군요"라고 말하자 그는 "괜찮습니다, 프랭클린 씨. 나는 낮은 의자가 가장 편하다는 걸 잘 알고 있습니다"라고 대답했다.

앞에서 언급했듯 뉴욕에서 꼼짝 못 하는 동안 내가 브래독 장군에게 제공했던 식료품에 대한 모든 계산서를 받았다. 그중 일부는 그 일을 진행하는 데 도움을 받으려고 고용한 사람들로부터 그제야 받은 것도 있었다. 나는 그 계산서를 라우든 경에게 제시하며 잔금을 지급해달라고 했다. 라우든 경은 관련된 일을 하는 장교에게 계산서가 정확한지 확인해보라고 지시했고 그 장교는 모든 항목과 전표를 비교한 뒤에 정확하다고 확인해주었다. 그러자 라우든 경은 차액을 지급하도록 경리관에게 지시하겠다고 약속했다. 하지만 지급은 차일피일 미루어졌다. 나는 약속한 바에 따라 차액 지급을 몇 번이고 요청했지만 한 푼도 받지 못했다. 그러다가 내가 영국으로 출발하기 직전에야 라우든 경은 깊이 생각한 끝에 전임자들의 회계를 자신의 회계에 포함하지 않기로 했다고 통보했다. 그러면서 "영국에 도착해서 재무부에 그 계산서를 제시하면 곧바로 지급받을 수 있을 겁니다"라고 했다.

오랫동안 뉴욕에 붙들려 있었기에 예상하지 못한 돈을 너무 많이 쓴 까닭에 그 돈을 당장 받을 수 있었으면 좋겠다고 하소연했지만 아무 소용 없었다. 내가 아무런 대가를 바라지 않고 선급금으로 지급한 돈을 받는 데 이렇게까지 지연되고 또 번거로운 과정을 거쳐야 하는 게 부당하다고 말하자 라우든 경은 이렇게 말했다. "당신이 아무런 이득도 기대하지 않았다고 우리를 설득할 생각은 마십시오. 우리는 이런 일이 어떻게 진행되는지 잘 알고 있습니다. 군대에 납품하는 일을 하는 사람치고 어떻게든 개인적으로 자기 주머니를 채우지 않는 사람이 없다는 것도 잘 알고 있습니다." 나는 절대 그런 사람이 아니며 한 푼도 착복하지 않았다고 강력하게 항변했지만 라우든 경은 내 말을 믿지 않는 듯했다. 나는 군대에 납품하면 대체로 막대한 재산을 축적할 수 있다는 것을 나중에야 알았다. 여하튼 나는 그 잔액을 지금까지도 받지 못했다. 이에 대해서는 뒤에서 더 자세히 다루도록 하겠다.

우리 우편선 선장은 자신의 배가 아주 빠르다며 출항하기 전부터 잔뜩 자랑을 늘어놓았다. 하지만 안타깝게도 바다로 나가자 우리 배는 96척 중 가장 굼뜨게 움직여 선장에게 적잖은 굴욕감을 안겨주었다. 우리 배만큼이나 굼뜬 배마저 우리를 추월하자 선장은 그 원인을 여러모로 추정한 끝에 모두에게 고물 쪽으로 가서 최대한 선미 깃대 옆에 서 있으라고 지시했다. 배에는 승객을 포함해 약 40명이 타고 있었는데 우리가 거기에 서 있는 동안 배는 원래 속도를 되찾았고 곧이어 주변 배들을 제치고 앞서가기 시작했다. 선장이 추정한 대로 앞쪽에 짐을 지나치게 많이 실은 탓이었다. 실제로 물통들이 모두 앞쪽에 실려 있었다. 선장은 물통을 고물 쪽으로 옮기라고 지시했고, 그렇게 짐을 배분하고 나자 우리 배는 본래의 면모를 되찾고 선단에서 어떤 배보다 재빨리 물살을 가르며 항해했다.

선장은 그 배가 한때 13노트, 즉 시속 20킬로미터 속도로 항해한 적도 있다고 말했다. 우리 승객 중에는 해군 함장을 지낸 케네디라는 사람이 있었는데 그는 선장의 자랑이 터무니없다고 일축했고 그때까지 어떤 배도 그렇게 빨리 달리는 걸 본 적이 없다며 측정선 눈금에 오류가 있었거나 측정기로 배의 속도를 측정할 때 실수가 있었을 것이라 주장했다. 결국, 두 선장은 내기를 했고 바람이 충분할 때 속도를 측정해보기로 했다. 케네디는 측정선을 엄밀하게 살펴보고 오류가 없다는 걸 확인했고, 측정기를 직접 바다에 던지기로 했다. 며칠 뒤 바람이 뒤에서 불며 돛을 힘껏 밀었다. 그때 우편선 선장 럿위지가 배가 13노트의 속도로 항해하고 있다고 말하자 케네디는 곧바로 속도 측정을 했고 결국 내기에서 졌다.

내가 이 사례를 언급한 이유는 다음과 같은 관찰 결과를 말해두고 싶기 때문이다. 신조선(新造船)이 제대로 항해할지 그렇지 않을지는 실제로 바다에서 항해해보기 전까지는 결코 알 수 없으므로 흔히들 배 건조 기술은 불완전하다고 말한다. 매끄럽게 항해하는 배를 그대로 본떠 만들더라도 새로 건조된 배가 굼뜨게 움직이는 경우도 많다. 내가 파악한 바에 따르면, 짐 싣는 방법, 삭구(索具)를 설치하고 항해하는 방법 등이 각기 다른 것도 일부 원인인 듯하다. 선원마다 나름의 방식이 있어 똑같은 배도 선장의 판단과 지시에 따라, 또 짐을 어떻게 싣느냐에 따라 항해 속도가 달라진다. 게다가 배를 만들고, 바다의 상황에 맞추어 항해하고, 선체를 만들고, 삭구를 설치하고, 짐 싣는 걸 혼자서 다 하는 경우는 거의 없다. 그들 중 누구도 남의 생각과 경험을 알지 못하므로 전체를 조합해 최적 결론을 끌어내지 못하는 것이다.

바다에서 항해할 때 돛을 조작하는 간단한 행위조차도 항해사마다 다른 판단을 내리는 걸 나는 자주 보았다. 그렇다고 바람의 조건이 달랐던 것도 아니다. 예컨대 동일한 바람 조건에서도 항해사마다 돛을 펼치는 정도가 달랐다. 달리 말하면, 바람 상황에 따라 돛을 어떻게 조작해야 한다는 명확한 규칙이 없는 듯했다. 하지만 일련의 실험을 시도해볼 수는 있지 않을까 싶다. 첫째는 빠른 항해를 위한 가장 적합한 형태의 선체를 알아내는 것이고, 둘째는 돛대의 가장 적합한 크기와 그것을 설치할 위치를 알아내는 것이다. 셋째는 돛의 형태와 숫자 및 바람에 따른 각도를 알아내고, 끝으로는 짐 배치법을 알아내야 할 것이다. 지금은 실험의 시대다. 이 일련의 실험을 정밀하게 실행해 그 결과들을 종합하면 무척 유용한 변화를 끌어낼 수 있으리라 생각한다. 머지않아 뛰어난 과학자가 이와 관련된 실험을 시도할 것이라 확신하고 반드시 성공하기를 기원하는 바다.

우리는 항해 중에 몇 번이고 추격당했지만, 그때마다 모든 배를 따돌리며 가장 앞서 달렸고, 30일 후에는 무거운 추를 내려 수심을 측정할 수 있는 곳에 도착했다. 주변을 유심히 관측한 뒤 선장은 목적지 팰머스 항구에 거의 다 왔다며 밤에 순조롭게 항해하면 다음 날 아침에는 항구 입구에 도착할 수 있겠다고 판단했다. 또한, 밤에 어둠을 이용해 항해하면 해협 입구 근처를 돌아다니며 먹잇감을 노리는 적군의 사략선(私掠船)을 피할 수 있을 것이라 덧붙였다. 그래서 우리는 돛을 활짝 펼친 채 순풍을 타고 팰머스 항구를 향해 쏜살같이 달렸다. 선장은 이리저리 관측한 뒤 실리 제도에서 멀찌감치 떨어져 항해하는 것으로 방향을 정했다. 그러나 그곳에선 세인트조지 해협까지 강한 내류(內流)가 형성되면서 뱃사람들을 위험에 빠뜨리곤 하는 듯했다. 클라우드슬리 쇼벨(Cloudesley Shovell, 1650~1707) 경의 기함이 침몰한 것도 이 내류가 원인이었다. 우리에게 닥친 위험도 그 내류가 원인이었던 게 분명하다.

우리는 뱃머리에 망꾼을 세워두고 시시때때로 그에게 "앞에 뭐가 있는지 잘 봐!"라고 소리쳤고, 그럼 그는 "알았습니다. 알았어요!"라고 대답했다. 그런데 그때 눈을 감은 채 깜빡 잠이 들었던 모양이다. 망꾼들이 때때로 기계적으로 답한다는 소문은 사실이었다. 그는 바로 앞의 불빛을 보지 못했다. 불빛이 보조 돛에 가려져 있었던지 키잡이와 다른 쪽 망꾼들도 그 불빛을 보지 못했다. 그러나 우리 배가 한쪽으로 기우뚱하는 바람에 그 불빛을 발견했고 우리는 곧바로 비상사태에 돌입했다. 우리 배는 그 불빛과 무척 가까이에 있었기 때문에 그 불빛이 나에게는 수레바퀴만큼이나 커 보였다. 그때가 자정쯤이어서 선장은 곤히 잠든 뒤였다. 케네디 함장이 갑판까지 단숨에 올라와 위험한 상황을 확인하고는 모든 돛을 올리고 배를 바람에 맡기라고 명령했다. 돛대에는 위험천만한 조치였지만 등대가 세워진 바위로 올라선 덕분에 파선만은 피할 수 있었다. 이런 구사일생을 통해 나는 등대의 효용성을 실감했고, 살아서 미국에 돌아간다면 미국 곳곳에 등대를 세우는 걸 독려해야겠다고 결심했다.

아침에 수심을 측정해보고 목적지 항구가 눈앞이라는 걸 알게 되었다. 그러나 짙은 안개 때문에 육지가 전혀 보이지 않았다. 9시쯤에 안개가 걷히기 시작했는데 수면에서부터 걷히는 안개는 마치 극장에서 들어 올려지는 커튼처럼 보였다. 안개 아래로 팰머스, 항구에 정박한 선박들, 그 주변 들판이 드러났다. 앞뒤로 똑같은 망망대해만 지겹게 봐왔던 우리에게는 너무도 반가운 광경이었다. 더구나 전쟁 상황이라는 불안감에서도 해방된 까닭에 더욱 더 반가웠다.

나는 아들과 함께 지체 없이 런던으로 향했다. 도중에 솔즈베리 평원에서 스톤헨지를 구경하고, 윌턴에서는 펨브로크 경의 저택과 정원 및 그가 수집한 골동품들을 둘러보려고 잠시 멈추었다가 1757년 7월 27일 우리는 런던에 도착했다.

찰스 씨가 나에게 제공한 숙소에 들어가 여장을 풀자마자 나는 곧바로 포더길 박사를 찾아갔다. 그를 찾아가 어떻게 행동해야 할지 조언을 구하라고 주변에서 강력히 추천했기 때문이었다. 포더길 박사는 정부에 직접 탄원하지 말고 먼저 칙허 영주들에게 개인적으로 부탁하는 게 낫겠다고 했다. 그들의 절친한 친구들이 개입해 설득하면 문제를 평화롭게 해결할 수 있지 않겠느냐는 것이었다. 그 뒤에는 옛 친구며 오랫동안 편지를 주고받은 피터 콜린슨 씨를 만나 조언을 구했다. 그는 버지니아의 거상 존 핸베리에게 내가 도착하면 알려달라는 부탁을 받았고, 당시 추밀원 의장이던 그렌빌 경이 가능하면 빨리 나를 만나고 싶어 하므로 나를 그분 집에 데려가겠다고 했다.

우리는 이튿날 아침 함께 가기로 했다. 그래서 핸베리 씨는 자신의 마차로 나를 데리러 와서 그 귀족 저택에 함께 갔다. 그렌빌 경은 나를 무척 정중히 맞아주었고 당시 미국 상황에 대해 이런저런 질문을 한 뒤 본론으로 들어갔다.

"미국에 계신 분들은 여러분의 법적 위치에 대해 잘못 알고 있습니다. 여러분은 국왕께서 총독들에게 내리는 훈령을 반드시 지켜야 할 법은 아니라고 주장하며, 재량에 따라 준수 여부를 자유롭게 결정할 수 있다고 생각합니다. 그러나 국왕의 훈령은 해외에 나가 기념식에 참가하는 특사의 사소한 행동까지도 구체적으로 규제하는 명령과는 다릅니다. 국왕의 훈령은 법을 전문적으로 연구한 판사들이 작성한 초안을 추밀원에서 심의하고 토론하고 때로는 수정한 뒤 비로소 국왕이 서명하는 것입니다. 따라서 국왕의 훈령이 여러분의 문제와 관계되었다면 여러분에게는 국법이 되는 것입니다. 국왕은 미국 식민지의 입법자이시기 때문입니다."

나는 그렌빌 경에게, 그런 원칙은 처음 듣는 것이라며 우리 법은 우리 의회에서 제정한 뒤 국왕의 재가를 받기 위해 국왕에게 올리지만 일단 재가를 받으면 국왕도 그 법을 폐지하거나 수정할 수 없다고 알고 있다고 했다. 또 우리 의회가 국왕의 허락을 받지 않고 상설법을 제정할 수 없듯이 국왕도 우리 의회의 동의를 구하지 않고 식민지에 적용되는 법을 제정할 수 없는 것으로 안다고 말했다. 그렌빌 경은 내가 전적으로 잘못 알고 있다고 단언했지만 나는 그렇게 생각하지 않았다.

여하튼 그렌빌 경과 대화하는 중에 영국 조신들이 우리를 어떻게 생각하는지 알고는 조금 놀라지 않을 수 없었다. 그래서 숙소로 돌아오자마자 그들의 생각을 정리해 기록해두었다. 이 일로 약 20년 전 있었던 사건이 떠올랐다. 영국 내각이 영국 의회에 제출한 법안 중에 국왕의 훈령을 식민지 법으로 삼자는 조항이 있었다.

하원은 이 조항을 받아들이지 않았고, 그래서 우리는 영국 하원을 우리의 친구이자 자유의 투사라고 칭송했다. 하지만 1765년 하원이 우리에게 행한 짓을 보고 그들이 국왕의 훈령을 법제화하지 않은 것은 결국 자신들의 몫을 빼앗기지 않으려는 저항에 불과했음을 알게 되었다.

며칠 후 포더길 박사의 주선으로 나는 스프링 가든에 있는 토머스 펜 씨 저택에서 칙허 영주들을 만났다. 대화는 합리적인 합의를 이루어내자는 선언으로 시작되었지만 '합리적'이란 단어에 대한 생각은 서로 달랐다. 우리는 내가 열거한 몇몇 불만 사항을 하나씩 짚어나갔다. 칙허 영주들은 자기 입장을 정당화하는 데 치중했고, 나는 우리 의회의 주장을 변호하는 데 열중했다. 그래서 생각의 차이는 점점 더 커지고 벌어져 합의점에 도달할 수 있다는 희망은 완전히 사라진 듯했다. 결국, 내가 우리 불만 사항을 문서로 제출하면 그들이 심사숙고하겠다고 약속한 뒤 우리 대화는 끝났다.

나는 지체 없이 우리의 불만을 문서로 만들어 제출했지만, 칙허 영주들은 그 문서를 그들의 사무 변호사 퍼디낸드 존 패리스에게 넘겼다. 패리스는 70년 전부터 계속되고 있는 메릴랜드의 칙허 영주 볼티모어 경과의 소송에서 그들을 대리해 모든 법률문제를 관리하고 의회와의 분쟁에서도 그들을 대신해 교서와 서류를 작성하는 법률가였다. 그는 거만하고 화를 잘 내는 사람이었는데, 그의 서류가 논점은 얼버무리면서도 표현은 오만했기 때문에 나는 의회를 대리해 답변할 때 가끔 그의 서류를 엄중하게 다루었다. 당연한 일이겠지만 그는 나에게 지독한 적대감을 품었고, 만날 때마다 그런 속마음을 드러냈다. 따라서 나는 그를 만나 불만 사항들을 상의하라는 칙허 영주들의 제안을 거부했고, 다른 사람과는 대화하지 않겠다고 했다. 그러자 칙허 영주들은 패리스의 조언대로 내 문서를 법무장관과 법무차관에게 보내 그들의 의견과 조언을 구했다. 그리하여 불만 사항을 정리한 그 문서는 여드레가 부족한 1년 동안 대답을 얻지 못한 채 그들의 책상 위에서 잠자게 되었다. 물론 그동안 나는 시시때때로 칙허 영주들에게 답을 달라고 요구했지만 법무장관과 법무차관의 의견을 아직 받지 못했다는 대답만 돌아올 뿐이었다. 그들이 어떤 답변을 받았더라도 나에게 전달해주지 않으면 나로서는 알아낼 도리가 없었다.

그런 와중에 패리스가 그들을 대신해 작성하고 서명한 장문의 문서가 펜실베이니아 의회에 보내졌다. 내가 작성한 문서를 거론하며 형식을 올바로 갖추지 못한 데다 무례하기 짝이 없었다고 나무랐고, 말도 안 되는 이유를 들먹이며 칙허 영주들의 행동을 변명한 뒤에 의회가 그 문제를 상의하기 위해 '공평무사한 사람'을 파견하면 기꺼이 타협안을 찾으려 노력할 것이라고 덧붙였다. 요컨대 나는 그런 사람이 아니라고 넌지시 알린 셈이었다. 내가 문서를 작성하며 "펜실베이니아 지역의 진실하고 절대적인 소유자"라는 별칭으로 그들을 칭하지 않았기 때문에 형식을 갖추지 못했고 무례하다고 지적한 것이 아닐까 싶다. 나는 대화하며 구두로 전달한 말을 글로 기록해 확실하게 해두려는 목적으로 작성한 문서에 그런 표현이 굳이 필요하다고 생각하지 않아 생략했다.

칙허 영주들의 최종 답변이 미루어지는 동안 의회는 데니 총독을 설득해 일반인의 토지뿐만 아니라 칙허 영주의 토지에도 과세하는 법안을 통과시켰다. 따라서 당시는 이 문제가 논쟁의 쟁점이었기 때문에 의회는 칙허 영주들의 문서에 답변하지 않았다.

하지만 그 법안이 영국으로 넘어오자 칙허 영주들은 패리스의 조언을 받아 국왕의 재가를 받지 못하도록 반대하기로 결정했다. 따라서 그들은 왕에게 탄원하는 글을 추밀원에 넣었고 그로 인해 청문회가 열렸다. 그들은 두 명의 변호사를 고용했고 나도 그 법안의 통과를 도와줄 변호사 두 명을 고용했다. 칙허 영주 측은 그 법안이 자신들의 토지에 과세함으로써 주민 부담을 덜어주려는 의도에서 제정된 것이라 주장했다. 따라서 그 법안이 시행되도록 묵인한다면 주민들과 사이가 좋지 않은 칙허 영주들은 과세액이 주민 처분에 맡겨질 것이기 때문에 결국에는 파산한다고 주장했다. 한편 우리 쪽은 그 법안이 그런 의도로 제정된 것이 결코 아니므로 그런 결과가 야기되지도 않을 것이고, 세금 평가관들은 공정하고 공평하게 세금을 부과하겠다고 맹세한 정직하고 신중한 사람들인 데다 칙허 영주의 세금을 증액하고 자신의 세금을 줄일 때 기대할 수 있는 이득은 무시해도 좋을 정도이므로 누구도 그 맹세를 깨려 하지 않을 것이라고 반박했다.

내 기억이 맞는다면 양측이 주장한 변론은 이렇게 요약할 수 있지만 우리는 그 법안이 폐기될 경우 닥칠 파국적인 결과에 대해서도 강력히 주장했다. 국왕을 위해 책정된 10만 파운드가 이미 인쇄되어 지출된 까닭에 법안이 폐기되면 그 돈이 무용지물이 되어 그 돈을 보유한 많은 사람이 파산할 것이고 향후 유사한 명목으로 모금하는 것 또한 쉽지 않다고 덧붙였다. 특히 자신들의 땅에 지나치게 많은 세금이 과세될 것이라 근거 없이 걱정하면서도 그런 재앙에는 모르는 체하는 칙허 영주들의 이기적인 태도를 신랄하게 비판했다.

이렇게 변호사들이 공방을 벌이고 있을 때 추밀원 위원 맨스필드 경이 일어나 나에게 따라오라고 손짓하더니 서기실로 들어갔다. 내가 그 방에 들어가자 맨스필드 경은 법안이 시행되더라도 정말 칙허 영주들의 재산에는 어떤 피해도 없다고 생각하느냐고 물었다. 나는 확신한다고 대답했다. 다시 맨스필드 경이 "그럼 그 점을 보장한다고 약속하는 것도 문제없겠군요?"라고 물었다. 나는 아무런 문제도 없다고 대답했다. 그러자 맨스필드 경은 패리스를 불렀고 약간의 대화를 한 후 양측 모두 맨스필드 경의 제약을 수락했다. 추밀원 서기가 양측 합의를 근거로 서류를 작성했고 우리 지역의 일반적인 문제를 대리하던 찰스 씨와 내가 우리 쪽 대표로 그 서류에 서명했다. 그런 후에 맨스필드 경이 추밀원 회의실로 돌아와 그 법안을 통과시켜도 괜찮다고 다른 위원들에게 알렸다. 하지만 몇몇 조항을 수정하라는 권고가 있었고 우리는 후속 법을 제정해 보완하겠다고 약속했다. 그러나 우리 의회는 그런 수정이 필요하지 않다고 생각했다. 추밀원의 결정이 도착하기 전에 그 법으로 징수할 수 있는 한 해 세금이 모두 부과되었고, 의회가 세금 평가관들의 업무 처리를 감사(監査)하는 위원회를 조직하는 데 그치지 않고 칙허 영주들의 절친들까지 위원회에 포함했기 때문이다. 그들은 충분히 조사한 뒤 세금이 공정하게 과세되었다는 보고서를 만장일치로 채택했다.

그때 발행된 지폐가 신용을 얻어 이미 전 지역에서 유통되고 있었으므로 의회는 내가 협상의 첫 고리를 풀어낸 것을 무척 고마워했고 우리 지역을 위해 큰 공헌을 했다고 생각했다. 따라서 내가 귀국했을 때 의회는 정식으로 내게 감사의 뜻을 전해왔다. 그러나 칙허 영주들은 법안을 통과시킨 데니 총독의 결정에 분개하며 총독이 지키겠다고 약속한 지시를 위배했으므로 소송을 제기하겠다고 위협했다. 하지만 데니 총독은 장군으로부터 요청받기도 했지만 국왕을 위해 법안을 통과시킨 데다 궁중에 강력한 후원자들이 있어 그들의 위협을 대수롭지 않게 여겼다. 게다가 칙허 영주들의 위협은 말로만 그쳤고 실제로 행해지지는 않았다.

| 해제 |

모든 양키의 아버지

강주헌

1. 벤저민 프랭클린은 누구인가?

스코틀랜드 역사학자 토머스 칼라일Thomas Carlyle은 프랭클린을 '모든 양키의 아버지'라고 칭했다. 칼라일이 살았던 시대에는 '양키'가 일반적으로는 미국 북부와 북동부 지역 사람을 뜻했지만, 때로는 지정학적 한계를 넘어 문화적으로 청교도 칼뱅주의 문화를 준수하는 사람들을 뜻하기도 했다. 후자의 뜻을 받아들인다면 벤저민 프랭클린은 전형적인 미국인으로 절제와 근면과 자립이란 미덕을 강조했다는 점에서 '모든 양키의 아버지'라고 불릴 만했다. 이 때문에 적잖은 사람이 프랭클린을 저속한 자본주의자로 평가하지만, 그의 삶 자체는 그 시대만큼 변화무쌍했다.

벤저민 프랭클린은 계몽주의 시대의 이신론자로도 유명하지만, 1706년 보스턴에서 청교도 부모에게서 태어났다. 형에게 인쇄업을 배운 후, 1723년 독립된 삶을 꿈꾸며 필라델피아로 떠났다. 당시 식민지의 떠오르던 도시 필라델피아에서 인쇄업자와 신문사 발행인으로 성공하며 상당한 부를 축적했다. 그 후로는 개인적인 행복에 매몰되지 않고 사회 발전에 눈을 돌려 훗날 필라델피아 대학교가 되는 교육 기관 설립을 주도하고 초대 교장까지 지냈다. 1744년에는 철학학회를 설립하고 초대 총무를 지냈으며, 1769년에는 회장으로 선출되었다. 영국이 전쟁으로 인한 재정난을 극복하려고 미국 식민지에 인지세를 부과하자 프랭클린은 식민지 대표로 영국에 파견되어 인지세를 폐지하는 성과를 거두며 미국의 국민적 영웅이 되었다. 또 파리 주재 대사로 활동하며 프랑스와 미국의 관계를 돈독히 하는 데 결정적인 역할을 했다. 그 덕분에 미국이 독립전쟁을 했을 때 프랑스로부터 지원을 얻어낼 수 있었다.

프랭클린은 처음에는 작가로 나중에는 런던에서 식민지 대변인으로 활동하며 식민지 연방을 위해 일한 공로로 "최초의 미국인"이란 별칭을 얻었다. 또한, 절약과 근면, 교육과 공동체 정신과 자치를 중시하고, 정치와 종교의 독선을 반대하며, 계몽주의의 과학적이고 관용적인 가치를 우선시하는 미국적 정신 구축에 디딤돌을 놓았다. 역사학자 헨리 스틸 코매저Henry Steele Commager의 표현을 빌리면 "프랭클린은 결함 없는 청교도주의 미덕과 광원 없는 계몽시대의 빛이 결합한 듯한 인물이었다".

요약하자면, 벤저민 프랭클린은 작가, 인쇄업자, 정치인이자 외교관, 우편국장, 발명가, 시민운동가 등으로 활동한 만능인이었다. 단순히 여러 분야에서 활동하는 데 그치지 않고 정치와 과학 등에서 눈부신 업적을 남겼다. 과학자로서는 프랭클린 난로를 발명했고, 번개와 전기가 같은 성질을 띤다는 것을 실험으로 입증함으로써 피뢰침을 발명하기도 했다. 또 회원제 도서관, 필라델피아 최초의 소방서, 필라델피아 대학교 등을 설립하는 데 관여하며 시민운동가로도 맹활약했다.

2. 『벤저민 프랭클린 자서전』의 구성

1부는 벤저민 프랭클린이 아들 윌리엄에게 보낸 편지 형식으로 쓰였다. 당시 65세이던 프랭클린은 할아버지, 삼촌들, 아버지와 어머니와 관련된 일화를 전해주는 것으로 자서전을 시작한다. 어린 시절 책 읽기를 좋아했지만, 아버지의 독단적인 판단에 따라 열 살 때 정규 교육을 끝내고 제임스 형의 도제로 들어가 인쇄 기술을 배운다. 제임스 형은 보스턴에서 인쇄업자로 일하면서 『뉴잉글랜드 커런트』라는 신문을 발행하기도 했다. 벤저민은 『스펙테이터』라는 잡지를 읽으며 글쓰기 능력을 키운 후에 형의 신문사에 익명으로 글을 기고하는데 제임스 형과 그의 친구들은 벤저민이 쓴 글임을 모른 채 그 글을 칭찬하며 신문에 싣는다. 그러나 벤저민이 그 사실을 고백하자 형 제임스는 벤저민이 자만에 빠질까 봐 걱정하며 화를 낸다. 게다가 그 후로 두 형제간에는 다툼이 잦아졌고 벤저민은 형의 그늘에서 벗어날 방법을 모색하기 시작한다.

그런 와중에 제임스가 의회와 갈등을 빚었고 의회는 제임스를 감금하며 신문 발행마저 금지시킨다. 하지만 제임스와 그의 동료들은 『뉴잉글랜드 커런트』를 벤저민의 이름으로 발행하면서 실질적으로 신문사를 지배하려는 묘책을 생각해낸다. 이때 제임스는 벤저민과 맺은 도제 계약을 해약하고 남은 기간 벤저민의 도움을 받기 위해 새 계약을 맺는다. 그럼에도 두 형제의 불화는 더 깊어져 벤저민은 결국 제임스 곁을 떠난다. 그리고 형의 입김 때문에 보스턴에서 일자리를 구할 수 없게 되자 뉴욕을 거쳐 필라델피아로 이주한다.

벤저민 프랭클린은 필라델피아에서 새뮤얼 카이머라는 인쇄업자에게서 일자리를 얻는다. 근면하게 일한 까닭에 윌리엄 키스 총독 눈에 띄었고, 총독은 프랭클린에게 독립해 인쇄소를 차리라고 권한다. 키스의 권유에 프랭클린은 인쇄 장비를 구하려고 런던에 갔지만, 키스가 그를 추천하겠다고 약속한 편지를 관계자들에게 보내지 않았음을 런던에 도착해서야 알게 된다. 결국, 프랭클린은 영국에 있는 인쇄소에서 1년 넘게 일하다가 퀘이커교도 상인 토머스 데넘이 상점 차리는 것을 돕기 위해 다시 필라델피아로 돌아온다. 그러나 데넘이 병에 걸려 죽자 프랭클린은 다시 카이머의 인쇄소 관리자로 들어간다. 카이머는 프랭클린의 급료가 너무 높다고 생각하고, 말다툼 끝에 프랭클린은 카이머를 떠나 독립하기로 결심한다. 이때 카이머의 인쇄소에서 함께 일하던 휴 메러디스가 프랭클린에게 동업을 제안하고 그의 아버지에게 개업 자금을 지원받는다.

프랭클린은 메러디스와 동업해 인쇄소를 차리고 신문 발행 계획까지 세운다. 그러나 카이머가 그 계획을 듣고는 서둘러 『펜실베이니아 가제트*Pennsylvania Gazette*』라는 신문을 먼저 발행한다. 이 때문에 계획이 늦춰지긴 했지만 결국 카이머로부터 그 신문을 인수해 큰 이익을 거둔다. 그러나 휴 메러디스의 아버지가 재정적 곤란에 부딪치며 더는 그들을 지원하지 못하게 되자 프랭클린은 두 친구의 금전적 도움을 받아 메러디스의 지분을 인수하고 필라델피아에서 독자적으로 인쇄업을 지속한다. 1730년에는 한때 헤어졌던 데버라 리드Deborah Read와 결혼하고 준토 클럽의 도움을 받아 회원제 대출 도서관을 시작한다. 이쯤에서 "회고록 작성이 중단되는 이유는 독립전쟁 때문"이라며 1부가 느닷없이 끝난다.

2부는 프랭클린이 1780년대 초 파리에서 지낼 때 받은 두 통의 편지로 시작한다. 둘 다 그에게 자서전 집필을 계속하라고 독려하는 편지다. 그래서 파리 외곽에 있는 파시에서 프랭클린은 1784년 자서전 2부를 쓰기 시작하며 공립 도서관 설립 계획에 대해 자세히 설명한다. 그러고는 "도덕적으로 완벽해지겠다는, 대담하면서도 몹시 어려운 계획"에 관해 언급하며 13가지 미덕을 나열한다. 그 미덕들을 체화하려는 노력의 일환으로 매일 반성하는 시간을 갖고 그 방법에 관해서도 소개한다. 프랭클린은 개인적으로 '질서'라는 미덕을 실현하는 게 가장 어렵다는 사실을 인정한다. 결국, 그는 모든 미덕을 완전한 수준까지 끌어올리는 게 불가능하다는 걸 깨닫지만 완벽을 지향하는 노력의 과정에서 하루하루 더 나아지는 걸 느끼며 행복감을 만끽한다.

3부는 1788년 8월 프랭클린이 필라델피아로 돌아와 자서전을 다시 시작하려 하지만 독립전쟁 중에 많은 자료가 사라졌음을 아쉬워하는 마음으로 시작된다. 1부가 끝난 시점으로 돌아가 1732년 『가난한 리처드의 달력』을 처음 발행해 성공을 거둔 과정을 회상한다. 1734년 아일랜드에서 필라델피아로 건너온 새뮤얼 헴필 목사에 관해 이야기하는데 프랭클린은 그 목사를 적극 지원하고 그의 이름으로 두세 편의 짤막한 논문까지 썼다고 말한다. 그러나 헴필이 다른 목사의 설교를 표절했다는 사실이 밝혀지며 많은 신도가 헴필을 등졌지만, 프랭클린은 직접 작성한 형편없는 설교를 듣는 것보다 남의 것을 표절하더라도 좋은 설교를 듣는 게 낫다고 생각하며 헴필을 지원한 자신을 행동을 합리화한다.

이즈음 프랭클린은 프랑스어와 이탈리아어 등 외국어를 공부하고 제임스 형과도 화해한다. 1736년에는 의회 서기직을 받아들이며 처음으로 정계에 발을 디딘다. 이듬해에는 우체국 관리자가 되어 신문을 위한 기사를 얻고 구독자 확보에 많은 도움을 받는다.

1739년에는 저명한 설교자 조지 휫필드 목사가 아일랜드에서 필라델피아로 찾아온다. 프랭클린은 휫필드 목사와 종교적 입장은 크게 달랐지만, 목사의 설교를 인쇄해 배포하고 자기 집에서 숙식을 제공하며 목사를 적극 지원한다. 1740년에 이른바 프랭클린 난로를 발명하고도 "우리가 다른 발명들에서 큰 이점을 누리고 있듯 우리 발명품으로 다른 사람들을 도울 기회를 흔연히 승낙하고, 아무런 조건 없이 아낌없이 줘야 한다"라는 원칙에 따라 특허를 내지 않았다.

한편 프랑스와의 전쟁을 앞두고 여러 식민지를 대신해 인디언들과의 협상 대표로 선출된다. 이때 프랭클린은 식민지 연방을 제안하지만 그 제안은 채택되지 않는다. 두 연대를 이끌고 영국에서 들어온 브래독 장군이 군대 식량과 군사 장비를 운반할 마차와 말을 구하는 일을 앞장서서 지원한다. 그러나 브래독 장군은 프론트낙까지 행군하는 동안 적대적인 인디언을 경계하라는 프랭클린의 조언을 무시한 결과 인디언에게 급습당해 치명적인 부상을 입고, 군대는 장비를 내버려 둔 채 도망친다.

프랭클린은 "자연과학 분야에서 발명가로서 명성을 얻게 된 과정"에 대해서도 짤막하게 소개한다. 프랭클린이 전기 실험을 시작하고 그 실험에 대해 지인들에게 쓴 편지들이 영국에서 한 권의 책으로 출간된다. 그 책은 프랑스어로도 번역된다. 프랭클린의 실험은 당시 유명한 물리학자 놀레 신부의 전기 이론을 반박하는 것이어서 놀레 신부는 프랭클린을 공격하는 책을 발표한다. 덕분에 프랭클린의 책은 더 유명해지며 다른 언어로도 번역되고, 많은 사람의 실험을 통해 프랭클린의 이론이 옳다는 게 입증되며 놀레 신부의 이론은 폐기되고 만다. 그리하여 프랭클린은 영국 왕립학회의 명예 회원으로 선출된다.

당시 식민지 총독들은 주로 칙허 영주의 이익을 대변했던 까닭에 입법 과정에서 의회와 총독은 끊임없이 충돌하곤 했다. 새 총독이 부임한 뒤에도 의회와 총독 간 갈등은 계속되었고 그래서 의회는 프랭클린을 영국에 파견해 총독과 칙허 영주의 만행을 규탄하려 한다. 하지만 그사이에 라우든 경이 영국 정부를 대신해 둘 사이를 중재하려고 필라델피아에 도착한다. 그럼에도 프랭클린은 아들을 데리고 영국으로 출발해 1757년 7월 27일에 도착한다.

런던에 도착한 프랭클린은 식민지의 이익을 대변하는 최선의 방법에 관해 포더길 박사가 제공한 조언을 받아들인다. 그래서 국왕이 곧 식민지의 입법자라고 주장하는 추밀원 의장, 그렌빌 경을 방문하고 칙허 영주들도 만난다. 그러나 그들로부터 어떤 양보도 얻어내지 못한다. 칙허 영주들은 프랭클린에게 식민지 정착자들의 불만 사항을 정리해달라고 요구하고, 프랭클린은 그들의 요구대로 식민지의 불만 사항을 문서로 작성해 제출하지만, 칙허 영주들을 대리한 사무 변호사는 개인적인 원한을 이유로 답변을 차일피일 미룬다. 거의 1년이 지난 뒤에야 칙허 영주들은 의회에 답변서를 보내지만 말도 안 되는 이유를 들어 프랭클린 대신 다른 대표를 보내라고 한다. 그 사이에 의회는 총독을 설득해 조세법을 통과시키고 프랭클린이 영국 왕실에서 그 법안의 타당성을 역설한 덕분에 법안은 왕의 최종 승인을 얻는다. 의회는 프랭클린의 노고에 감사하지만 칙허 영주들은 총독에 분노하며 법적 소송을 제기하겠다고 위협한다. 그리고 자서전은 "칙허 영주들의 위협은 말로만 그쳤고 실제로 행해지지는 않았다"라는 문장으로 끝난다.

3. 평가

앞에서도 언급했듯 벤저민 프랭클린이 전형적인 미국인으로 평가된다면 그의 자서전은 "자수성가한 사람의 감동적인 이야기 중에서도 가장 놀라운 이야기"로 여겨진다. 이 자서전에서 프랭클린은 자수성가한 사람의 표본이기도 하지만, 초기 미국 역사에서 볼 수 있는 가장 미국적인 남성이라고도 할 수 있다. 그는 부유하지 않았고 대단한 권력을 쥐지도 않았지만 다양한 분야에서 남다른 재주를 발휘하며 근면과 절약과 인내로 홀로 일어서 성공한다. 이런 점에서 『벤저민 프랭클린 자서전』은 그의 가르침을 따르면 기회의 땅에서 어떤 결과를 성취해낼 수 있는가를 보여주는 책이다.

프랭클린이 자서전 쓰기를 중단하고 10년쯤 지났을 때, 필라델피아의 상인 에이블 제임스가 프랭클린에게 자서전을 계속 쓰라고 재촉하는 편지에서도 그의 자서전의 가치를 엿볼 수 있다. "아직 뒤를 이어 쓰지 않았다면 더는 늦추지 말길 바랍니다. 삶은 불확실하지요. 설교자들이 우리에게 그렇게 가르치지 않습니까. 친절하고 인간적이며 자애로운 벤저민 프랭클린이 친구들과 세상에 재미와 교훈을 주는 작업, 즉 소수에게만 아니라 수백만에게 유익한 즐거움을 주는 그런 작업을 하지 않는다면 세상이 무엇이라 하겠습니까?"

4. 텍스트

프랭클린의 자서전은 그가 살아 있을 때 출간되지 않았다. 흥미롭게도 첫 판본은 영국이나 미국이 아니라 파리에서, 그것도 프랑스어로 『벤저민 프랭클린의 개인적인 삶에 대한 회고*Mémoires de la vie privée de Benjamin Franklin*』라는 제목으로 1791년에 발간되었다. 영어판은 이 프랑스어판을 번역하여 1793년 런던에서 출간되었다. 벤저민 프랭클린의 손자 윌리엄 템플 프랭클린이 1818년 런던에서 출간한 자서전은 영국으로 출발해 1757년 7월 27일 도착하는 것까지만 존재한다. 게다가 윌리엄 템플은 할아버지의 자서전을 그대로 출간하지 않고 문체를 제멋대로 수정하는 잘못을 범했다. 이 판본은 거의 반세기 동안 프랭클린 자서전의 표준으로 여겨졌지만, 법률가이자 역사학자이던 존 비글로John Bigelow가 프랑스에서 프랭클린이 직접 쓴 필사본을 구입해 처음으로 나머지 내용이 포함된 자서전을 1868년 출간했다.

이렇게 완성된 『벤저민 프랭클린 자서전』이 다시 출간되자 그의 근면과 끊임없는 자기계발은 그 시대의 젊은이들이 본받아야 할 교훈으로 여겨졌다. 그런 분위기가 지나쳤던지 마크 트웨인 Mark Twain은 "프랭클린의 고약한 자서전을 읽은 아버지를 둔 수많은 남자아이가 그 자서전 때문에 마음의 고통을 겪었다"라는 우스갯소리로 프랭클린을 나무랐다. 또 영국 소설가 D. H. 로렌스David Herbert Lawrence는 프랭클린이 언급한 덕목들에 대한 계율을 예로 들며 이성적이고 도덕적인 면을 지나치게 강조한 나머지 인간에 대한 편협한 이해에서 벗어나지 못했다고 비판한다.

트웨인과 로렌스처럼 프랭클린의 자서전을 비판하는 사람도 있었지만, 대부분은 그의 자서전을 긍정적인 관점에서 읽어내려 한다. 실제로 프랭클린은 자서전에서 자신의 실수를 숨김없이 인정함으로써 평범한 사람도 근면하고 인내하며 노력한다면 얼마든지 개인적인 성공을 이루어낼 수 있다는 걸 보여주려 했다.

벤저민 프랭클린 연보

1706년		1월 17일, 보스턴에서 조사이아 프랭클린의 막내아들로 태어남.
1716년	(10세)	아버지의 양초 제조업을 돕기 시작함.
1718년	(12세)	제임스 형의 도제로 인쇄업에 입문함.
1723년	(17세)	9월, 보스턴을 떠나 필라델피아에 도착함.
1724년	(18세)	11월, 처음으로 런던행 배에 오름.
1726년	(20세)	10월, 런던 체류를 끝내고 필라델피아로 귀향함.
1727년	(21세)	2월, 인쇄업을 시작함. 준토 클럽 결성.
1729년	(23세)	10월, 카이머가 발행하던 신문 『펜실베이니아 가제트』를 인수함.
1730년	(24세)	데버라 리드와 결혼함.

1731년	(25세)	11월, 미국 최초 회원제 대출 도서관을 시작함.
1732년	(26세)	12월, 『가난한 리처드의 달력』을 발행함.
1733년	(27세)	프랑스어, 이탈리아어, 라틴어 등 본격적으로 외국어를 학습함.
1736년	(30세)	펜실베이니아 의회 서기로 임명됨.
1737년	(31세)	10월, 필라델피아 우체국장으로 임명되어 1753년(47세)까지 재직함.
1742년	(36세)	프랭클린 난로를 발명함.
1748년	(42세)	1월, 인쇄업에서 은퇴함.
1749년	(43세)	펜실베이니아 대학 설립에 참여함.
1751년	(45세)	펜실베이니아 병원 설립에 참여함. 4월, 런던에서 『전기 실험 및 관찰』을 발표함. 8월, 펜실베이니아 의회 의원이 되어 1764년(58세)까지 재직함.
1752년	(46세)	6월, 필라델피아에서 연을 날려 번개와 전기가 같은 성질을 지녔다는 걸 실험으로 증명함. 9월, 피뢰침을 발명함.
1769년	(63세)	미국 철학학회 회장에 당선됨.
1774년	(68세)	데버라 리드 사망함.
1775년	(69세)	5월, 제2차 대륙회의에 펜실베이니아 대표로 참석함.
1776년	(70세)	6월, 미국 독립 선언을 준비하는 기초 위원으로 임명됨. 7월 4일, 미국 독립 선언.

10월, 프랑스와 조약을 체결하기 위해 미국 대표로 프랑스에 감.

1785년 9월(79세)까지 프랑스에 체류한 뒤 필라델피아로 귀향함.

1787년 (81세) 5월, 미국 헌법을 기초하기 위한 제헌회의에서 펜실베이니아 대표로 활동하기 시작함.

1790년 (84세) 4월 17일, 필라델피아에서 향년 84세로 사망함.

옮긴이 **강주헌**

한국외국어대학교 프랑스어과를 졸업한 뒤 같은 대학원에서 석사 및 박사 학위를 받았고 프랑스 브장송 대학에서 수학했다. 번역의 탁월성을 인정받아 2003년 '올해의 출판인 특별상'을 수상했으며, 현재 영어와 프랑스어 전문 번역가로 활발하게 활동 중이다. 옮긴 책으로 『습관의 힘』, 『문명의 붕괴』, 『12가지 인생의 법칙』, 『슬럼독 밀리어네어』, 『빌 브라이슨의 발칙한 미국 산책』, 『촘스키처럼 생각하는 법』 등 100여 권이 있으며, 지은 책으로 『기획에는 국경도 없다』, 『강주헌의 영어번역 테크닉』 등이 있다.

현대지성 클래식 43

벤저민 프랭클린 자서전

1판 1쇄 발행 2022년 8월 1일
1판 5쇄 발행 2024년 11월 19일

지은이 벤저민 프랭클린
옮긴이 강주헌
발행인 박명곤 **CEO** 박지성 **CFO** 김영은
기획편집1팀 채대광, 김준원, 이승미, 김윤아, 백환희, 이상지
기획편집2팀 박일귀, 이은빈, 강민형, 이지은, 박고은
디자인팀 구경표, 유채민, 윤신혜, 임지선
마케팅팀 임우열, 김은지, 전상미, 이호, 최고은

펴낸곳 (주)현대지성
출판등록 제406-2014-000124호
전화 070-7791-2136 **팩스** 0303-3444-2136
주소 서울시 강서구 마곡중앙6로 40, 장흥빌딩 10층
홈페이지 www.hdjisung.com **이메일** support@hdjisung.com
제작처 영신사

현대지성 홈페이지

"인류의 지혜에서 내일의 길을 찾다"

현대지성 클래식

1 그림 형제 동화전집
그림 형제 | 아서 래컴 그림 | 김열규 옮김 | 1,032쪽

2 철학의 위안
보에티우스 | 박문재 옮김 | 280쪽

3 십팔사략
증선지 | 소준섭 편역 | 800쪽

4 명화와 함께 읽는 셰익스피어 20
윌리엄 셰익스피어 | 존 에버렛 밀레이 그림
김기찬 옮김 | 428쪽

5 북유럽 신화
케빈 크로슬리-홀런드 | 서미석 옮김 | 416쪽

6 플루타르코스 영웅전 전집 1
플루타르코스 | 이성규 옮김 | 964쪽

7 플루타르코스 영웅전 전집 2
플루타르코스 | 이성규 옮김 | 960쪽

8 아라비안 나이트(천일야화)
작자 미상 | 르네 불 그림 | 윤후남 옮김 | 336쪽

9 사마천 사기 56
사마천 | 소준섭 편역 | 976쪽

10 벤허
루 월리스 | 서미석 옮김 | 816쪽

11 안데르센 동화전집
한스 크리스티안 안데르센 | 한스 테그너 그림
윤후남 옮김 | 1,280쪽

12 아이반호
월터 스콧 | 서미석 옮김 | 704쪽

13 해밀턴의 그리스 로마 신화
이디스 해밀턴 | 서미석 옮김 | 552쪽

14 메디치 가문 이야기
G. F. 영 | 이길상 옮김 | 768쪽

15 캔터베리 이야기(완역본)
제프리 초서 | 송병선 옮김 | 656쪽

16 있을 수 없는 일이야
싱클레어 루이스 | 서미석 옮김 | 488쪽

17 로빈 후드의 모험
하워드 파일 | 서미석 옮김 | 464쪽

18 명상록
마르쿠스 아우렐리우스 | 박문재 옮김 | 272쪽

19 프로테스탄트 윤리와 자본주의 정신
막스 베버 | 박문재 옮김 | 408쪽

20 자유론
존 스튜어트 밀 | 박문재 옮김 | 256쪽

21 톨스토이 고백록
레프 톨스토이 | 박문재 옮김 | 160쪽

22 황금 당나귀
루키우스 아풀레이우스 | 장 드 보쉐르 그림
송병선 옮김 | 392쪽

23 논어
공자 | 소준섭 옮김 | 416쪽

24 유한계급론
소스타인 베블런 | 이종인 옮김 | 416쪽

25 도덕경
노자 | 소준섭 옮김 | 280쪽

26 진보와 빈곤
헨리 조지 | 이종인 옮김 | 640쪽

27 걸리버 여행기
조너선 스위프트 | 이종인 옮김 | 416쪽

28 소크라테스의 변명·크리톤·파이돈·향연
플라톤 | 박문재 옮김 | 336쪽

29 올리버 트위스트
찰스 디킨스 | 유수아 옮김 | 616쪽

30 아리스토텔레스 수사학
아리스토텔레스 | 박문재 옮김 | 332쪽